「来い、アリファール」

目の前の光景にティグルは驚きを隠せなかったが、不思議と納得もしていた。ガヌロンやティッタの話をあらためて思いだしたからではない。アリファールを持つエレンの姿に、ごく自然な一体感を見出したからだ。

# 魔弾の王と叛神の輝剣

川口士
イラスト＝美弥月いつか

「あなたのお師様ってすごいひとなのね。
興味が出てきたかも」

「さっさとここから離れよう。
この煙を見て、敵の新手が来るかもしれない」

「おまえ、どんな暮らしをしていたんだ？
母君から剣を学んだことは聞いたが」
「十歳を過ぎてからはお母様といっしょに
ブリューヌとジスタートを何度も行き来してたわ。
家族から離れて旅をするのは、今回がはじめてよ」

ダッシュエックス文庫

# 魔弾の王と叛神の輝剣

川口 士

ルヴーシュ
オステローデ
レグニーツァ
王都シレジア
ブレスト
ライトメリッツ
ジスタート
サス
オルミュッツ
ポリーシャ
ィール
ヴァルティス
ムオジネル
王都バルティア（陥落）
黄金の海

アスヴァール島
王都コルチェスター
ルテティア
王都アスカニア(陥落)
ブリューヌ
ナヴァール城砦
アスヴァール
王都ニース
ネメタクム
ザクスタン

# プロローグ

何日も降り続いた雨によって、地面はひどい泥濘と化していた。

ティグルは馬から下りると、慎重な動きで黒みを帯びた泥の中に踏みだす。泥は見た目以上にやわらかく、二歩目で靴が重くなり、四歩目で足首が埋まった。

ティグルは二十一歳。中肉中背で、麻の服の上に古びた革鎧をつけ、外套を羽織り、弓を背負っている。それで、これだけ足が沈んでしまうのだ。

——馬に乗って駆け抜けようとしたら、馬が動けなくなるな。

これはだめだというふうに首を横に振る。右目を覆う黒い眼帯のずれを直しながら、左目だけで空を見上げた。夏の終わりの朝とはいえ、雲は多く、陽射しは弱い。これでは明日まで待っても地面はほとんど乾かず、まともに歩けるようにはならないだろう。

ここは、ジスタート王国の南の国境にほど近い草原だ。ティグルは部下をひとりだけともなって、この一帯が戦場として適しているかどうかを視察していた。

——泥濘に足をとられるのは敵も同じだ。だが……。

ジスタートは約一ヵ月前、戦に敗れて王を失っている。まだ新たな王は決まっておらず、玉座は空で、諸侯も民も不安を抱えていた。そこへ新たな敗北が加われば、王国は大きな混乱に包まれるだろう。負けることは許されない。慎重に判断すべきだった。

——何しろ、相手はあのキュレネー軍だ。

キュレネーは遠い南の王国だ。正確には、だった、というべきだろう。現在、その版図はかつてないほどに広がっており、国境の一部はジスタートと接している。いまでは辺境の小さな村の子供でさえ、その名を知っているに違いない。恐怖の代名詞として。

ティグルは泥濘から引き返し、靴にまとわりついた泥を振り落として馬に乗った。そこで待っていた部下とともに、泥濘がどこまで広がっているのかを大雑把に調べてまわる。交代で足を踏みいれたので、ティグルが「引きあげよう」と言ったときには、二人とも膝から下が泥だらけになっていた。

視線を巡らせる。はるか南には森や丘が点在しているが、このあたりは木もまばらで、起伏のゆるやかな草原がずっと広がっている。大軍を展開するのには理想的といえるが、それも地面が乾いていればの話だ。

「こんなところで戦いたくはありませんな」

部下がおおげさに肩をすくめた。ティグルより五つ年長で、ルーリックという。長身で、ティグルのそれより立派な革鎧をつけ、弓を背負い、腰に剣を吊していた。

顔だちこそ整っているが、風に煽られたかのように逆立っている黒髪が、彼を奇人に見せている。以前、聞いたところでは、風と嵐の女神エリスへの願掛けのようなものらしい。その奇抜な髪型はともかく、自分に対して遠慮なくものを言うこの男を、ティグルは信頼していた。

「俺も同感だ」

二人は手綱を操り、北にある自軍の本陣に向かって馬を進めた。

「どう報告するんですか？」

ルーリックに聞かれて、ティグルはくすんだ赤い髪をかきまわす。

「もちろん、後方に下がって戦場を選び直すべきだと言う」

「聞きいれてもらえますかな。偵察隊の報告では、敵の数は四万ほどなのでしょう。こちらは十万ですよ。しかも、総指揮官は戦姫様です」

戦姫はジスタート王国にただ七人しかいない。その名の通り女性のみが選ばれる。

彼女たちはひとりひとりが優れた戦士であり、指揮官であり、統治者だ。その地位は国王に次ぐものとされており、王国が内部に抱えている七つの公国をそれぞれ治めていた。

この軍の総指揮官を務めている戦姫の名を、オクサーナ＝タムという。二十五歳という若さながら、数多の戦場を駆け、武勲をあげている。とくに騎兵の運用にかけてはジスタート随一といわれていた。ティグルは彼女の指揮下で戦ったことが何度かあるが、その評価は正しいと思っている。

「自分たちが有利なときこそ気を抜くな。俺はそう教わった」

たしなめるように、ティグルはルーリックに言った。

実のところ、オクサーナに対して、ティグルはひとつの不安を抱いている。

有力な諸侯の家に生まれたオクサーナは、十代のころから国王イルダーと親しかった。彼女は戦姫の誰よりも国王に忠誠を誓っており、一ヵ月前に王の死を知らされたときは、ひどく取り乱したという。

多くの場合、怒りは判断を誤らせる。主君の仇を討つために、オクサーナが危険な戦い方を試みる可能性は充分にあった。

だが、戦を目前にして、総指揮官の能力を疑うようなことを口にはできない。ティグルとしては、ルーリックに慎重な言葉を返すしかなかった。

「ティグルヴルムド卿は真面目ですな」

ルーリックはティグルをそう呼ぶ。

ティグルヴルムド＝ヴォルンというのが、ティグルの正式な名だ。この国の人間ではなく、隣国ブリューヌの貴族で、伯爵位と、アルサスという小さな領地を持っている。いくつかの事情からジスタートに客将として滞在しており、この戦ではオクサーナから二千の歩兵を与えられていた。

「どうせ戦がはじまれば、深刻にならざるを得ないのです。いまぐらいは楽観的にかまえていてもいいでしょうに」

彼の呑気なもの言いの中に、自分への気遣いが含まれているのを感じとって、ティグルは表情を緩めた。ことさらぶっきらぼうに言葉を返す。

「深刻になっているわけじゃない。寝て過ごすにも狩りをするにも悪くない日だと思うと、国境を越えて攻めてきたキュレネーの軍勢に腹が立つだけだ」

「ティグルヴルムド卿は本当に昼寝と狩りがお好きですな」

「おまえはどうなんだ。戦がなかったら、何をして過ごしていた？」

「もちろん想い人と仲睦まじく、ですな。ティグルヴルムド卿も彼女を大切にしないと」

「ご忠告痛み入るが、俺の想い人は昼寝にも狩りにもつきあってくれるぞ」

のろけじみた返答で揶揄をかわすと、ティグルは何気なく後ろを振り返る。遠くにひとつの騎影を発見して、馬ごと向き直った。

「敵の斥候でしょうか」

同じく馬首を返したルーリックが、目を細めて騎影を観察する。相手は三百アルシン（約三百メートル）以上先にいたが、二人とも目がよいので判別できた。

日に焼けたような褐色の肌の持ち主で、頭部に布らしきものを巻いている。着こんでいる革鎧は金属片を連ねて補強してあるようだ。キュレネー兵と見て間違いない。

ティグルは背負っていた弓を取りだし、矢をつがえる。敵に少しでも情報を与えるわけにはいかない。見逃すことはできなかった。

キュレネー兵もこちらに気づいたようだが、その場から動かない。矢が届くはずはないと思っているのだろう。弓の最大射程は二百五十アルシンといわれている。この数字でさえ、どれだけ遠くへ矢を飛ばすことができるのかを測ったものであり、三百アルシン先の目標に命中させるなど非現実的な話でしかない。

だが、ティグルは距離を縮めようとせず、狙いをつけて弓弦(ゆづる)を引き絞った。

放たれた矢は風を切って飛び、虚空に見事な放物線を描く。頭部に矢を受けて、キュレネー兵が落馬した。しばらく様子を見たが、起きあがってくる様子はない。

「お見事です」

ルーリックが感嘆の息を吐きだした。

「この距離から当てるだけでも至難(しなん)の業(わざ)ですのに、左目だけで、よくまあやってのける」

「こうなってから、もう二年たつからな。慣れるさ」

他に斥候らしき影がないことを確認すると、二人は馬首を巡らせる。

まっすぐ草原を駆けて、本陣に帰還した。

約二年前、キュレネー王国は突如、「神征(アテン)」を宣言し、近隣諸国に戦を仕掛けた。

神征とは、彼らの崇めるアーケンという神に、あらゆる命を捧げるための戦だという。他国を攻める大義名分にしてはあまりに常軌(じょうき)を逸(いっ)した主張だったが、驚くべきことに、キュレネー軍は勝利を重ね、南の大陸の諸国を瞬く間に制圧した。

　このときまでは、ジスタートをはじめとする北の大陸の諸国にとって、キュレネーの行動は対岸の火事に過ぎなかった。海を隔てた遠い南の大陸で、大規模な戦が起きているらしいというていどの認識だ。事態を深刻に捉えた者は、いたとしてもごく少数だった。

　だが、キュレネーは北の大陸にも軍勢を進めてきたのである。いくつかの国が抵抗もむなしく敗れ、主要な都市や王都を攻め落とされて、滅ぼされた。

　キュレネー軍の猛威に危機感を覚えたジスタート王イルダーは、いくつかの手を打った。国内の諸侯に呼びかけて兵を集め、隣国ブリューヌと軍事同盟を結び、三人の戦姫をキュレネーの勢力圏に派遣して詳しい情報を得ようとしたのだ。

　兵は集まり、同盟は成った。だが、派遣した戦姫たちはいずれも帰ってこなかった。

　イルダーは攻められる前に攻めるという決断を下し、残った四人の戦姫のうち、二人を副将とし、自ら兵を率いてキュレネー軍に挑んだ。これが一ヵ月前のことで、ジスタート軍は敗れ、王も戦姫たちも命を落とした。

　その後、ジスタートは王が不在の状態で、いつか攻めてくるであろうキュレネー軍を迎え撃つ準備を進めていたのだが、数日前、南方国境近くにキュレネー軍が姿を見せたという報告を受けとった。かくて、戦姫オクサーナが約十万の兵を率いて出陣したのである。

ティグルたちが視察をした草原から、北へ四ベルスタ（約四キロメートル）ほど向かったところにジスタート軍の本陣はある。

総指揮官用の白絹の幕舎には、二つの軍旗がひるがえっていた。ひとつは黒竜旗（ジルニトラ）――ジスタートの象徴である黒い竜を描いたもので、もうひとつは茶色地に金色の三日月を描いた、オクサーナの治めるブレスト公国のものだ。

幕舎の中で、ティグルは総指揮官であるオクサーナの前に膝をつき、視察の結果を報告していた。彼女のそばには、側近を務める二人の騎士が控えている。

オクサーナは美しい女性だった。緑がかった黒髪は腰に届くほど長く、小さな宝石をいくつもあしらった紐で結んで、肩から流している。まとっている軍衣は黒を基調として、赤や金の糸で月を思わせる模様が刺繍（ししゅう）されていた。

身体は華奢（きゃしゃ）に見えて、よく鍛えられている。顔は日に焼けて精悍（せいかん）な印象を与え、毛皮の敷物に腰を下ろしている姿勢ひとつとっても、歴戦の戦士らしい風格がある。実際、彼女は守られる存在ではなく、兵たちの先頭に立って敵陣に斬りこむ女性だった。

「兵に任せず、あなたが自ら視察を？」

「自分の目で見ておきたかったものですから。それに、より正確な報告ができます」

感心するオクサーナに、ティグルはそう答える。側近たちの視線を感じて、そっと様子をうかがうと、彼らの目には侮蔑の色が浮かんでいた。戦姫の心証をよくしようと必死になっていると受けとられたらしい。気にせず、報告を続ける。

「それほど泥濘がひどいのですか」

側近たちにこの周辺の地図を用意させながら、オクサーナは確認するように問いかけた。その声は涼やかで、聞く者を安心させる響きがある。

ティグルは真剣な表情でうなずいた。地図に指を這わせ、どのあたりに泥濘が広がっているのかを説明する。

「オクサーナさま、ここは大きく後退して、戦場を変えるべきかと思います」

「ブリューヌの英雄殿」

側近のひとりが呆れたという笑みを浮かべた。

「この地には、三万の騎兵と七万の歩兵がいるのです。オクサーナさまに忠誠を誓う、鍛え抜かれた精鋭たちが。偵察隊の報告によればキュレネー軍の数は四万で、すべて歩兵であり、近くに援軍の姿はないとのこと。我が軍の半数にも満たない敵と一戦もせず、たかが泥濘を理由に後退すべきとは。英雄殿にとって、これは他国の戦かもしれませんが、臆病者のそしりをまぬかれませんぞ。オクサーナさまがあなたに二千の兵を与えたのは何のためだと……」

「やめなさい」

オクサーナが鋭い視線と短い一言で、側近を黙らせる。彼女はティグルに向き直って小さく頭を下げた。

「申し訳ありません、ヴォルン伯爵。あなたが臆病者などではないことはわかっています」

「恐縮です、オクサーナさま。私もいささか配慮を欠きました」

ティグルも丁重に詫(わ)びてみせる。心の中でため息をついた。

――俺としては、ブリューヌの英雄殿という言葉にこそ文句を言いたいが。

だが、その感情を公(おおやけ)の場(ば)で吐きだすことはできない。五年前にブリューヌで王家に対する謀反(むほん)が起きたとき、窮地(きゅうち)に陥(おちい)った王女をティグルが助け、内乱を鎮めたことは事実だからだ。謙遜(けんそん)と受けとられるのはまだいい。嫌味と思われたらたまったものではない。

それに、いまはそんなことを気にしている場合ではなかった。

顔をあげて、ティグルは視線でオクサーナに答えを求める。彼女は首を横に振った。

「後退はしません」

ティグルを見つめて、オクサーナは静かに問いかける。

「ヴォルン伯爵は、キュレネー兵についてどのように聞いていますか」

質問の意味をはかりかねて、ティグルの顔に困惑の翼が広がった。だが、黙っているわけにもいかず、いくばくかの間を置いて答える。

「ひとりひとりが獣のように猛々(たけだけ)しく、傷を負うことも死ぬことも恐れず、まったく降伏せずに死ぬまで戦い続けるとか」

おそらく、戦意が高いという話が誇張(こちょう)されて伝わったのだろうとティグルは思っているが、はじめて聞いたときは、そのような兵士を想像して肌が粟立(あわだ)ったものだ。

「ええ。他に、彼らは非常に冷酷、残虐(ざんぎゃく)、かつ執拗(しつよう)で、小さな村や集落さえも見逃さず、田畑を焼き払い、家畜を残らず襲い、女や子供、老人まで容赦なく殺戮(さつりく)すると」

表情を厳しいものに変えて、オクサーナが続けた。

「この噂が正しければ、国境周辺の町や村が危険にさらされるでしょう。それに、我々はすでに一度、敗北しています。陛下も戦場で命を落としました。ここで我々が後退すれば、民や兵はどう思うでしょうか」

ティグルは苦しい顔になった。ジスタート軍の後退を、弱気の表れと捉える者は、必ず出てくるだろう。そのような者が多数になると、治安の悪化や秩序の崩壊を招く。

オクサーナは後ろを向いた。そこには、精巧(せいこう)な装飾をほどこした両刃の斧がある。刃と柄の接合部には拳ほどもある黄玉が埋めこまれ、刃には細かな紋様が刻まれていた。目にしただけで気圧(けお)されてしまうような神秘的な雰囲気が、その斧にはあった。

オクサーナはその斧を手に取って、厚みのある刃を愛おしげに撫でる。

「伯爵は、竜具(ヴィラルト)については知っていますね？」

「ジスタート王国が興(おこ)ったときから伝わっているもので、戦姫に与えられ、戦姫のみが振るうことを許される特別な武器だと聞いています」

ティグルが答えると、オクサーナは肯定するようにうなずいた。

「我が国の建国神話において、初代国王は、戦姫として選ばれた娘たちに竜具を渡したあと、こう言ったのです。『戦姫は王に跪き、王を護り、王のために戦うものだ』と」

竜具を見つめるオクサーナの瞳が、激情の輝きを放つ。

「私は王を……陛下をお護りすることができなかった」

彼女の表情は動いていない。だが、胸の奥で深い後悔と激しい怒りが渦を巻いているのは、ティグルにもわかった。

「アグラティーナ、ドロテア、ユリア、ラダ、ファイナ……。彼女たちは戦姫としての務めをまっとうしました。ここで民を守ることができなければ、私に戦姫たる資格はないものと思っています」

静かな声音から、揺るがぬ決意が伝わってくる。彼女が名を挙げたのは、これまでに亡くなった戦姫たちだ。アグラティーナ＝オベルタスとドロテア＝グリンカ、ユリア＝フォミナは敵情をさぐるためにキュレネーの勢力圏に潜入して消息を絶ち、ラダ＝ヴィルターリアとファイナ＝ルリエはイルダー王に付き従ってキュレネー軍と戦い、命を落とした。

これは説得できないと、ティグルは思った。彼女が背負っているものは大きく、重い。

「とはいえ、あなたの苦労を無駄にはしません。この地形を有効に使いましょう」

地図の上で、オクサーナの細い指が軽やかに動いた。

まず、敵軍を泥濘の近くまで引きずりこむ。こちらは、彼らを泥濘に追いこむように三方向から攻めかかる。そうして兵と泥濘とでキュレネー軍を包囲し、殲滅する。

ティグルは目を瞠り、彼女の気性を見誤っていた自分を恥じた。オクサーナはすさまじい怒りを抱えながら、感情に身を任せてはいなかった。

──十万の兵なら、四万の敵を包囲するのは難しくない。泥濘の使い方もさすがだ。

完全に懸念を払拭できたわけではないが、勝てるかもしれないとティグルは思った。

「何か気がかりなことがあるのですか？」

オクサーナに問いかけられて、おもわず顔をあげる。地図に視線を落としていたので、表情を見られたとは思えないのだが、内心が態度に出ていたのだろうか。

「実を言うと、ひとつだけあります。オクサーナさまの策についての意見ではなく、この戦に関わるようなことでもないのですが」

正直に答えると、彼女に無言で促された。ためらいつつ、ティグルは続ける。

「諸国の勇将や名将といったら、オクサーナさまは誰を思い浮かべますか」

オクサーナが不思議そうな顔をしたのも無理はない。ティグル自身、この場でするような質問ではないと思っている。しかし、彼女はすぐに真面目に考える様子を見せた。

「そうですね……。勇将でしたら『黒騎士』の異名を持つブリューヌのロラン卿、アスヴァール王国のタラード卿に、ザクスタン王国のヴァルトラウテ殿、名将というと、やはり『赤髭』

と呼ばれ、恐れられていたムオジネル王国の王弟クレイシュ殿下でしょうか」

アスヴァール、ザクスタン、ムオジネルは、すでに地上にない。キュレネーによって滅ぼされている。それらの国の勇将、名将らもキュレネー軍に討ちとられ、あるいは行方不明になっていた。健在なのはブリューヌのロランだけだ。

「私も、オクサーナさまが挙げた者たちの名が真っ先に浮かびます。ですが、キュレネー軍の優れた指揮官や武勲の名高い戦士については、聞いたことがありません」

ティグルの言いたいことを理解して、オクサーナは難しい表情をつくる。脇に控えている騎士たちに、視線で問いかけた。彼らも知らないらしく、首を横に振る。

「言われてみると、奇妙ですね。キュレネーは南方の諸国をことごとく征服し、ムオジネルなども攻め滅ぼしている。それだけの戦をしながら、英雄や勇者と称えられるような者の話がまったく聞こえてこないというのは」

まともな軍であれば、輝かしい武勲をたてた者や、目立った活躍をした者は高く評価する。それによって兵たちの士気が高まるし、敵を牽制することもできるからだ。だが、キュレネー軍はそうしたことに関心を持っていないように、ティグルには思える。

「もちろん、私たちが知らないだけという可能性はありますが……。もしかしたら、キュレネー軍は想像以上に異質なのかもしれません」

「この戦のあとで調べてみましょう。私も気になります」

オクサーナはうなずくと、ティグルを安心させようとしてか、微笑を浮かべた。

「あとで兵たちに知らせるつもりでしたが、あなたにだけ先に教えておきましょうか。アレクサンドラが五千の兵を率いて、こちらに向かっているという報告を受けています。いつごろ到着するのかまではわかりませんが、嬉しい知らせでしょう」

「サー……アレクサンドラさまが」

驚きから、愛称が口をついて出そうになって、慌てて言い直す。

アレクサンドラ＝アルシャーヴィンは、オクサーナと同じく戦姫だ。年齢は二十六。ティグルは以前から彼女と交流があり、非公式の場ではサーシャという愛称で呼んでいた。

サーシャは二年前まで病を患っていたものの、現在は快癒しており、一個の戦士としても軍の指揮官としても充分な力量があることを示している。とくに戦士としての強さは、戦姫の間でも突出していた。彼女が救援に来てくれるのは非常に心強い。

──エレンも喜ぶだろうな。

想い人のことを考える。エレンというのは愛称で、正しくはエレオノーラという。長く傭兵をやっていて、ティグルと同じ二十一歳。彼女もオクサーナやサーシャと親しく、とくにサーシャとは立場や年齢を超えて、おたがいを親友と認めあう仲だ。

エレンは指揮能力を評価されて、オクサーナから二千の騎兵を預かっている。この地に布陣してからは、まだ会えていないが、どこかにいるはずだった。

「ありがとうございます、オクサーナさま」

姿勢を正して、ティグルは頭を垂れる。彼女は、重大なことを軽々しく打ち明けるような女性ではない。キュレネー軍と戦う策について説明し、サーシャのことを教えてくれたのは、他国の客将である自分を信頼し、気を遣ってくれたのだ。

「オクサーナさまの勝利が輝かしいものになるよう、微力を尽くします」

彼女がティグルに与えてくれた二千の歩兵は、他国人の自分にも反感を抱かず、忠実に従ってくれる者ばかりだ。オクサーナのためにも、兵たちのためにも奮戦しなければならない。

「期待しています、ヴォルン伯爵」

ティグルは立ちあがり、一礼して幕舎をあとにする。外で待っていたルーリックとともに、自分の部隊へ歩いていった。

それから半刻ほどたった昼ごろ、オクサーナは全軍に出陣を命じた。

三万の騎兵と七万の歩兵はすでに準備を終えており、黒竜旗を掲げ、ジスタートとオクサーナの名を大声で叫び、槍と盾を担いで動きだす。十万の兵が整然と行軍するさまは、あたかも鉄でできた森が動くかのようだ。

太陽が中天(ちゅうてん)を過ぎて間もないころ、ティグルたちが視察した草原の近くにある、ヴァルティスの野と呼ばれる地で、戦いははじまった。

# 1　キュレネー神征

目を開けると、灰色の雲が低く垂れこめていた。

血の臭いのまじった風に肌を撫でられながら、自分が地面に倒れていることに、ティグルは気づいた。意識が徐々にはっきりしてきたところで、頭痛に襲われる。頭の中を締めつけられるような、鈍い痛みだ。呻き声を漏らしつつ、頭に手をやって必死に耐えた。

二十を数えるほどの時間が過ぎて、少しずつ痛みがおさまっていく。ようやく、ティグルは気を失う前のことを思いだした。

——そうだ、戦いはどうなった……。

身体を起こす。視界に飛びこんできた光景に愕然とした。

血と泥にまみれた数千もの人馬が、ものいわぬ骸となって大地に横たわっている。死体と死体の間に血濡れた草が覗き、折れた剣や槍が墓標のごとく乱立していた。そのほとんどがジスタート兵のものだ。遠くから怒号や悲鳴、剣戟の響きがかすかに聞こえた。

ティグルはおもわず立ちあがって、大声で叫んだ。

「ルーリック！　ルーリックはいるか！」

続けて、主だった部下の名を次々に呼ぶ。だが、応じる者はいなかった。

不安と焦りに包まれながら、腰のベルトに吊した革袋に触れる。そこには、いまのティグルにとって何より大切なものが入っていた。革袋越しの硬い感触に、安堵の息をつく。なくさずにすんだようだ。

足元を見回す。自分の弓を見つけて、慌てて拾いあげた。血と泥で汚れてはいるが、弓弦も弓幹も無事だ。ティグルは弓の技量こそ卓越しているが、剣や槍の腕前については素人以下である。弓が見つかったことは幸運だった。腰に下げている矢筒には、たったの二本しか矢が残っていないが、とにかく武器がなければ逃げることすらままならない。

落ち着きを取り戻したティグルは、違和感を覚えて顔に触れる。てのひらに赤い血の跡がついた。自分では見えないが、どうも顔が血まみれになっているようだ。ほとんどは返り血だ。自分の身体を見下ろすと、服も革鎧も血と泥にまみれていた。

――この顔と格好のせいで、死んでいると思われて放っておかれたのか。

あらためて周囲に視線を巡らせ、地面を埋めつくす敵と味方の死体を見つめる。悲しみと悔しさ、怒り、自責の念が同時に、あるいは交互に押しよせて、弓を握りしめる手が震えた。

――俺たちは……ジスタート軍は負けたんだな。

奥歯を強く噛みしめて、昂ぶる感情を胸の奥におさえこむ。力なく歩きだそうとしたとき、後ろから足音が聞こえてぎくりとした。弓に矢をつがえながら、すばやく振り返る。

息を呑む。視線の先にはキュレネー兵が立っていた。驚いたのは、相手が敵兵だったことではない。そのキュレネー兵がひどい重傷を負っていたからだ。

　左脚は奇妙な方向にねじ曲がっており、左腕にいたっては肘から先が失われて、断面から血が滝のように流れでている。手にしている剣は半ばから折れ、頭部に巻いている布は破れ、金属片を連ねた革鎧も傷だらけだった。

　よほど屈強な男でも立っていることなどできないだろうに、キュレネー兵は無表情で、両眼から戦意と殺意の輝きをあふれさせている。痛みを感じている様子は微塵もない。

　相手を睨みつけながら、ティグルは呼吸を整えた。相手の異常さに気圧されても、また怒りに突き動かされても、過ぎた感情は矢の軌道を狂わせる。冷静さを保たなければならない。

　折れた剣を振りあげて、キュレネー兵がまっすぐ襲いかかってきた。ティグルは臆することなく弓弦を引き、矢を射放つ。

　キュレネー兵が「がっ」と、短い叫びをあげて、のけぞった。矢は兵士の右目を貫き、後頭部まで抜けている。驚くべき正確さだった。

　しかし、キュレネー兵は倒れない。取るに足らないこととでもいうかのように、すぐに体勢を立て直し、残った左目でティグルを睨みつける。

　間を置かず、もう一本の矢を弓につがえて射放った。二本目の矢を額に受けて、キュレネー兵が大きくよろめく。剣を取り落として、地面に倒れた。

　ティグルは注意深くキュレネー兵を観察する。間違いなく死んでいることを確認して、疲労まじりの息を吐きだした。

——こんな身体で、どうして歩くことができたんだ。本当に痛みを感じないのか？

この兵士だけではない。すべてのキュレネー兵がそうだった。

死の臭いがたちこめる中、ティグルは昼過ぎにはじまった戦を思いだしていた。


ヴァルティスの野でキュレネー軍と対峙したジスタート軍は、七万の歩兵を左右に伸ばして展開し、三万の騎兵をその後ろに配置した。彼らの右手には、ティグルとルーリックの視察した泥濘があった。

ちなみに、騎兵は武装を統一させているが、歩兵はそうでもない。皆、槍と弓、方形の盾は持っているが、それ以外は無秩序で、鉄の甲冑で身を固めている者もいれば、鉄片で補強した帽子をかぶり、鎖かたびらを着こんでいる者もいる。槍以外に用意している武器も手斧、小剣、棍棒とさまざまだ。

一方、キュレネー軍は四万の歩兵で方形をつくった。彼らの武装は統一されており、全員が槍と円形の盾を持ち、金属片を連ねた革鎧を着て、反りのある剣を腰に下げている。頭部に巻いている布には、魔除けの意匠だという単眼が描かれていた。

キュレネー軍が本当に四万ほどであることに、ティグルは驚き、警戒心を抱いた。彼らも偵察隊を放ってこちらの数と動きをつかんでいたはずだ。いったいどのような勝算を抱いて、倍以上の敵に挑んできたのか。

　オクサーナも不審に思ったに違いないが、彼女は予定通りに兵を動かした。

　ジスタートの黒竜旗と、キュレネーの青地に白い円環を描いた軍旗がそれぞれはためいて、両軍が前進する。ジスタート軍が矢戦を仕掛けたが、キュレネー軍は応戦せず、盾をかざして矢を防いだ。

　キュレネー軍の本陣でいくつもの大太鼓が打ち鳴らされ、キュレネー兵たちが獣の咆哮にも似た雄叫びをあげる。大太鼓で命令を出すのは珍しいことではない。しかし、大気を震わせるその音に、ティグルはなぜだか不吉な予感を覚えた。

　高い戦意を見せつけるキュレネー軍に、ジスタート兵たちも負けじと鬨の声をあげる。角笛が高らかに吹き鳴らされて、ジスタート軍は敵との距離を縮めた。

　神々の名と、歴代の王の名を唱えるジスタート軍に対し、キュレネー軍はアーケンの名だけを幾度も叫ぶ。両軍は武器を振りあげて、正面から激突した。

　オクサーナは、自軍の歩兵が敵軍と互角の戦いを繰り広げていることを知ると、歩兵部隊の一部を割いて別働隊を編制した。敵軍の右側面を突くように命じる。次いで、後ろに配置していた騎兵部隊を動かした。三万の騎兵部隊は戦場を大きく迂回して、敵軍の背後にまわる。

　別働隊と騎兵部隊が、それぞれキュレネー軍の右側面と背後に現れたときには、オクサーナは味方をわずかに後退させ、敵の左側面に泥濘が来るように仕向けていた。キュレネー軍は、ジスタート軍と泥濘によって前後左右を囲まれ、逃げ場を失ったのだ。

だが、オクサーナの考えた通りにことが運んだのは、ここまでだった。

よほど士気の高い軍でも、敵が側面や背後にいるとなれば、正面の相手だけに集中することはなかなかできない。いつ、正面以外の味方が崩れるかという不安を抱えたまま戦い続けるからだ。退路を断たれることも、逃げられないという恐怖を湧き起こさせる。

しかし、包囲されたにもかかわらず、キュレネー兵は動揺を見せず、その戦意はまったく衰えなかった。人間のものとは思えない咆哮をあげて、槍で突き、剣で斬りつけ、盾で殴りつけてくる。それも、自分が傷つくことなど恐れない猛々しさで襲いかかってくるのだ。

槍や剣が折れても、折れた武器を振りまわす。武器を失っても、身体ごとぶつかってきて引っかいたり噛みついたりしてくる。斬られ、突かれて傷だらけになっても、悲鳴をあげず、苦痛に耐える様子すらなく、腕や脚を失っても動きを止めない。彼らが動かなくなるのは死んだときだけだった。

相手のあまりの異常さに、ジスタート兵の方がひるんだ。顔の下半分を砕かれたり、剣や槍で身体を貫かれたりしても平然と向かってくるキュレネー兵たちは、化け物か何かにしか思えなかった。武器を振るうよりも、盾で己の身を守る時間の方が長くなり、一歩後退し、二歩後退する。オクサーナの完成させた包囲陣は、少しずつ乱れはじめた。

　この事態に、オクサーナも、各部隊の指揮官も手をこまねいていたわけではない。先頭の兵と後方の兵を入れ替えたり、体力のある兵たちに盾を並べさせて敵の猛攻を受けとめたりするなどして、包囲陣の維持に努めた。

　ティグルも同様だ。彼の部隊は最前列の一角に配置されていたが、兵たちを叱咤激励し、彼らの士気を高めるために前に出て、馬上から多くのキュレネー兵を射倒した。敵の人間離れした勢いと戦いぶりを目の当たりにしたあとは、とくに頭部や目、喉を狙った。

　戦場では当然ながら味方も敵も激しく動きまわり、武器や砂塵、血煙が視界を遮る。矢を当てること自体が容易ではない。

　だが、ティグルは驚異的な技量と集中力を発揮して、狙った箇所に矢を命中させていった。矢筒をいくつも空にし、腕や手が痺れるほど弓弦を引き続けた。

　しかし、キュレネー兵たちはひるまなかった。左右で仲間が倒れていっても意に介さず、その仲間を踏み越えてくる。「獣だ」と、ジスタート兵のひとりが呻いたが、獣でさえ、このような行動はとらないだろう。

　そして、戦場にひとつの変化が訪れた。一部のキュレネー兵が泥濘に踏みだしたのだ。

　この時点での泥濘のやわらかさは、ティグルたちが調べたときとたいして変わらない。当然ながらキュレネー兵たちの足はわずか数歩で泥の中に沈み、ひどい場合は腰まで埋まって、身動きがとれなくなった。

後続のキュレネー兵たちは、彼らを助けなかった。それどころか、仲間を足場にして泥濘を渡ろうとしたのである。

尋常な発想ではなかったが、彼らはためらわなかった。そうすることが当然であるというふうに先へ進み、泥濘に踏みこみ、動けなくなり、新たな足場となって、後続の仲間を先へ進ませた。多くのキュレネー兵が泥濘に頭まで沈んで、そのまま息絶えていった。

この光景に、ジスタート兵たちは慄然(りつぜん)とした。キュレネー兵らの態度と行動はとうてい理解しがたく、自分たちと同じ人間だとは思えず、恐怖した。

やがて、キュレネー兵たちが泥濘を渡りきる。数百人もの仲間を犠牲にして、彼らは足場を確立したのだ。キュレネー軍の反撃がはじまった。

オクサーナの包囲陣はいくつもの箇所で綻(ほころ)びを見せていたが、彼女は懸命に陣容の瓦解(がかい)を防ぎ止めた。数においては、ジスタート軍の方が依然として多いのだ。忍耐強く戦い続ければ、いずれキュレネー軍は力尽きるはずだった。

ところが、泥濘を渡ってきたキュレネー兵たちが、南と北に展開しているジスタート軍の側面にそれぞれ攻めかかったことで、状況が一変した。

ジスタート兵たちは槍をそろえ、盾を並べてキュレネー兵たちを押し返そうとしたが、異常な敵兵に対する狼狽と動揺が、彼らから普段の力を奪った。敵軍の突撃を防ぎきれずにもろくも崩れる。いくつもの悲鳴があがり、鮮血がまき散らされた。

　陣容の綻びが広がったところへ、キュレネー兵が次々になだれこんでくる。ジスタート兵たちの戦意は底を突いた。盾を捨て、武器を捨て、背を向けて我先にと逃げだしはじめる。キュレネー兵たちは猛然と彼らに追いすがって、その背中に斬りつけた。

　ティグルの部隊は、他の部隊の潰走に巻きこまれて身動きがとれなくなった。戦うどころではないと判断したティグルは、配下の兵たちに後退を命じつつ、自身は殿を務めて、向かってくるキュレネー兵をひとりでも減らすべく矢を射続けた。

　だが、矢が残り少なくなり、新たな矢筒を用意させようとしたとき、ティグルはキュレネー兵たちの接近を許してしまった。

　そして、馬を倒され、地面に投げだされて気を失ったのだ。


　遠くから、大太鼓の音がかすかに聞こえる。

　自分が倒したキュレネー兵の死体を観察していたティグルは、ほどなく、よけいな考えを捨てるように首を左右に振った。

　矢が尽きたいま、何よりも優先すべきなのは戦場からの離脱だ。ここで新たな敵兵に遭遇したら、戦うこともできずにやられてしまう。

　——逃げるなら北だ。

太陽の位置からおおまかに方角を判断して、歩きだす。このあたりにルーリックの死体は見当たらない。死んだとはかぎらない。無事に逃げきった可能性もある。他の兵たちも。

そのとき、遠くから、キュレネー兵のものらしい訛りの強いジスタート語が聞こえてきた。

「総指揮官を討ちとったぞ！」

「戦姫の首をとった！」

ティグルは呆然と、声のした方向を見つめる。顔からどっと汗が噴きだして、視界が暗くなった。両足から力が抜けて、その場に座りこみそうになる。

――オクサーナさまが……？

総指揮官用の幕舎で話したときのことが脳裏に浮かんだ。そのときの彼女の表情も。

あれほど思慮深く、勇敢で、優しかったオクサーナが命を落とした。

気合いを入れるように、ティグルは自分の足を殴りつける。

衝撃に打ちのめされている暇はない。いまの敵兵たちの叫びが事実なら、彼らは掃討戦に移るだろう。何としてでも逃げて、この戦場で死んだオクサーナの、部下たちの、仲間たちの仇を討たなければならない。

死体を踏まないように、歩みを再開する。だが、十歩と進まないうちに、今度は四人のキュレネー兵に遭遇した。急いで逃げようとしたティグルだったが、横合いから馬蹄の響きが近づいてきて、おもわず足を止める。

白銀と褐色の影が、疾風の勢いでティグルとキュレネー兵たちの間に飛びこんできた。

影の正体は、馬を駆る白銀の髪の女性だ。髪は腰に届くほど長く、美しい面立ちには戦士らしい凛々しさがある。身につけている白と黒の軍衣は血と泥で汚れており、手にしている剣の刀身も赤く染まっていた。

キュレネー兵たちが、槍や剣を振りかざして馬上の女戦士に襲いかかる。彼女はその場から動かず、敵兵たちを傲然と見下ろして剣を振るった。

刃が風となって吹き抜けたかのような、速い斬撃だった。二人のキュレネー兵が首筋を斬り裂かれ、虚空に赤い模様を描きながら地面に倒れる。

斬り伏せた者たちを一瞥もせず、女戦士は手首を返した。剣光が煌めき、ひとりは頸部を割られ、もうひとりは額に剣の切っ先を突きこまれて、ものも言わずに崩れ落ちる。わずか呼吸二つ分ほどの時間で、彼女は四人の敵兵を葬り去ってみせたのだ。すさまじい剣技だった。

キュレネー兵たちが動かなくなったことを確認すると、彼女はティグルを振り返る。紅の双眸に歓喜の輝きをあふれさせて、鐙を外すのももどかしそうに、勢いよく地上に降りたった。

ティグルも喜びの笑みを浮かべて、彼女――想い人に駆け寄る。

「エレン……！」

「ティグル！　よく無事で……」

おたがいの存在をたしかめあうように、ティグルとエレンは固く抱きあった。伝わってくるぬくもりに、涙がこぼれそうになる。ずっとこうしていたいという想いを、しかし二人はすぐに断ち切って、抱擁（ほうよう）を解いた。いまはひとつ数えるほどの時間さえ貴重だ。

「君はどうしてここに？　配下の騎兵はどうした？」

「おまえをさがしに来たんだ。兵たちは、総崩れになった段階で戦場から逃がした。私に従うと言ってくれたが、二千騎足らずでは敵の目につくだけだからな……。おまえの兵は？」

ティグルは首を横に振って、自分の身に起きた出来事を話した。

「君に助けてもらわなかったら、逃げきれたかどうか。さすが『風刃（ヴェーレ）』だ」

それは、エレンのしなやかですばやい動きと、盾や鎧をすり抜けるかのごとき鋭い斬撃が、まるで風のようだという話から、傭兵たちが彼女につけた異名だった。

「なに、おまえの運もたいしたものだ。私が見つけるまで、こうして生き延びたのだからな。おまえの部下たちもきっと無事だろう」

励ますように、エレンが明るい笑顔をつくる。ティグルは、身体の奥底から不思議な活力が湧いてくるのを感じた。彼女にそういう意図がないときでも、その表情や言葉はティグルを奮いたたせ、前を向かせてくれる。

「さっさと逃げるぞ。私の後ろに乗れ。矢も見つけたので拾っておいた」

エレンが自分の馬を振り返る。鞍の後ろに汚れた矢筒が吊（つ）り下げられており、十数本の矢が入っていた。ティグルは彼女に礼を言って、矢筒から伸びた革紐を自分の腰に巻きつける。そ

れから、あることを考え、厳しい表情でエレンを見た。

「オクサーナさまが討ちとられたらしい。キュレネー兵たちがそう叫んでいるのを聞いた」

「私も聞いた。まさかと思ったが、事実のようだ」

エレンが顔を歪める。その手が悲しみと怒りとで震えていた。

「戦姫はサーシャだけになった。次の戦いは、さらに厳しいものになるだろうな」

「俺も同感だ。そこで、敵の本陣を偵察したい。手伝ってくれ」

自分たちは敗北したが、この一戦ですべてを失ったわけではない。次の戦いに向けて、敵についての情報を少しでも手に入れるべきだ。いまなら戦場の混乱を利用できる。

エレンは目を瞠ったが、すぐに不敵な笑みを浮かべた。

「勝ち目をつくろうというわけだな。いい手だ。やつらは勝ち戦で油断しているはずだ。私たちだけなら、気づかれずに近づけるかもしれない」

彼女は颯爽と馬に跨がる。後ろに乗ったティグルに、軽口を叩いた。

「本陣の警戒態勢にもよるが、おまえなら敵の重鎮を弓矢で仕留められるんじゃないか」

「それぐらいの隙があってほしいな」

二人を乗せた馬は、折り重なる死体を巧みに避けながら草原を駆けていった。

†

キュレネー軍の本陣は、戦場から南に一ベルスタ（約一キロメートル）ほど離れた草原にあった。中央には豪奢な装飾をほどこした輿が置かれ、神官衣をまとった男が座っている。神官衣は白を基調として、襟や袖口に見事な刺繍をほどこしてあった。

輿の左右には二頭の戦象がたたずみ、右の象の背には長い黒髪を持つ娘が、左の象の背には犬の頭を模したかぶりものをした者が、それぞれ腰を下ろしている。どちらも、輿の男と同じ神官衣を身につけていた。

その三人を、数十人の男たちが守るように囲んでいる。彼らはまったく飾り気のない神官衣を着て、何人かはキュレネーの軍旗を掲げ、また別の何人かは大太鼓をそばに置いていた。武器らしいものを持っている者はひとりもいない。

ティグルとエレンは灌木の陰に身を潜めて、本陣を観察していた。二人は首尾よく戦場から離れ、木々や茂みに隠れながら敵兵の目を逃れて、ここまで来たのだ。乗っていた馬は、ここから少し離れたところにある木につないできた。

「輿に座っているのは地位の高い神官のようだが……。まさか、あいつが指揮官なのか？」

エレンが顔をしかめた。ジスタートでも、神官が軍に付き従うことはある。だが、それは信仰心の篤い兵たちの士気を高めたり、戦が終わったあとに祈りを捧げたりするためで、指揮官を務めることはない。

「たしかに神官が指揮官を務めるなんて、ふつうはありえないが……」

ティグルの表情は険しいものになっている。輿に座っている者と、戦象の背に乗っている二人から異質な気配が伝わってくるからだ。この世のものではないと言われたら信じてしまいそうな、不気味な雰囲気があった。他の神官たちからはそういうものをまったく感じないので、より異質な印象が強調される。

——あの三人、ただの神官じゃないな……。

二年近く前に起きた出来事が脳裏をよぎる。

自分の生まれ故郷であり、領地であるアルサスが、怪物に襲われた。

それは恐ろしい存在だった。岩や大木を容易に引き裂く膂力を持ち、剛毛に覆われた体躯は鉄の刃を通さず、人間を喰らい、血をすすった。その咆哮には人間の感覚を狂わせる不思議な力があり、それがまとう雰囲気は、人間や獣には決して持ち得ないものだった。

ティグルはエレンをはじめ多くの者の力を借りて、どうにか怪物を滅ぼした。だが、その戦いによって出た犠牲は少なくなかったし、彼自身は家宝の黒い弓と、右目を失った。

あのときに怪物から感じた禍々しさを、ティグルは三人の神官から感じていた。

無意識のうちに右目を覆う眼帯を撫でていた手を、腰のベルトに吊した革袋へ持っていく。

その中に入っているのは、てのひらにおさまりそうな大きさの石片だ。ある女神の石像から削りとったものである。

　かつて、ティグルは家宝の黒い弓から、怪物を傷つけるほどの強大な力を引きだすことができた。この石片は、失われた家宝の、いわば代用品だ。家宝には及ばないものの、やはり怪物に打撃を与えるだけの力を引きだすことができる。そのため、戦場で使うことはないと思いながらも肌身離さず持ち歩いていた。

　──この力が通用するかはわからないが……。

　ティグルにはひとつの確信があった。いまここで、あの神官たちのひとりだけでも仕留めなければ、きっと恐ろしいことになる。

　──ここからもっとも狙いやすいのは、戦象の背に乗っている女神官か。

　革袋から石片を取りだそうとしたとき、エレンがささやくような声で呼びかけてきた。

「あれを見ろ、ティグル」

　彼女の視線を追って、北の方へ目を向ける。十人ほどのキュレネー兵が、本陣に向かって歩いているのが見えた。戦場から、何かを報告しに訪れたようだ。

　先頭に立っている兵士は、見事な装飾のほどこされた両刃の斧を持っている。それを見て、ティグルは息を呑んだ。

「あれはオクサーナさまの……」

　刃に刻まれている紋様といい、刃と柄の接合部に埋めこまれている黄玉といい、幕舎でも見たオクサーナの竜具(ヴィラルト)に違いない。彼らが奪ったのだ。

輿と二頭の戦象を囲んでいる神官たちが左右に動いて、道を空ける。兵たちは一列になって歩いていき、輿に座っている神官の前で膝をつくと、うやうやしく竜具をさしだした。

神官が、竜具に向かって手を伸ばした。そのてのひらから金色の光を帯びた霧のようなものがあふれだす。霧のようなものは竜具を包みこむと急速に凝固して、大人ほどの大きさの琥珀になった。竜具は黒い影となって、琥珀の中に沈んでいる。

――竜具を封じこめた……？

衝撃に、ティグルは声が出なかった。輿に座っている神官は、ただの人間ではない。いや、全身から放っている異質な気配からして、人間ではない存在なのかもしれない。とにかく、人智を超越した力を持っているのはたしかだった。

神官が、わずかに首を動かす。こちらに視線を向けた。

冷水のような戦慄が背筋を駆け抜け、臓腑という臓腑が縮みあがる。見られたとわかった。

あの神官は、何気なくこちらを見たのでも、自分たち以外のものを一瞥したのでもない。

――もっと前から、俺たちに気づいていたんだ……！

不意に、右手をつかまれる。エレンがティグルの手を引いて、逃げるように駆けだした。その顔は青ざめ、額には汗が浮かんでいる。彼女もティグルと同じことを感じたのだ。

最初の数歩はエレンに引っ張られたティグルだが、すぐに彼女と並ぶ。二人は手をつないだまま、馬を置いてきた場所へ全力で走った。

馬は無事だった。馬を木につないでいる縄をエレンが切って、すばやく飛び乗る。ティグルも慌てて彼女の後ろに座り、その背にしがみついた。エレンが猛然と馬を走らせる。

荒野に馬蹄の音を響かせながら、二人とも、一言も発しなかった。

おたがいに落ち着きを取り戻したのは、馬の足が目に見えて鈍ってきたころだ。二人の人間を乗せて勢いよく駆けているのだから、疲労しないはずがない。

速度を落としながら、エレンがぽつりと言った。

「二年前にアルサスで戦った、あの怪物を思いだした」

そのとき、エレンは己の傭兵団を率いてアルサスにいた。雑用係を含めれば五十人を超える大所帯だったが、怪物に襲われて四十人以上の死者を出し、壊滅した。彼女にとってもっとも悲しく、苦しく、忘れられない記憶だった。

ティグルはエレンの肩を軽く叩く。努めて明るい声を出した。

「何としてでも王都に帰還して、俺たちが見たものを報告しよう」

いまは、過去を思いだして悲嘆に暮れるときではない。エレンは目尻に浮かびかけた涙を乱暴に拭うと、「ああ」と、力強い声を返す。

ティグルは安堵し、さらに彼女を元気づけようとして、口を開きかけた。だが、声を発する前に、何ものかの気配を頭上に感じて、表情を強張(こわば)らせる。

「――遅い」

淡々とした男の声が降ってきた。ティグルはそちらを見上げることはせず、身体をおもいきり傾けて、馬から落ちる。落ちながら、弓に矢をつがえて、声のした方向へ射放った。エレンもとっさに姿勢を低くして、ティグルとは反対方向に落ちながら、剣を振るう。

大気を鋭く切り裂く音が、複数響いた。次いで、乾いた音と甲高い金属音とが重なる。前者はティグルの放った矢が弾かれた音であり、後者はエレンの剣が半ばから折れた音だった。

地面に落ちたティグルは背中をしたたかに打って、何度も転がる。受け身よりも攻撃を優先したために、身体中を襲う痛みはそうとうなものだった。それでもどうにか顔をあげ、自分たちを襲ったらしいものの姿をさがす。

十数歩先に、ひとりの男が立っていた。褐色の肌と、端整な容姿の持ち主で、神官衣をまとっている。どこか蛇に似た小さな両眼が暗い光を放って、ティグルを見下ろしていた。

——輿に座っていた神官だ。

ティグルは驚愕の眼差しを神官に向ける。

一見したところでは、キュレネー人の神官としか思えない。だが、ひとならざるもの特有の気配に加えて、馬で逃げている自分たちに追いついたことや、馬上の自分たちに、上から襲いかかってきたことを考えれば、この男が人間ではないのはあきらかだった。

——武器は持っていないようだが……。

この男はどうやってか自分の矢を弾き、エレンの剣を折った。油断はできない。

相手の動きを警戒しながら、ティグルはエレンへと視線を転じる。彼女もかなり無理な体勢から地面に落ちたようだったが、立ちあがって、折れた剣をかまえていた。だが、神官はエレンにまったく注意を払わず、ティグルに視線を向けている。

「この刻、この地においてもアーケンに抗うか、『魔弾の王』よ」

ティグルの顔に驚きと、強烈な怒りが浮かんだ。二年前にアルサスを襲った怪物も、自分をそのように呼んでいたことを思いだしたのだ。

「おまえは何者だ」

「我はメルセゲル。偉大なるアーケンに仕える使徒」

「使徒……？」

眉をひそめるティグルに、メルセゲルと名のった男は淡々とした声音で告げる。

「神はすでに降臨を果たした。もはや地上に生きる命は、アーケンのもとで等しく永遠の眠りを迎える以外の道を持たぬ」

ティグルは戸惑い、次いで強烈な不安に駆られた。

神々は天上にあって、地上をあまねく見渡す。神官たちはそのように説き、人々はそれを素朴に信じている。ジスタートでもブリューヌでもそれは変わらない。おそらく他の国々でも。

神が降臨を果たしたなど、本来なら笑い話だ。

だが、ティグルはいくつかの経験から、ある女神だけは実際に存在することを知っている。

アーケンもそうだとすれば、ただごとではない。

「それがどうした」

強気な口調で言い返す。メルセゲルの言葉が事実だとしても、自分がキュレネーと戦い続けることに変わりはない。

弓を地面に置き、腰の革袋から石片を取りだして、左手で強く握りしめる。そのとき、はじめてメルセゲルが感情らしきものを覗かせた。かすかな怒りが彼の両眼にちらついている。

「忌々しい女神の力か」

ティグルは言葉を返さず、石片を通じて女神に祈りを捧げた。

周囲の大気が冷たく重苦しいものとなって渦を巻き、石片から黒い霧のようなものがあふれだす。それは瘴気であり、女神がティグルに与えた『力』の粒子だった。

瘴気はティグルの手を包みこみ、さらに上と下へ伸びていって、一張りの弓を形作る。

呼吸が苦しくなり、額に汗が浮かんだ。石片から力を引きだすと、身体中の熱と生命力を根こそぎ奪われるような感覚に陥るのだ。はじめてやったときは三日間、意識を失った。正直にいえば危険すぎて、あまり使いたいものではない。

――だが、これでなければ、おそらく通じない。

瘴気が黒い矢を生みだす。ティグルはその矢を弓につがえて、弓弦を引き絞った。

その瞬間、エレンが地面を蹴る。メルセゲルの注意を引きつけようと、横合いから鋭く斬りかかった。

メルセゲルはその場から動かず、右腕を軽く振る。ただそれだけの動作で、彼に斬りつけたエレンを吹き飛ばした。いましも弓弦から指を離そうとしていたティグルは、自分に向かって飛んできたエレンを見て、とっさに体勢を崩す。外した矢は虚空へ飛んでいき、瘴気が形作った弓は音もなく崩れて霧散した。

エレンを抱きとめながら、ティグルは地面に倒れる。愕然とした顔で、左手の中の石片を見つめた。

──たった一矢で弓が消えた……。限界が近いのか。

あと一度か二度、力を引きだしたら、石片そのものが崩れ去るだろう。

ティグルはエレンを抱きかかえながら身体を起こし、悠然とこちらへ歩いてくるメルセゲルを睨みつけた。このまま戦い続けて石片を失ってしまったら、一方的にやられてしまう。弓を拾いあげる。ただの矢では通用しないことはわかっているが、いまはどんなことでもやってとにかく相手に隙をつくり、逃げるべきだった。

馬蹄の音が聞こえてきたのは、そのときだ。メルセゲルが足を止め、そちらへ顔を向ける。

「──戦姫か」

そのつぶやきが終わらないうちに、ひとつの騎影がティグルたちの前に現れた。

馬を駆っているのは、二十代半ばだろう黒髪の女性だ。痩せ気味の身体を包む軍衣は、燃えるような赤を基調として、随所に白と金を配している。

彼女は馬を両脚だけで操り、左右の手にそれぞれ小剣を握りしめていた。小剣は二本で一対となっており、金色の刃は黄金の、朱色の刃は紅蓮の炎をまとっている。

「サーシャ！」

エレンが驚きと喜びの入りまじった叫びをあげる。その女性は、命を落としたオクサーナと同じジスタートの戦姫であるアレクサンドラ＝アルシャーヴィンだった。彼女の手にある二本の小剣は、炎を操る力を持つ双剣の竜具バルグレンだ。

サーシャはまっすぐメルセゲルに向かっていく。遠くからその姿を認めたとき、人間ではないと瞬時に見抜いたのだ。彼女もティグルたちと同様に、ひとならざるものと戦った経験があった。

メルセゲルの足元の地面がにわかに崩れ、土砂が噴きあがる。そこから白い鱗に包まれた巨大な蛇が現れた。地上に出ている部分だけでも、その体長は七十チェート（約七メートル）を超えるだろう。胴体は大木のように太い。

金色の両眼を光らせ、巨躯をくねらせて、大蛇はサーシャに襲いかかった。

「――陽炎（オルトレスク）」

サーシャが右手の小剣を一振りする。彼女を取り巻く大気が奇妙にゆらめいて、その姿がおぼろげなものとなった。大蛇はサーシャを一呑みにしようとしたが、顎が触れた瞬間、そこにいた彼女は幻であったかのように音もなく消え去る。

直後、炎が虚空を薙ぎ、大蛇の首が宙を舞った。いつのまにか大蛇の頭上に跳躍していたサーシャが、小剣を振るってその首を斬り飛ばしたのだ。

ティグルとエレンは喜びの笑みを浮かべたが、次の瞬間、二人の表情は驚愕に変わる。空中にいるサーシャの背後に、メルセゲルが現れたのだ。

「後ろだ！」

ティグルが叫んで、彼女に危険を知らせる。同時に、メルセゲルがサーシャの頭部を狙って右腕を薙ぎ払った。

刃鳴りに似た激突音が響きわたり、朱色の炎が虚空に鮮やかな弧を描く。サーシャとメルセゲルは空中でおたがいを弾きとばし、体勢を崩すことなく軽やかに地面へと降りたった。十数歩ほどの距離を置いて、両者は対峙する。

ティグルが叫ぶよりも一瞬早く、サーシャはメルセゲルの気配を感じとっていた。そして、相手の右腕に斬りつけることで、己の身を守ったのである。

メルセゲルは表情を微塵も動かさずに、己の右腕を見た。肘の先が大きく斬り裂かれて、傷口から黒い煙とも霧ともつかないものが流れでている。瘴気だ。

「頑丈な腕だね」と、サーシャは冷淡に言った。

「斬り落とすつもりだったんだけど」

メルセゲルが左手のてのひらで、軽く傷口を撫でる。すると、瘴気が霧散し、傷口は跡形もなく消え去った。それから、彼はサーシャに視線を向ける。

「以前に葬り去った槍使いの戦姫より強いな」

ティグルとエレンは固唾を呑んで、両者の睨みあいを見守っていた。サーシャの手助けをしたいところだが、へたに動けば、かえって彼女の足を引っ張ってしまう。

十を数えるほどの沈黙が続いたあと、にわかにサーシャが二本の小剣を振りあげる。二つの刃がそれぞれ金色の炎と朱色の炎をまとった。

「走って!」

短い叫びとともに、サーシャが双剣を振りおろす。二色の炎が、メルセゲルではなく地面に向かって放たれた。それは横に広がりながら垂直に噴きあがり、サーシャたちとメルセゲルを隔てる長大な業火の壁と化す。

ティグルたちは、サーシャが叫んだときには走りだしていた。脇目も振らず、少しでもメルセゲルから離れるべく足を動かす。前方に、自分たちが乗ってきた馬が見えた。メルセゲルの強襲に驚いて逃げたと思ったが、戻ってきていたのだ。

二人は息を切らしながら馬に駆け寄り、馬上のひととなる。そのときにはサーシャも自分の馬に乗って、近くまで来ていた。三人は無言で視線をかわし、馬を走らせる。

戦いの場からずいぶん遠ざかったころ、ようやくティグルとサーシャは手綱を緩めた。ティグルの後ろに乗っていたエレンも含めて、三人とも汗まみれになっている。

「ありがとう、サーシャ」

顔を伝う汗を拭いながら、エレンがサーシャに笑いかけた。ティグルも礼を述べ、それから気になっていたことを尋ねる。

「サーシャはどうしてここに？　それに、どうやって俺たちがあそこにいるとわかったんだ」

「君たちを見つけたのは偶然だよ」

サーシャはオクサーナの軍に協力するために、約五千の兵を率いてヴァルティスの野を目指していた。だが、連日の雨によって泥濘と化した場所を大きく迂回したために予定より時間がかかってしまい、戦いには間に合わなかったのだ。

戦場の手前まで来たとき、彼女はオクサーナの軍が敗北したことを知った。

サーシャは、配下の兵を積極的に戦場へ投入することは避けた。味方がどのような経緯を経て敗北したのか、わからなかったからだ。

逃げる味方を援護するよう兵たちに命じると、彼女は単騎で敵軍の本陣を目指した。偵察するためではない。奇襲をかけて混乱を起こし、敵の動きを鈍らせようと考えたのだ。自分だけならば、見つかっても逃げきれる自信があった。

「オクサーナは、逃げる兵をひとりでも助けようと最後まで戦場に留まったらしい。優しすぎたね、彼女は。総指揮官としての実績は、僕よりもはるかにあったのに」

サーシャの声には、ごくわずかながらオクサーナを責める響きが含まれている。恥をしのんででも生き延びてほしかった。それが総指揮官の役目だろうと、口には出さず、彼女は亡き戦友に訴えていた。

「ところで、二人はどうしてあの場所に？」

口調を普段の穏やかなものにして、サーシャが聞いてくる。エレンと視線をかわしたあと、ティグルは正直に答えた。キュレネー軍の本陣で見たものや、メルセゲルと名のった神官の言葉についても、可能なかぎり詳しく説明する。

話を聞き終えたサーシャは、たちまち厳しい表情をつくって二人を叱責した。

「二人とも判断が遅すぎる。とくにティグルは石片をもっと大事に扱わないと。家宝の弓ほどの力は出せないんだろう。まったく……落ち着いたら、あらためてお説教だよ」

サーシャは、ティグルの家宝の弓と石片について知っている。彼女に助けてもらわなかったら死んでいただろう身としては、返す言葉がなかった。

ティグルたちの表情を見て反省していると感じとったのか、サーシャは話題を変えた。

「いまは味方に合流することを考えよう。幸い、あの男は追ってこないみたいだ」

言われてみれば、その通りだ。戦姫であるサーシャを警戒しているのだろうか。

三人は馬を走らせ、荒野を駆け抜けた。

## 2　彷徨う戦士

ジスタート軍とキュレネー軍が血を流しあった戦場からそう遠くないところに、小さな山がある。その山の上には、やはり小さな村があったが、この村の住人たちは戦が起きるという話を聞いても避難しなかった。

この村からもっとも近い街道に出るには、山を下り、川を渡って、森を抜けなければならない。このあたり一帯を治める領主でさえ、めったに視察を行わず、村人たちも「山賊や軍よりも猪や熊の方が怖い」と、冗談まじりに言うほどだ。

村が襲われることはないと、誰もが思っていたのである。

この山のふもとにキュレネー兵の一団が現れたのは、まもなく日が沈むだろうころだった。

誰もが盾を持ち、金属片を連ねた革鎧を着て、反りのある剣を腰に下げている。

彼らの目的は略奪ではなく、殺戮だ。「あらゆる命をアーケンに捧げる」ために、どれほど小さな村であろうと見逃すつもりはなかった。

いま、村のもっとも南にある家の屋根に、ひとりの若者が立っている。

年齢は十六あたりか。頭に布を巻き、長い銀色の髪をうなじのあたりで結んで、背中に流している。黒い服に褐色の上着、灰色のズボンという地味な格好で、腰に矢筒を下げ、飾り気のない漆黒の弓を背負っていた。

　彼は憮然（ぶぜん）とした顔で、山に入ってくるキュレネー兵たちを見下ろしている。やや吊（つ）り上がり気味の目の奥で、碧い瞳が冷ややかな光を放っていた。

「四十、いや、五十人だな。ひとりも逃がすつもりはなさそうだ」

　若者は屋根を滑り、軒先につかまって地面に降りたつ。そこには旅装の娘と、初老の男が立っていた。娘は若者の旅の連れで、初老の男は村長である。キュレネー兵の数を聞いて、村長は顔を青くして震えあがった。

「い、いますぐ急いで逃げなければ……」

「どこへ逃げるんだ？　ここの住人から聞いたが、もっとも近くの村でも歩いて三日はかかるんだろう。老人や子供を連れて、当座の食いものを抱えて逃げきれるのか？　山の中に隠れるとしても、村中の人間がいっせいに動いたら、その足跡を消すのは不可能だ」

　若者の指摘に村長は一言も返せず、その場に立ちつくす。頭を抱えてうなだれた。

「落ちこむことはないわ、おじいちゃん。この村は幸運に恵まれてる。それがたとえ不幸中の幸いというやつだとしてもね」

　娘が明るく笑って村長の肩を叩く。年齢は、若者とそう変わらないだろう。美しい顔だちをしているが、それよりも快活（かいかつ）さやたくましさを印象づけられる娘だった。

　彼女は若者と同じく長い銀色の髪をしているが、こちらは複雑に編みこんで後頭部にまとめ

ている。着古した黒い服の上に外套を羽織り、鞘におさめた長剣を背負っていた。

紅の瞳を不敵に輝かせて、娘は自信たっぷりに言い放つ。

「私たちがやつらを倒してあげるわ」

「勝手に話を進めるな、ミル」

心底、迷惑そうに、若者が口を挟んだ。ミルと呼ばれた娘は、予想外の言葉を聞かされたという顔になる。彼女の名はミルディーヌ。ミルというのは愛称だ。

「何よ、アヴィン。あなただって、この村を放っておくつもりはないでしょ」

「先に相談しろと言ってるんだ。ひとつ聞くが、おまえはどうやって五十人ものキュレネー兵と戦うつもりだ？　やつらがまともじゃないのは、わかっているだろう」

若者――アヴィンの問いかけに、ミルは胸を張ってまっすぐな視線を返す。何か手があるだろうという期待、より正確には、考えるのは任せるという信頼をこめた眼差しだ。

「俺たちは王都に行かなければならない。道草を食っている暇はないと言ったら？」

「私はここに残るわ」

即答するミルに、アヴィンはため息をついた。予想通りの返事だ。脅しや駆け引きなどではない。彼女は本当にそうするだろう。

ヴォージュ山脈の南端という奇妙なところからミルと旅をはじめて二ヵ月になるが、こうしたやりとりはいままでに何度もしてきた。先を急ぐ旅だというのに、彼女は困っているひとを見たらできるかぎり力になろうとするし、考える前に発言し、行動する。

　さきほど屋根の上からキュレネー兵たちを発見してしまったときのアヴィンの心境は、諦念だった。この村を訪れたのは、道を尋ね、そのついでに食糧を調達するためであり、日が暮れる前に去るつもりだったのだが、こうなった以上は戦うしかなさそうだ。

――ミルのせいにばかりはできないか。俺だって、村を見捨てたなんて話はしたくない。

　一ヵ月ほど前、二人はとある町に三日ほど滞在したことがある。アヴィンとしては、旅を続けるのに必要な道具類を手に入れたら、すぐに発つ予定だったが、ミルが失せ物さがしを引き受けたために留まらざるを得なくなったのだ。

「善意や正義感で動くのもけっこうだが、俺たちは気ままな旅をしているわけじゃない」

　たまりかねてそう言ったアヴィンに、ミルは「それだけじゃないわ」と、反論した。

「私は、お父様やお母様、お兄様に、誇りをもって報告できるような旅をしたいの。目的以外はどうでもよくて、目の前の困っているひとを見捨てるような旅なんて、いや」

　そのときまで、アヴィンはまさに目的を果たすことだけを考えていたのだが、自分が旅に出るときに見送ってくれた両親や妹、師のことを思い浮かべて、考えをあらためた。彼らに恥じない旅をしたいと思うようになったのだ。

――五十人か。いいだろう、やってやる。

　もともと、キュレネー軍に対して怒りや敵意はある。彼らの行動は許し難いものだし、自分たちがこのような旅をすることになった理由は、彼らにあった。

それに、キュレネー軍の侵攻によってジスタートから平和と安全が失われ、野盗が増え、隊商や旅人が減って情報を手に入れにくくなったことも痛手だった。

気分を切り替え、考えをまとめると、アヴィンは村長に視線を向ける。

「時間稼ぎをしてやる。必要なものを抱えて安全なところへ逃げろ」

この村に向かってくるキュレネー兵たちを撃退しても、それで終わりとはならないだろう。いずれ新手が来るに違いない。だから時間稼ぎと言ったのだ。

声をかけられて、ようやく村長は我に返った。それまで、彼はただキュレネー兵に怯えていたのではない。ぼんやりと、この二人はいったい何者だろうと思っていたのである。

どちらかといえば警戒心から、よそ者を観察する癖のある彼は、アヴィンたちが村に入ってきたときから様子をうかがっていた。

若さに似合わず旅慣れているというのが、最初に抱いた印象だ。兄妹かと思ったが、どうも違うらしい。傭兵のような粗野な雰囲気はなく、吟遊詩人や行商人のように愛想がいいわけでもない。立ち振る舞いにどことなく気品があることから、貴族の子息令嬢かと思ったが、それなら旅慣れているはずがないし、従者のひとりもいないのはおかしい。

アヴィンには誰に対しても動じない落ち着きがあり、ミルには誰にでももの怖じせず話しかける屈託のなさがある。対照的な態度だが、自分に自信があるという点では共通しているように思えた。

　そして、いまの二人からは熟練の戦士を思わせる豪胆さが感じられる。この村に迫る五十人ものキュレネー兵を恐れていないどころか、言い合いをする余裕さえあった。

　考えれば考えるほど、この二人が何者なのか、彼にはわからない。だが、とにかく村を守ってくれるというのだから感謝すべきだった。

「あの、ありがとうございます……」

　ぎこちなく頭を下げる村長に、アヴィンは首を横に振る。

「礼はいい。それより体力と腕力のある男を何人か貸してくれ。大至急だ」

　村長はうなずくと、慌てて村の中に駆けていった。

　しかめっ面で村長を見送るアヴィンに、ミルが「ありがとう」と、嬉しそうに礼を言う。アヴィンはしかめっ面をそのまま彼女へと向けた。

「覚悟しておけよ。明日からは、いままで以上に急いで王都を目指すからな」

　二人の目的は、王都シレジアにいるらしい、ある人物に会うことだ。キュレネー軍がこの国に攻めてきている現状を考えると、一日も早く王都にたどりつくのが望ましかった。

「わかってるわ。それで、どうやって戦うの？」

　まったく悪びれない明るい態度に、アヴィンは意地の悪い笑みを浮かべる。

「簡単だ。おまえひとりで五十人を迎え撃つ」

「冗談……でしょ？」

ミルが顔を強張らせた。旅の中で、二人は何度かキュレネー兵の集団に遭遇している。戦ったこともあり、その恐ろしさについてはよくわかっていた。

「俺はいたって真面目な話をしている。ここに残ると言ったときの気概を見せろ」

冷たく言い放ちながら、アヴィンは背負っていた黒い弓を左手に持つ。これは、旅に出るときに両親が持たせてくれたものだ。

不思議な弓だった。弓幹も、弓弦も、闇の中から抜きだしたかのように黒く、色の褪せている箇所がない。何でできているのかもわからない。弓弦を軽く弾くと、澄んだ音が響いた。

――師や両親に恥じない戦いを。

やがて、村の男たちが姿を見せる。アヴィンは彼らとミルに自分の考えを説明した。


キュレネー兵たちが村の前に姿を現したのは、アヴィンが最初に彼らを発見してから半刻ばかりが過ぎたころだった。このときには、村人たちは持てるものを持って逃げ去っている。山の上に村があったことが幸いした。

アヴィンは弓と矢を手に、家の屋根に腰を下ろしている。

ミルは村を囲む柵の前に立って、キュレネー兵たちを見据えた。長剣は鞘から抜いて、肩に担いでいる。その刀身は青色をしていた。

キュレネー兵たちはおたがいに声をかけあうこともなく、無造作に立っている。

──やはり指揮官はいないみたい。

二人の知るかぎり、キュレネー軍の行動は恐ろしく単純で、明快だ。

神征の目的を意識に刷りこまれているかのように、彼らはただ殺害すべき相手を殺害し、破壊すべきものを破壊しようとする。怠ける者も、怖じ気づいて動けなくなる者もおらず、誰もがその身を顧みずに、目的を遂行しようとする。

だからなのか、指揮官がいないのは、キュレネー軍において珍しいことではなかった。

「警告するわ。私に勝てるのはお母様だけよ。命が惜しければ帰りなさい」

ミルの鋭い声は、しかし何の変化ももたらさなかった。キュレネー兵たちは彼女を倒すべき敵と認識したらしい。いっせいに剣をかまえて、我先にという勢いで動きだす。

アヴィンが矢筒から三本の矢を引き抜く。まとめて黒い弓につがえ、射放った。三本の矢はそれぞれ異なる軌道を描いて、三人の兵の額に深く突き立つ。その兵たちは体勢を崩して転倒した。だが、他の兵たちは三人に目もくれず、踏み越えて突進する。ミルに殺到した。

ミルは冷静にキュレネー兵たちの動きを観察している。三人の兵が倒されたことによって、彼らの足並みが乱れているのを見逃さなかった。

長剣を振りあげて、地面を蹴る。もっとも突出していたキュレネー兵を一撃で斬り伏せた。

虚空に赤い虹を描いた鮮血が地面に降り注ぐよりも早く、彼女は手首を返して、自分に迫る白刃を弾き返す。他の敵兵の斬撃をかわして、相手の首筋を斬り裂いた。踏みこみといい、剣勢といい、外見や年齢からは想像できない非凡きわまる技量だった。

キュレネー兵たちはミルを囲んで前後左右から斬り刻もうとしたが、アヴィンが屋根の上から立て続けに矢を射放って、彼らを打ち倒す。確実に息の根を止めないかぎり、彼らは獰猛さを失わずに動き続けるとわかっているので、額や目、喉を狙い、次々に葬り去った。

そうして十人ほどのキュレネー兵が血だまりに沈んだころ、アヴィンが屋根から姿を消す。ミルはというと、大胆にも彼らに背を向けて、一気に駆けだした。

キュレネー兵たちが獣のような雄叫びをあげてミルを追う。ミルは通りを駆け抜けて、大きな家の中に逃げこんだ。キュレネー兵たちも怒号とともにその家に飛びこむ。

直後、彼らの足は踏むべき地面を失った。

先頭にいた者たちが大きく体勢を崩して倒れこむ。後続の兵たちも次々に転倒し、仲間の上に折り重なった。家の中に、大きな穴が掘られていたのだ。四十人の兵がすべて落ちて、ようやく埋まるほどの。

アヴィンとミルの仕掛けた罠は、それだけではない。起きあがろうともがいたキュレネー兵たちは、穴の底に粘りのある水たまりがあることと、そこから異臭が立ちのぼっていることに気づいた。穴の縁に立ったミルの手には、火のついた松明（たいまつ）がある。

彼女はためらうことなく、松明を穴の中へ放った。

次の瞬間、穴の底が紅蓮の炎に包まれる。水たまりの正体は獣脂を溶かした油だった。アヴィンが村長に頼んだのは、この家の床に穴を掘って、油をまくことだったのである。

キュレネー兵たちは次々に炎に包まれたが、誰ひとりとして苦痛の声をあげなかった。獣のように唸りながら、穴から脱出しようとする。だが、炎と煙によって視界を遮られ、なかなかうまくいかない。仲間とぶつかりあって火の中に倒れこんでしまう。

運よく穴から這い出て、家の外へ逃れた者もいたが、すでに外へ出て待ちかまえていたミルが容赦なく斬り伏せる。そこへ、走ってきたアヴィンが加わった。キュレネー兵の意識をミルに集中させるため、屋根から下りたあとはしばらく隠れていたのだ。彼は弓を背負い、ここへ来るまでに拾った長柄の農具を持っていた。

二人は手を緩めなかった。ひとりでも見逃せば、逃げた村人たちが危険にさらされる。

炎がおさまり、戦いが終わったのは、夜空を無数の輝きが彩るころだ。

家の出入り口のそばには、キュレネー兵の死体が折り重なって積みあげられている。アヴィンは念のために短剣を用意して、死体の頭部に突きたてて回った。

「私も手伝おうか？」

「おまえは、動きだすやつがいないか見張っていてくれ」

ミルの申し出を断って、アヴィンは黙々とその作業をすませる。ため息をついた。

「食糧のことは仕方ないとしても、せめて道は聞いておくべきだったな」

自分たちも村人たちも忙しかったとはいえ、それぐらいはできたはずだ。

「村のひとたちを逃がすことはできたんだから、今回はそれでよしとしましょ」

新たに用意した松明に火を灯しながら、ミルが笑顔でアヴィンの肩を叩いた。

「お母様が言ってたわ。あれもこれもと欲張ると、何ひとつ手に入らない。そのときの自分にとって何がいちばん大事なのか、重要なのか、それを見定めて迷わず突き進む。それ以外はうまくいったら儲けものぐらいに考える方がいいって」

アヴィンはもの言いたげな目をミルに向ける。旅の中で、彼女の母親の話は何度か聞かされていたが、その言葉ははじめて知った。

「俺も、師から似たようなことを教わった。目標を高く持つのは大切だが、ものごとが計画通りに進むことは少ない。だから、どのような状況でも目標を変える柔軟さを持つか、事前に複数の目標を設定して優先順位をつけておけと」

「師がいるっていいわね。アヴィンのお師様はちょっと堅苦しい感じがするけど、話し方のせいかしら」

煙を噴きあげている家を振り返りながら、ミルが聞いてくる。

「こういう戦い方も、お師様に教わったの？　弓はお父様からというのは前に聞いたけど」

「そうだ。だが、勝てたのは運がよかった」

キュレネー兵が五十人しかいなかったこと、彼らが逃げるミルを警戒せずにまっすぐ追ってきたことを、アヴィンは挙げた。彼らの数がもっと多ければ、犠牲をものともせずに罠を踏み越えてきただろうし、慎重に動いていたらこのような罠はすぐに見破ったに違いない。

ふと、アヴィンは腰に下げている矢筒を見た。空になっている。食糧だけでなく、矢もどこかで調達しなければならないだろう。

「さがして、もらっていかない？」と、ミルが村の中の家々を指で示す。

「猪や熊がこのあたりに出るなら、狩人もひとりぐらいいるでしょ」

アヴィンは少し考えたあと、首を横に振った。

「さっさとここから離れよう。この煙を見て、敵の新手が来るかもしれない」

「それなら、キュレネー兵の剣だけでも持っていきましょ。野盗や獣に出くわしたら、短剣一本じゃどうにもならないわ」

「キュレネーの剣は、ふつうの剣と使い方が違うそうだ。荷物にしかならないだろう」

アヴィンの言葉を疑ったのか、ミルはすぐ近くに転がっているキュレネー兵の死体から剣をもぎとる。だが、二、三度、振りまわしたあと、渋面(じゅうめん)をつくって放り捨てた。

「あなたの言う通りね。ジスタートやブリューヌの剣と感覚が違う」

村を囲む柵を乗り越えて歩きだしたアヴィンに、ミルが早足で並ぶ。

「よし、矢が調達できるまでは、私がアヴィンを守ってあげよう」

「言っておくが、俺は弓しか使えないわけじゃないぞ。いざとなれば、そのへんの棒きれでも戦える」

アヴィンの言葉に、ミルは意外だという顔をした。

「そうなの？　弓ばかり使っているから、他の武器は苦手だと思ってたわ」

「弓以外も使えるように、師から厳しく叩きこまれた」

「あなたのお師様って何でもできるのね」

それに対してアヴィンが何かを言おうとしたとき、ミルの腹が鳴った。

アヴィンが荷袋から干し肉を二切れ用意して、ひとつをかじり、もうひとつをミルに渡す。

干し肉を咀嚼(そしゃく)しながら、ミルが言った。

「ねえ、夜が明けたら、川をさがして魚を獲りましょ」

「それはかまわないが……魚が食いたくなったのか？」

「少し前に、川を舟で渡ったとき、渡し守のおじいちゃんからおいしい魚スープ(ウハー)の話を聞かせてもらったでしょ。あれをつくりたい」

魚スープは、ジスタートにおいて日常的な料理のひとつだ。桶のような深い鍋に水をたっぷり入れて、大口に切ったジャガイモや蕪(かぶ)、塩漬けの鮭などを煮込み、玉ねぎや香草、香辛料などで味つけをしたものである。ただし、味つけについてとくに決まりはなく、家庭ごとにひとつの魚スープがあるとまでいわれていた。

「魚スープか」

　そうつぶやいたアヴィンの口調がやや懐かしそうなものになったのは、母のつくる魚スープの味を思いだしたからだ。この旅の中でも魚スープは何度か食べているが、それぞれ具材や味つけは違っており、「生まれてはじめて食べた魚スープこそがいちばんうまい」という古いことわざを思いだすことになった。

「アヴィンの家の魚スープはどんなものなの？　私のお母様は必ずジャガイモを入れるのよ。他は、そのときの気分でできとうなんだけど」

「俺の母も、その日、その場にあるものでつくっていたな。こだわりといえるものは……そういえば、葡萄酒(ヴィノー)は必ず入れるようにしていたか」

「ふうん」と、ミルは意外そうな反応を示す。

「火酒(ウォトカ)は聞いたことあるけど、葡萄酒を入れるのははじめて聞いたわ。アヴィンのお母様、おもしろそうなひとじゃない」

「おもしろくはないぞ。過保護で、いい年して子離れができていないしな」

　アヴィンの言葉は辛辣(しんらつ)で、声音はそっけない。母が嫌いなのではなく、親について他人に語るのがどうにも気恥ずかしいからだった。そんな心情を察したのか、ミルが話題を変える。

「早く、ティグルを助けて、ティグルヴルムド＝ヴォルンに会いたいわね」

　ティグルを助けて、アーケンと戦う。

そして、最悪の事態が訪れた場合は、ティグルを討つ。

それが二人の旅の目的だ。アヴィンはそのために、両親から黒い弓を貸し与えられた。

ミルは、そんなことにはならないと楽観的にかまえている。しかし、理由を聞いてみると、とくに根拠はなく、ティグルに対する期待だけでそう思っているようだ。

「どんなひとかしらね。ブリューヌの英雄と呼ばれているんだから、間近で見たら圧倒されるほどの威厳や貫禄に満ちているのかもしれないわ」

「実物を見たときに幻滅しないよう、想像はほどほどにしておけ」

二人は旅をしながら、ティグルヴルムド＝ヴォルンについてさまざまな情報を集めた。

五年前にブリューヌ王国で起きた内乱を鎮めたことで英雄と呼ばれ、以後も戦場で武勲を重ねている若き青年貴族で、とくに兵や民から評判がよく、悪い話はほとんど聞かない。批判や非難のほとんどは、彼を疎ましく思う諸侯たちによるものだった。

——俺だって、ティグルヴルムド＝ヴォルンを討つなんて考えたくもないが。

声には出さず、アヴィンはつぶやく。

だが、ミルが希望を抱いてくれるなら、自分は最悪に備えようと思う。彼女のためにも。

松明の明かりだけを頼りに、二人は山を下りていった。

†

ティグルがエレンやサーシャ、兵たちとともに王都シレジアに帰還したのは、ヴァルティスの戦いから十日後のことである。あと半刻ほどで昼になるというころだった。

兵の数は、負傷者も含めて約七万五千。約五千はサーシャが率いてきた兵であり、それ以外はオクサーナの軍の兵だ。ジスタート軍は、実に三万もの兵を失ったのだった。

ティグルにとっては嬉しいことがひとつあった。ルーリックをはじめとする部下たちと再会できたのである。彼らは戦場の混乱の中で、逃げる味方に押し流されて、ティグルを見失ったのだという。

「ルーリック、本当によく生きていてくれた。女神エリスに感謝しないとな」

「ティグルヴルムド卿こそ。あなたがこんなところで死ぬはずなどないと思っていましたが、やはり悪運がお強い」

二人は抱きあっておたがいに生き延びたことを喜び、命を落とした部下たちの魂が安らぐようにと祈った。

サーシャは王都を囲む城壁の前に、兵たちを整列させた。

「ヴァルティスの野での戦いについては、聞いた。君たちに、よく戦ったと言ってやりたい気持ちはある。だが、我々は敗れた。オクサーナと多くの勇敢な兵が帰らぬひととなり、キュレネーの軍靴はいまなおジスタートの大地を踏み荒らしている」

悔しさと恐怖に震える兵たちに、サーシャはさらに言い募る。

「キュレネーの軍勢は、我々がいままで刃をまじえてきた近隣諸国とは何もかも異なる。彼らは死ぬまで戦い続け、己の命を投げだすことをためらわない狂戦士だけで構成された軍団だ。交渉という選択肢ははじめからない。こちらを殺し尽くすか、向こうが死に絶えるかのどちらかしかないんだ。彼らはいずれ、この王都まで攻めのぼってくるだろう」

大きく息を吐きだして、ただひとりとなった戦姫は声を高めた。

「勝ち目はある。だが、君たちがキュレネー軍に立ち向かわなければ、勝利をつかむことはできない。大切なものを守りたければ、失った名誉を取り戻したければ、勇気を奮いたたせろ。敵を打ち倒せ」

そして、今日だけは休むようにと、サーシャは兵たちに告げた。

明日からは、キュレネー軍を迎え撃つための準備にとりかからなければならない。人手はいくらでも必要で、傷や疲れが完全に癒えるまで休ませるような贅沢はできなかった。

ティグルも兵たちとともにサーシャの言葉を聞いていたのだが、彼女の心労を思うと、自分の無力が腹立たしかった。

サーシャの本心は、「よく戦ったと言ってやりたい」という、それだけだ。それ以外は、指揮官として必要だと判断した口上である。兵たちには、キュレネー兵に対して抱いた恐怖を克服して、一刻も早く奮起してもらわなければならないからだ。

次いで、軍の帰還を聞いて王宮からやってきた大神官が、サーシャの隣に立つ。生者の無事を喜び、死者の魂を悼んで、神々に祈りを捧げた。

ジスタートと、それから隣国のブリューヌでは、神々の王ペルクナスをはじめとして、おもに十柱の神々が信仰されている。

人々は正義を求めるとき、ペルクナスの名を唱え、誰かと契約をかわすとき、名誉と契約を守護するラジガストの名を口にし、豊作を願うとき、大地母神モーシアに祈りを捧げてきた。

この十柱の神々の中で、一柱だけ異色といえる女神がいる。

夜と闇と死を司る女神ティル＝ナ＝ファだ。この女神はペルクナスの妻であり、姉であり、妹であり、生涯の宿敵であるとされている。

司るものがいずれも不吉な印象を持つがゆえに、この女神は人々から忌まれ、恐れられ、嫌悪されてきた。公の場で彼女に祈りを捧げる者は、まずいない。神官たちが何らかの儀式において神々の名を叫ぶときも、彼女の名をあえて外すことは珍しくない。

実現に至ったことこそないが、この女神を十の神々から外すべきだという意見は、これまでに幾度となく出ている。ティル＝ナ＝ファとはそのような存在だった。

大神官もやはり、ティル＝ナ＝ファの名を外して、九柱の神々の名を唱えた。

こういう場面に立ち会うと、ティグルは複雑な感情を表に出さないよう気をつけてしまう。さりげない仕草で、腰の革袋に触れた。人目から隠すように。

革袋の中の石片は、その忌み嫌われている夜と闇と死の女神の石像から得たものだ。ティグルが祈りを捧げ、石片から力を得ている女神とはティル＝ナ＝ファなのである。かつて家宝の弓から引きだしていた力も、そうだった。

このことを知っているのはエレンやサーシャなどごくわずかで、亡きオクサーナにも話したことはない。おいそれと話すことはできなかった。

大神官の祈りが終わると、サーシャは軍を解散させ、ティグルとエレン、それから数人の部隊長を従えて、城門をくぐった。

王国の中央にあるこの王都には、百万を超える人々が暮らしている。平和な世であれば、無数に延びている街道に隊商が列をなし、諸国のさまざまな産物が運びこまれ、大通りには露店が押しあうように並んで、商人たちが声を張りあげているはずだった。

ブリューヌの葡萄酒や羊毛、ムオジネルの香辛料や陶磁器、紅茶(チャイ)、アスヴァールの珊瑚(さんご)や真珠、さらに遠いザクスタンの毛織物や果実酒(ナフリカ)、ヤーファの武具や竹細工までもが店先に並び、いくつもの国の言葉が飛び交い、吟遊詩人たちが詠い、道化師(クローウン)たちが踊り、日が暮れるまで熱気が消えることはない。そんな日々が、一年前まではたしかにあった。

しかし、いまの王都にそのような熱気はなく、大通りには陰鬱(いんうつ)な空気があふれている。

キュレネー軍が南の大陸を征服したころから、王都を訪れる隊商が急速に減りだした。北の大陸の諸国が滅ぼされると、ほとんど姿を見せなくなった。旅の途中で、キュレネー軍や野盗に襲われるようになったからだ。吟遊詩人や道化師も、同じ理由でほとんどいなくなった。

ひとのまばらな大通りを、王宮に向かって進む。敗北を責め、罵声を浴びせかけてくる者もいたが、それは少数で、大半は落胆と失望、不安の入りまじった視線を向けてきた。

ティグルたちは毅然とした態度を崩さず、前だけを見つめていた。


王宮に入ったティグルたちを出迎えたのは、書類の束を手にした女性の文官だった。彼女はサーシャにうやうやしく一礼する。

「アレクサンドラ様、ご無事で何よりです」

「ありがとう、リュドミラ。留守にしていた間に、何かいい知らせはあるかな」

リュドミラと呼ばれた文官は、「はい」とうなずいた。平静を装っているが、その表情には誇らしげな感情がかすかに浮かんでいる。彼女は今年のはじめからサーシャの補佐を務めており、ティグルとエレンも何度か話したことがあった。友人と呼ぶほど親しくはないが、おたがいの立場上、重要な情報を共有することがたびたびあるという間柄だ。

「城壁の補修はほとんど終わりました。次に、王都のまわりに壕を巡らせる作業ですが、必要な人手と工具が確保できたので第四部隊を組織しました。よりはかどるかと」

「助かるよ。よくやってくれた」

サーシャが彼女にねぎらいの言葉をかける。ティグルたちも素直に感心した。王都の守りを強化する方針は、イルダー王が戦死する前から決まっていたことだったが、サーシャの推薦によってその計画を一任されたのがリュドミラだった。

オクサーナが戦死し、戦姫がサーシャひとりになったことで、ジスタートは王都での戦いを余儀なくされている。それを思えば、リュドミラの報告は非常に心強い。

「さすが戦姫の娘ですな」

部隊長のひとりが、彼女に賞賛の言葉をかける。

「恐縮です」と、リュドミラは笑顔で言葉を返したが、その顔が一瞬の半分ほどの時間、硬く強張ったのを、ティグルは見逃さなかった。部隊長にはひとかけらの悪意もないだろうが、それは彼女にかけてはならない言葉だ。

「それ以外には何かあるか？」

リュドミラの表情の変化に気づかないふりをしながら、そう尋ねることでティグルは話題をそらす。彼女はすぐに気を取り直した。

「他にお伝えすることが二つあります。北東部に領地を持つ諸侯たちが、北の蛮族の監視にあたってくれることになりました。西の海の海賊討伐も無事に終わったとのことです。海賊たちがためこんでいた食糧についても、多くはありませんが手に入ったと」

ジスタートの敵は、キュレネーだけではない。北の国境を越えたところには蛮族が棲み、西の海には海賊がいる。蛮族は時折、国境を越えて侵入してきては町や村を襲い、海賊は港町や交易船を襲った。

いままでは戦姫や諸侯たちが撃退していたのだが、約半年前、キュレネーとの戦いに力を注ぐことが決まってからは、蛮族と海賊への対応は後回しにされた。諸国を攻め滅ぼしてきたキュレネーの方を脅威と見做すのは当然の判断であったし、諸侯たちも、より大きな武勲をたてるためには蛮族や海賊よりキュレネー軍と戦うべきだと考えていたのだ。

だが、ティグルとエレン、サーシャはこの考えに否定的だった。キュレネー軍との戦いがすぐに終わるのであればよいが、もしも長引けば、蛮族も海賊も勢いづく可能性がある。

サーシャに相談されて、蛮族への対策を考えたのがリュドミラだ。彼女は北東部の諸侯たちに蛮族を監視させることを提案し、諸侯らにあてて何十通もの手紙をしたため、根気よく説得した。その苦労は、どうやら報われたようだ。

海賊に対しては、サーシャが指揮官を選抜し、兵を集めて討伐軍を差し向けた。こちらについては、西の海の治安を守ること以外にもうひとつ狙いがあった。

サーシャは、王都に逃げてきた船乗りたちからひとつの情報を得ていた。キュレネーに滅ぼされたアスヴァール王国で、海賊たちが廃墟あさりをやっているというものだ。キュレネー兵を恐れて逃げたか、あるいはひとり残らず殺害されたかして無人になった村や町をさがし、残されていった食糧や財貨をかき集めるのである。

この廃墟あさりが、かなり実入りがいいらしいと、船乗りたちは言った。

サーシャは財貨には興味を持たなかったが、食糧には注目した。戦になれば、食糧はいくらあっても足りなくなる。海賊たちを討つだけでなく、彼らの上前をはねる形で食糧を奪うべきではないか。彼女はそう考えたのだ。

リュドミラの報告からすると、これはうまくいったようだった。油断はできないが、しばらく海賊は襲ってこないだろう。アスヴァールから動かずに廃墟あさりに専念してくれるならけっこうなことだった。

サーシャは後ろにいる部隊長たちを振り返る。

「明日の昼、軍議を行う。今日はゆっくり休んでくれ」

「もちろんサーシャもゆっくり休むんだぞ」

間髪(かんぱつ)を容(い)れずに明るい口調でそう言ったのは、エレンだ。

彼女の立場は傭兵であり、公の場で、戦姫を愛称で呼ぶなど不敬(ふけい)きわまりない。だが、サーシャは咎(とが)めることなく苦笑ですませ、部隊長たちも眉をひそめなかった。「傭兵殿の言う通りですぞ」などと言う、調子のいい者まで現れる。

「わかった、わかった」

仕方ないというふうにサーシャが肩をすくめると、部隊長たちは笑った。しかし、彼らはすぐに表情を引き締め、敬礼をして歩き去る。廊下にはティグルとエレン、サーシャ、リュドミラの四人だけとなった。サーシャがティグルたちに視線を向ける。

「疲れているだろうけど、執務室までつきあってくれ。話しておきたいことがある」

断る理由はない。サーシャに先導されて、三人は歩きだした。

「さっきはありがとう」

リュドミラが、ティグルにしか聞こえないような小さな声で、口早に礼の言葉を紡ぐ。話題をそらしたことについてのものだろう。こちらも小声で言葉を返すべきかと考えていると、彼女はもう横を向いて、やはり声を潜めてエレンに話しかけていた。

「エレオノーラ殿、アレクサンドラ様へのさきほどの態度はどうかと思うわ」

「そうか？　部隊長たちも笑っていたじゃないか。リュドミラ殿の堅苦しさは美点だろうが、いつもそうだと肩が凝るぞ」

彼女に合わせて声をおさえ、首をかしげるエレンに、リュドミラは顔をしかめる。

「戦姫の権威は、皆が尊敬の念を示してこそ保たれるもの。少なくとも、ひとの目があるところでは避けるべきよ」

「だがな」と、エレンは一歩前を歩くサーシャの背中を指で示した。

「私たちがサーシャに休めと言うより、ああやって部隊長たちに言わせた方が、効果があると思わないか。まったく、元気になったらこんなに勤勉になるとはな」

それには反論できなかったようで、リュドミラは難しい顔で口をつぐむ。

「聞こえてるよ、二人とも」

サーシャが前を向いたまま、静かに告げる。エレンとリュドミラは同時に縮みあがった。

それからほどなく、四人は執務室に入る。応接室のひとつに手を加えたもので、あまり広くはないが、執務机に椅子、書類や地図をまとめておく棚、長椅子、花瓶や水差しを置く台、書見台などが、窮屈さを感じさせないよう巧みに配置されていた。

サーシャが棚から一枚の地図を用意して、執務机の上に広げる。ヴァルティスの野と、その周辺を描いたものだ。彼女の意図を察して、エレンが言った。

「戦の検証か」

サーシャはうなずき、執務机の引き出しからいくつかの駒を取りだして地図上に並べた。

「君や兵たちから聞いた話だと、オクサーナは相手を包囲しようと考え、歩兵を横に広く展開して、その後ろに騎兵を配置した。それでいいね？」

ティグルとエレンはうなずく。王都に帰還する道中で、詳しく話したことだ。駒を動かしながら説明を終えると、サーシャは小さくため息をついた。

「オクサーナの兵の動かし方は見事だね。僕じゃこうはいかない。でも……」

彼女は敗れた。その言葉を、サーシャは口にしなかった。言わずとも伝わるからだ。

「敵を包囲するのではなく、こちらも方形の陣をつくって正面から攻めかかったら、兵の厚みで勝てたのでしょうか」

リュドミラが疑問を発する。エレンが首を横に振った。

「おそらく、結果は変わらないだろう。正面から押し潰そうとしても、先頭の兵が敵兵の猛々しさに怯えて逃げだし、後続の兵は巻きこまれて身動きがとれなくなるか、勢いに呑まれていっしょに逃げる。全面潰走だ。怖じ気づかない兵がいたとしても、ごくわずかだ」

「俺もエレンと同じ考えだ」と、ティグルも意見を述べる。

「やつらはまともじゃない。泥濘に自分から飛びこみ、立っているのがおかしいほどの傷を負っても平気で戦い続ける。こんな連中と正面からぶつかったこと自体が誤りだった」

「二人がそう評する敵を、僕たちはこの王都で迎え撃つことになる」

サーシャが厳しい表情で言い、ティグルを見つめた。

「戦のあと、君たちが敵の本陣で何を見たのか、あらためて聞かせてくれないか」

ティグルは、戦場でエレンと再会してから、二人で敵の本陣を偵察したことをできるかぎり詳しく説明する。オクサーナの竜具が琥珀の中に閉じこめられたという話を聞いて、リュドミラが目を丸くした。

「竜具が？　そんな……」

彼女は愕然としてその場に立ちつくす。よほど衝撃だったのだろう、その顔はひどく青ざめていた。ティグルは話を続けたものか迷ったが、リュドミラに視線で促されて再開する。メルセゲルに追われ、サーシャに助けられるまでを語った。

ティグルが話し終えるのを待って、サーシャが口を開く。

「以前、僕は魔物と呼ばれる存在と戦ったことがある。君たちには話したことがあるけど、覚えているかな」

ティグルとエレンは硬い表情でうなずき、リュドミラも一呼吸分遅れて首を縦に振った。

四年前、サーシャはとある森の中で、巨大な老木に顔が浮きでたような魔物と戦い、滅ぼしたことがある。その魔物は森を己の支配下に置き、森に入った者を片端から捕らえて獲物としていたのだ。戦姫でなければ立ち向かうことすらできない恐ろしい敵だった。

ティグルとエレンが彼女からその話を聞いたのは、二年前のことだ。アルサスが怪物に襲われたことを、二人はおもいきってサーシャに打ち明けた。信じてもらえなくとも、彼女には話しておきたいと思ったからだ。はたして、サーシャはティグルたちの話を信じると言い、魔物の話を聞かせてくれたのだった。

エレンがリュドミラに視線を向ける。魔物について知っているのかと無言で問いかけた。落ち着きを取り戻したらしい彼女は、冷静な態度で答える。

「私の母が、かつて魔物と戦ったと聞いたことがあるわ。私自身は見たこともないけれど」

部隊長が彼女を戦姫の娘と呼んだように、リュドミラの母は戦姫だった。母だけでなく、祖母と、曾祖母も。

戦姫は、世襲で受け継がれるものではない。それだけに、このことは多くの者から驚きをもって迎えられ、リュドミラも次代の戦姫として期待された。彼女の母は娘が戦姫になれるよう文武両面で鍛え、リュドミラも必死に学んでいった。

だが、彼女は戦姫になれなかった。そして、文官の道へと進んだのだ。

この話を聞いたとき、ティグルは「大変だったろうな」と、リュドミラに同情した。期待という名の重圧を受けとめることのつらさは、わかるつもりだ。彼女が責任感の強い娘であることは、文官としての仕事ぶりからもうかがえる。期待に応えようとして、その願いがかなわなかったのであれば、周囲の失望と、彼女の絶望はどれほどのものだったろうか。

「アレクサンドラ様は、そのメルセゲルという神官が魔物だと考えておられるのですか？」

リュドミラの質問に、サーシャはうなずいた。

「竜具を琥珀の中に封じこめた。巨大な蛇を出現させ、竜具で斬りつけても、すぐに傷がふさがった。あいつが人間じゃないのは間違いない。何より、僕はメルセゲルから魔物に近い雰囲気を感じたんだ。ティグルたちもそうだったと聞いて、確信を持った」

「どうしてそんな危険なものと戦うような、無茶な真似(まね)をしたんですか」

リュドミラが眉を吊り上げて、サーシャを叱りつける。

「無茶というほどじゃないよ。すぐに逃げたから」

サーシャはたいしたことではないというふうに受け流した。リュドミラはさらに言い募ろうとしたが、彼女が真剣な表情で何かを言おうとしているのを見て、口をつぐむ。

「キュレネー軍のことに話を戻すけど、彼らは何があって、あんなふうになったと思う?」

「メルセゲルの仕業と考えていいんじゃないか。おまえは狂戦士と言ったが、まさにそうだ。ひとりや二人ならともかく、四万の兵ことごとくがあんなふうになるなど、あり得ん」

そう言ったエレンに、サーシャはうなずいた。

「僕も、たぶんそうだと思う。とはいえ、公にそれを認めるわけにはいかない。敵にそうしたものがいるとわかれば、兵の士気が低下する。民の不安もいや増すだろう」

ティグルたちはそれぞれ納得した顔になる。キュレネー軍とどのように戦うか、いずれは部隊長たちや他の者とも話しあわなければならない。そのときに、敵が人智を超えた力を操るなどと話せば、場が混乱するだけだ。

「以前、ムオジネル人の薬師から聞いたのですが……。ある種の薬草、毒草、香料を組みあわせることで、狂戦士をつくることができるそうです。一切の痛み、疲れを感じず、過剰な興奮によって己の骨が折れ砕けるほどの力を発揮し、敵も味方も関係なく暴れまわると。キュレネー軍がそういうものを使っていることにしてはいかがでしょうか」

自信のなさそうな口調で、リュドミラが提案する。サーシャは天井を見上げて考えた。

「その話は僕も聞いたことがある。うん、それでいこうか。大事なのは、とりあえずにせよ、大勢のひとを納得させることだ。それから、軍の指揮を任せられそうな者を何人か選んでおいてほしい」

「おまえは指揮を執らないのか？」

驚くエレンに、サーシャはうなずいた。

「メルセゲルのことが気になっているんだ。オクサーナの竜具のことを考えると、次は僕の竜具を狙ってくる可能性がある。あの男が戦場に出てきたら、兵たちが束になっても相手にならないだろう。やつに備えて、いつでも自由に動けるようにしておきたい」

「またメルセゲルと戦うことになったら、俺にも協力させてくれ」

ティグルが言った。あの男の反応を考えると、石片から引きだせる力がまったく通用しないということはないはずだ。牽制（けんせい）ていどにしかならなくても、助けにはなる。

サーシャはからかいを含んだ微笑を浮かべた。

「どうしようかな。ティグルは狩り以上に無謀と無茶が大好きみたいだからね」

「どの口が言うんですか」

リュドミラが辛辣な声音で口を挟み、サーシャは笑みを苦笑に変えた。

「いまのうちに話しあっておくべきは、こんなところかな。他に何かある？」

「ひとつだけ、いいか」

微量の不安を瞳ににじませて、ティグルが尋ねる。

「アーケンが降臨を果たしたと、メルセゲルは言っていた。サーシャはどう思う？」

「君たちを追いつめた状況で、わざわざ嘘を言うとは考えにくいね。ただ……」

サーシャの返答は慎重だった。

「神征の目的を考えても、アーケンが本当に降臨したというなら、キュレネー軍は大喜びでそのことを広めるだろう。それをしないということは、公表する機会をさぐっているか、公表しないだけの理由があるのだと思う」

「では、放っておくか？」と、エレン。

「いまはね。僕たちにできるのはキュレネー軍の動きを警戒しつつ、アーケンについて調べておくことぐらいじゃないかな。いまからあれこれ想像して不安がることはない」

彼女の声は穏やかだったが、不思議な力強さを感じさせた。ティグルだけでなく、エレンとリュドミラも自然と表情を緩める。

不意に、サーシャが二度、三度と咳きこんだ。ティグルとエレンは血相を変えて彼女に駆け寄る。二年前までの、病を患(わずら)っていたころのサーシャをよく知る二人は、つい過剰に反応してしまうのだった。

「おおげさだな。ちょっと咳が出ただけだよ」

苦笑を浮かべるサーシャに、エレンが眉をひそめる。

「本当に体調は問題ないのか？」

「疲れていないと言ったら、さすがに嘘になるけどね」

冗談めかしているが、サーシャは敗残兵をまとめ、敵の追撃を警戒しながら、戦場からこの王都まで十日間、軍を統率していたのだ。心身ともに消耗していないはずがない。

「では、こちらでしばらくお休みください」

長椅子を手で示しながら、有無を言わせない口調でリュドミラが言った。

「あえて申しあげますが、戦姫はもうアレクサンドラ様しかいないんです。何よりも御身を大切になさってください」

「わかったよ」

サーシャは素直に従い、長椅子まで歩いていって腰を下ろす。そこで言葉を続けた。

「ただし、僕が休んでいる間、君も休むんだ。君の代わりが務まる者はいないんだから」

リュドミラは唸ったが、サーシャを休ませるために渋々ながら承諾する。それを確認してからサーシャは長椅子に寝転がったが、すぐに顔をしかめた。

「思ったより固いね。クッションがいるな」

「軍衣のままだからそう感じるんじゃないか？」

何気なくティグルが言うと、サーシャの黒い瞳が楽しげな輝きを帯びた。

「じゃあ、僕の部屋からてきとうに服を持ってきてくれ。着替えも手伝ってもらおうかな」

おもわぬ反撃にティグルは言葉に詰まる。エレンが笑い、リュドミラが睨みつけてきた。

「着替えとクッションは私が持ってきます」

リュドミラが足早に執務室から出ていく。ティグルが弁解する暇もなかった。

「では、私たちも行こうか。ここに長居したら、リュドミラ殿に怒られるからな」

エレンが言い、二人はサーシャに軽く手を振って執務室をあとにする。

廊下で、二人は顔を見合わせた。王都に帰り着いたばかりなのだから、今日ぐらいは休むことを許されるだろう。

こういう場合、どちらかの部屋へ行って二人きりでゆっくり過ごすことが多いのだが、いまはおたがいにそういう気分になれなかった。

白銀の髪をかきあげながら、エレンが聞いてくる。

「おまえはこのあとどうする？　私は中庭で剣の鍛錬をするつもりだが」

「部屋で弓の手入れをするよ」

そう答えてから、ティグルは思いついて言葉を付け足した。

「夕食のあとに、君の部屋に行くかもしれない」

エレンは笑みをこぼすと、ティグルの肩を軽く叩いて歩き去る。ティグルも自分の部屋に向かった。


ティグルの部屋はそれなりに広く、調度の類も一通りそろっている。これは、隣国ブリューヌの客将という扱いで、客室のひとつを与えられているからだ。

ベッドのまわりには脱ぎ散らかした服が散乱し、テーブルには書類や地図が広げられたままになっている。壁にはいくつもの弓が弦を張らずに立てかけられており、そばの敷物にはさまざまな種類の鏃と、弓の手入れをする道具が転がっていた。

くすんだ赤い髪をかきまわして、ティグルはようやく出陣する前のことを思いだす。直前まで南方国境近くの地形について調べ、どの弓がいいのか悩んでいたのだ。いつも部屋を掃除してくれる侍女にも、帰ってくるまで入らないようにと頼んでいた。

持っていた弓を敷物のそばに置いて、革鎧を脱いだ。ずいぶん身体が軽くなった気がして、軽く伸びをする。窓に歩み寄り、市街の一角を見下ろした。

城門をくぐって王宮に向かっているときにも思ったが、出陣したときにくらべて、露店の数が少ないのに、外套に身を包んだ旅人らしき者の数は増えている。その光景は、王都で戦うことの厳しさをいまから予感させた。

――今度の敗北が広まれば、王都に逃げてくる者の数はさらに増えるだろうな……。

暗い想像を振り払って、ティグルは弓と鏃のそばに歩いていく。今度の戦で使った弓を手に取り、床に座りこんで手入れをはじめた。弦を外し、曲がっていたり、傷があったりしないかを念入りに調べてから、汚れを拭きとる。

――この弓は悪くないな。握りが手になじむし、思ったより頑丈だ。

ティグルが戦場に持っていく武器は、弓の他に、せいぜい雑用にも使える短剣ぐらいだ。弓に対して絶対の自信を持っているからというより、剣や槍の腕前が素人以下だからである。

手入れを終えて、弓を壁に立てかける。それから、腰の革袋から石片を取りだした。

戦場に持っていったときよりも、心なしか軽く感じる。限界が近いという推測は間違いではないだろう。ティグルの顔は無意識のうちに深刻なものとなった。

——どこかで新たな石片を手に入れたいが……。

どんなティル＝ナ＝ファの石像からでも、女神の力を引きだせる石片を削りとれるわけではない。何かしら条件があるらしい。

ティグルがこの石片を手に入れた女神の像は、約四ヵ月前に起きた地震によって神殿ごと崩れ去り、失われた。代わりとなる石像はいまのところ見つかっていない。

サーシャに「協力する」などと威勢のいいことを言ったが、これでは力になるどころか足を引っ張るかもしれない。石片を敷物の上にそっと置いて、ため息をついた。

——家宝の弓があればな……。

それは、ヴォルン家の初代当主が使っていたという黒い弓だった。初代当主は狩人であり、時の国王を助け、その褒美(ほうび)として爵位と領地を授かったといわれている。

ブリューヌには弓を蔑視(べっし)する風潮があるが、その弓は家宝として歴代の当主に受け継がれ、とりあえずにせよ大事にされてきた。

不思議な弓だった。弓幹も弓弦も漆黒で、いったい何でできているのかわからない。幼いころのティグルは、その弓をじっと見つめていると、この世ならざるものと相対しているような息苦しさを感じたものだ。

　その黒弓に超常の力が備わっていると知ったのは、五年前のことだ。ティル＝ナ＝ファと深い関わりがあることも、そのときにわかった。

　二年前、故郷を襲った怪物との戦いの中で、黒弓は失われた。戦いのあとでティグルは懸命にさがしたが、残骸すら見つからなかった。

　家宝のことを考えていると、扉が外から叩かれた。ティグルは誰何の言葉を投げかける。返ってきた声は、文官のリュドミラのものだった。彼女は部屋の中に入ってくると、愛想のかけらもない表情でティグルを見下ろす。後ろ手で扉を閉めた。

「頼まれていた情報が手に入ったわ」

「本当か⁉」

　ティグルはおもわず立ちあがって、彼女の前まで足早に歩く。その勢いにリュドミラは驚いたようだったが、官服の襟元に手を入れ、折りたたまれた数枚の羊皮紙を取りだした。

　しかし、彼女はそれをすぐには渡さず、ティグルに警戒の視線を向けた。

「聞かせてもらいましょうか。どうしてティル＝ナ＝ファのことが気になるの？」

　約四ヵ月前、新たに石片を手に入れるあてがなくなったティグルは、リュドミラにある頼みごとをした。「ティル＝ナ＝ファについて詳しい人物をさがしてほしい。くれぐれも内密に」

というものだ。正確には、まずサーシャに相談して、「自分よりも適任がいる」と、彼女を推薦されたのである。

話を聞いたリュドミラは当然ながら怪しんで、理由を尋ねた。自分の事情をどこまで話すべきか迷ったティグルは「見つかったら話す」と、答えた。サーシャの口添え（くちぞえ）がなければ、彼女がこの頼みを引き受けることはなかったに違いない。

リュドミラの青い瞳が、氷を思わせる冷たさを帯びている。逃げは許さないという表情だ。ティグルとしても、頼んだことをやってくれたのだから誠実に答えるべきだと思った。

「五年前にブリューヌで起きた内乱で、俺は何度かティル＝ナ＝ファの力を借りた。ヴォルン家に伝わる家宝の弓に、そういう力が備わっていたんだ」

リュドミラが何度かまばたきをする。困惑したものの、すぐに疑いの眼差しを向けてきた。

「本気で言ってるの？　女神が……それもエリスやモーシアなどではなく、よりにもよってティル＝ナ＝ファが実在して、ただの人間のあなたが、その力を借りたと」

「にわかに信じてくれと言っても無理だろうが、本当だ」

そう答えてから、ティグルは付け加える。

「サーシャはこのことを知っている。エレンも。確認してくれてもいい」

エレンはともかく、サーシャの名は効果があったらしい。リュドミラは難しい顔で唸った。

「あなたは……いいえ、ヴォルン家は代々ティル＝ナ＝ファの信徒だったということ……？」

「いや」と、ティグルは首を左右に振る。

「父からそんな話は聞いたことがないし、俺がティル＝ナ＝ファの力を知ったのは偶然のようなものだった。何度も命を救われたから、力を貸してもらったことには感謝しているが、信仰する気にはなれないし、よほどのことがなければ力を借りたいとも思っていない」

「それで、どうしてティル＝ナ＝ファに詳しいひとをさがそうと思ったの？　あなたはいままでも女神の力を借りられるんでしょう」

「家宝は、二年前に怪物との戦いの中でなくなった。いまは代わりのものを使っているが、限界がある。だから、女神についてもっと詳しく知る必要があるんだ」

　切実さをにじませて、ティグルは答えた。

　二人の間に沈黙が訪れる。十を数えるほどの時間が過ぎたあと、リュドミラは折りたたまれた羊皮紙を突きだした。ティグルはそれを受けとって、彼女に頭を下げる。

「ありがとう。この礼は必ずする」

「じゃあ、いまこの場でいただこうかしら」

　怒りを帯びた低い声に、ティグルは戸惑った顔になる。直後、リュドミラが右手をあげて、ティグルの左頬を音高くひっぱたいた。

「故意ではないのはわかっているわ。でも、無謀な偵察を行ってアレクサンドラ様を危険な目に遭わせたあなたたちを、私はそのままで許したくないの」

ティグルは弁明しようとしたが、言葉が喉元まで出かかったところで、とっさに呑みこむ。リュドミラの言うことは事実だ。サーシャとメルセゲルの戦いが長引いていたら、自分たちの存在は、彼女を不利な状況に追いこんだだろう。

そんなことを考えていると、リュドミラが再び手を振りあげる。今度は右頬を叩かれた。

「これはあなたの想い人の分」

黙って痛みに耐える。むしろ、彼女が自分に怒りをぶつけてくれてよかったとすら思った。自分以上にサーシャのことを大切に思っているエレンのことだ。この場に彼女がいたら、自責の念からリュドミラの平手打ちを甘んじて受けただろう。

二撃で怒りがおさまったわけではないようだが、リュドミラはティグルに背を向けて、扉に手をかける。

「アレクサンドラ様の重荷を増やすような真似だけはしないで。ブリューヌの英雄殿」

ティグルは傷ついたような顔をしたが、口に出しては何も言わなかったので、リュドミラは気づかなかった。

部屋を出ていく彼女を見送ると、さきほどまで座っていた場所に再び腰を下ろす。

「英雄殿ね……」

すぐには羊皮紙に目を通す気になれず、ティグルは薄暗い天井をぼんやりと見上げた。

## 3　ブリューヌの英雄

ティグルヴルムド＝ヴォルンは十四歳のときに父のウルスを病で亡くし、伯爵位と領地のアルサスを受け継いだ。いまから七年前のことだ。

ブリューヌの北東に位置するアルサスは、小さい上に山や森が多く、豊かな土地とは言い難かったが、ティグルは生まれ育ったこの地を愛していた。馬に乗って山野を駆けまわり、狩りをしたり、日当たりのいい場所で昼寝をしたりするのが好きだった。

父は生前、領主の心得としてティグルにこう言ったことがある。

「私たちは、いざというときのためにいる。領民が平和な日々を送ることができるよう努め、彼らが対処できないようなことが起きたとき、力を尽くすのが私たちの仕事だ」

その教えを、ティグルは真面目に信じた。

父がそうしていたように、アルサスをいまより栄えさせて、いつか自分の子や孫に受け継がせることがティグルの望みとなった。

領地と領民を大切に思う気持ちに偽りはなかったが、王都の動向にさほど関心を払わず、諸侯との交流も父の代から親しくしている者たちにかぎったのには、ひとつ理由があった。

広大な草原を有し、強力な騎士を多く抱えるブリューヌは、剣や槍の技量を重んじる一方で、弓矢を臆病者の武器と言って軽んじ、蔑んだのだ。その風潮のせいでティグルは他の貴族より一段低く見られ、嘲笑されることが珍しくなかった。

自分を侮蔑する人々に対して、ティグルは反論しなかったが、剣や槍を扱えるようになろうとも思わなかった。山や森の多いアルサスでは、腕のいい狩人の存在は重要だったし、狩りはティグルの気性に合っていたからだ。

そうして、ティグルはおおむね平和に、穏やかに生きていた。

彼の人生が一変したのは、十六歳のときだ。

その年、ブリューヌと南東の王国ムオジネルとの間に戦があった。ムオジネルが国境を越えて攻めてきたのだ。ムオジネルには奴隷制度があり、国境近くの村や町を襲い、人々を奴隷として連れ去ることがあったので、今度の侵攻の目的もそれだろうと思われた。

ブリューヌで一、二を争う大貴族のテナルディエ公爵が軍の総指揮を執り、ティグルも参戦を命じられ、歩兵を百ばかり率いてアルサスを発った。

「遠方の戦だからアルサスに影響がなさそうなのはいいが、何日も行軍するのはつらいな」

ティグルは苦笑まじりの愚痴をこぼして、配下の兵たちを笑わせたものだ。

戦の前に、驚くべきことがあった。レギン王女が王都からはるばる現れ、兵たちを激励してまわったのだ。このとき、国王ファーロンは王都で病床にあり、ブリューヌ軍の士気は低かったのだが、これによって兵たちはおおいに戦意を高めた。

戦そのものは、ブリューヌ軍の奮戦もあり、ムオジネル軍が撤退して終わった。ティグルは敵の部隊長のひとりを遠くから弓矢で射倒したが、その活躍は誰の目も引かず、武勲として数えられることもなかった。

兵たちとともにアルサスに帰還した日の夜、ティグルの屋敷を二人の娘が訪ねてきた。ひとりはレギン王女で、もうひとりは王女の護衛を務める騎士だった。

レギンはテナルディエ公爵に暗殺されそうになったが、従者たちに助けられてどうにか逃げ延び、ここまでやってきたのだと語った。彼女が戦場にやってきたのは、公爵に要請され、動けぬ父王を気遣って代役を務めようと思ったからだったが、王女を狙いやすい場所に誘いだすべく公爵が仕掛けた罠だったのだ。

レギンは、ファーロン王の病についても、テナルディエ公爵が毒を盛ったのだと言った。公爵は、国王の庶子をひそかに見つけてかくまっており、国王と王女がそろって亡くなったあと、その庶子を玉座につけるつもりだという。

そして、公爵を打倒するために助けてほしいと、レギンはティグルに頼みこんできた。

どう考えても、一介の小貴族でしかないティグルの手には余る事態だ。だが、迷っている時間はなかった。レギンの所在をつかんだテナルディエ公爵が、アルサスに兵を差し向けてきたのだ。公爵に頭を垂れてレギンを差しだすか、公爵と戦って領地を蹂躙され、破滅するか、ティグルはその二択を迫られた。

ティグルは、公爵と戦うことを選んだ。レギンを放っておけないという気持ちや、テナルディエ公爵に対する怒りはもちろんあったが、それ以上に、ここで屈すれば、領民と領地を不幸にするという確信があった。公爵の、己の領地における苛烈で残虐な振る舞いは有名であり、ティグルは領民を守るために戦わなければならなかった。

百の兵をそろえるだけでも苦労するティグルにくらべて、テナルディエ公爵は万を超える兵を容易に動かすことができる。協力者、支持者の数もけた違いだ。ものの数日でヴォルン家は地上から消え去るだろうと、多くの者が思った。

「鼠が熊に挑むようなものだ。万に一つも勝ち目はあるまい」

ティグルは懸命に知恵を絞っていくつもの策を考え、なけなしの金銭をはたいて傭兵団を雇った。この傭兵団の団長が、エレンだ。このころの彼女は『風の剣』という傭兵団を率いてジスタートやブリューヌなどを旅しており、戦の噂を耳にすれば、そこへ飛びこんでいた。

アルサスにやってきた彼女は、ティグルに面会を求めた。ティグルは、自分とそう年齢の変わらない若い娘が傭兵団を率いていると聞き、興味を抱いて彼女に会った。

「おまえは、どうしてテナルディエ公と戦うことを決めたんだ？」

型通りの挨拶すらなく、開口一番にそう聞かれて、ティグルは面食らった。だが、無礼ではあるものの、明るく率直で、悪意を感じさせないエレンの態度に好感も抱いた。

「領地と領民を守るためだ」

「だが、伝え聞くかぎりだと、勝ち目はないだろう」

「……君は、狩りをやったことは？」

その唐突な質問は、彼女の意表を突いた。「多少は」と、短く答えたエレンに、ティグルは歴戦の指揮官を思わせる余裕たっぷりの笑みを浮かべて、こう言った。

「勝ち目はつくるものだ。俺は狩りのとき、いつもそうしてきた」

これは事実である。ただ、戦と狩りは違うと言われたら、ティグルは返答に窮しただろう。幸い、エレンはそんなことは言わず、長い白銀の髪を揺らして大笑した。

「気に入った。給金が適切に支払われるかぎり、おまえに雇われよう」

ティグルにつくのは無謀な冒険だったに違いないが、彼女は損得よりも、ティグルとテナルディエのどちらが領主として評価できるか、という基準で判断したのだった。

そして、ティグルとエレンは戦場を選び、罠を仕掛け、粘り強く戦って、アルサスに攻めこんできた公爵の兵を撃退してのけたのである。

敗北の知らせに、テナルディエ公爵は誰よりも驚いたが、すぐにティグルを倒すべき敵であると認識した。彼は油断せず、万を超える軍勢を繰りだし、竜を使役してアルサスを襲わせ、暗殺者を差し向けた。

ティグルも、エレンも、何度も追いつめられながらも歯を食いしばって戦い続けた。

そのうちに変化が起きた。王家に忠誠を誓っている騎士団や、テナルディエに反感を抱いている貴族や諸侯が、味方として駆けつけたのだ。

とくにティグルを驚かせ、喜ばせたのは、黒騎士の異名を持つロランの協力だった。彼は騎士団を率いて西方国境を守っており、そのためにすぐには動けなかったのだ。

おたがいの戦力はほぼ互角となり、ティグルはテナルディエに決戦を挑んだ。戦場で相対した両者は、弓と剣による変則的な一騎打ちを行い、ティグルが勝利した。

その後、レギン王女はティグルに守られながら王都への帰還を果たし、病に倒れた父王の後を継いで王国の統治者となった。公爵のもとにいた庶子の王子は、レギンに許されて彼女の補佐をする立場を与えられ、王国を二分した内乱は終わった。ティグルがはじめてテナルディエの軍勢を撃退した日から、一年近くが過ぎていた。

辺境の地を治める小貴族でしかなかったティグルは「ブリューヌの英雄殿」と呼ばれ、あらゆる人物からあらゆる賛辞が送られた。誇らしい気持ちもないではなかったが、英雄と呼ばれることに違和感もあった。

自分は、ただ必死で戦っただけだ。はたして英雄と呼ばれるような存在なのだろうか。

考えた末に、半ば義務感から、ティグルはそう呼ばれることを受けいれた。

「アルサスの平和は、ブリューヌの平和に大きく左右される」

そのことがわかったからだ。ティグルがどれほど心を砕いてアルサスを守ろうとしても、テナルディエのような人物が法と秩序を踏みにじり、大軍を差し向けてくれば、平和はたやすく失われてしまう。

テナルディエは広大な領地を持つ大貴族で、味方も多かった。その彼を討ちとって、しかも国王が命を落としたのだから、ブリューヌが揺らぐのは避けられない。少しでもレギン王女の治世を安定させるためには、英雄が必要だった。

また、家宝の黒弓の力についても、ティグルは戦いの中で知った。

己の血を通わせ、力を求めて強く祈り、その思いにティル＝ナ＝ファが応えると、家宝の弓は尋常ならざる力を発揮する。鉄の刃で傷つかぬ鱗を持つ竜や、人智を超越した力を持つ存在を滅ぼすほどの。

ティグルは恐怖を感じ、たとえ圧倒的な大軍と戦うことになろうとも、超常の力を持つもの以外には決して使わないと誓った。

内乱が終結すると、ティグルにはエレンとの別れが待っていた。

一方は英雄と称えられる青年貴族で、もう一方は女傭兵だ。二人を結びつけていたのは戦であり、それがなくなれば、それぞれ異なる道を歩むのが道理だった。二人はおたがいに友情以上のものを相手に感じていたが、少なくともそれを行動で表すことはしなかった。

「また、会うことはできないか」

未練がましいと思われることを承知で、ティグルは言った。エレンは首を横に振った。

「傭兵は戦場から戦場へ渡り歩く。私たちがいなくなるということは、おまえの大切な領地は平和になったということだぞ。もう会えない方がいいんだ」

その表情と声音から、彼女が未練を断ち切ろうとしているのを感じとって、ティグルはほっとした。もしもエレンの態度からつながりのようなものを感じとれなかったら、何も言えずに見送っていたかもしれない。そうなることだけは避けられた。

「傭兵にだって休息は必要だろう。休みたいと思ったとき、近くにいたら、ここへ来てくれ。君たちは領地を守ってくれた恩人でもある。歓迎するよ」

「そうだな……。おまえのようなおひとよしの領主は、誰かに食いものにされないか心配だ。ときどき様子を見に来てやろう」

エレンは背を向けてから言葉を返したので、彼女がどのような表情をしていたのか、ティグルにはついにわからなかった。

翌年、ティグルはブリューヌを離れてジスタートに向かった。野心を持つ諸国を牽制(けんせい)するために、友好的な隣国が必要だったからだ。英雄となったティグルを疎(うと)んじ、敵視する者も現れはじめていたので、一時的にでも王国から離れた方がいいという事情もあった。

そのような次第でジスタートに客将として滞在することになったティグルは、イルダー王に頼まれて何度か戦場へ赴(おもむ)いた。この時期のジスタートは、アスヴァールやムオジネルといった隣国と、国境近くで小競り合いが絶えなかった。

王に頼まれてとはいえ、ティグルも渋々従ったわけではない。ジスタートの信頼を得なければばならないという責任感はあったが、イルダー王に弓の技量を高く評価されたことは嬉しかったし、ブリューヌのように弓を蔑む風潮がない国は居心地がよかった。

ただ、「ブリューヌの英雄殿」と呼ばれるのだけは閉口した。イルダーをはじめとする幾人かは、ティグルが気分を害していることにすぐに気づいて、「ティグルヴルムド卿」や「ヴォルン伯爵」と呼んでくれたが、そうでない者の方が多かった。

ティグルはジスタートに一年ほど滞在し、友好条約を締結させて帰国した。サーシャと知りあったのはこのときで、ティグルにとっては彼女は貴重な友人で、戦友だった。

レネートという名の怪物がアルサスを襲ったのは、ティグルがブリューヌに帰ってからおよそ一年が過ぎたころだった。そのとき、エレン率いる「風の剣(ストリボグ)」は、休息をとるべくアルサスに来ていた。別れ際のティグルの言葉を、彼女はもちろん覚えていたのだ。

レネートは狼によく似ていた。だが、その体躯(たいく)は熊より大きく、大木を容易に引き裂くほどの怪力と鋭い爪を持ち、人語を解した。何より恐ろしいのは、悲鳴や嘆きを好んだことだ。

何の前触れもなく出現したこの怪物は、災厄そのものだった。

レネートは、まず「風の剣」を襲った。

戦闘というよりも、殺戮(さつりく)と呼んだ方がふさわしい光景が展開された。「風の剣」の傭兵たちは数々の戦場をくぐり抜けた歴戦の強者ぞろいだったが、ろくに応戦もできず、一方的に身体を引き裂かれ、あるいは打ち砕かれた。

「風の剣」には四十二人の戦士と、十三人の雑用係がいたが、生き残った戦士はたった四人だけだった。雑用係は、八人が水汲みや買い出しに出かけていて、そちらは無事だったが、残っていた五人はすべて殺された。

レネートは、アルサスの中心にあり、領主の屋敷があるセレスタの町に侵入しようとした。ティグルは家宝の黒弓によってレネートの接近を知り、城門に駆けつけて、迎え撃った。

短いが、激しい死闘が繰り広げられた。レネートは城壁を乗り越えて町の中に侵入し、通りにあるさまざまなものを破壊し、ティグルを助けるべく武器を持って駆けつけた領民たちを片端から殺害した。血を浴びるたびに、この怪物は愉悦の笑声を響かせた。

ティグルは何度も追いつめられながら、レネートを追ってきたエレンと力を合わせて、ようやく滅ぼした。だが、彼は戦いの中でエレンをかばって、右目を永久に失った。

二人の再会は、流血と悲嘆の沼に浸かりながらのものになったのである。

黒弓も、戦いの中で失われた。レネートを吹き飛ばしたと同時にティグルの手から弾きとばされたのだが、怪物を滅ぼしたあと、気がついたときには見当たらなくなっていたのだ。

数日後、エレンは傭兵団を解散した。傭兵も雑用係も傷が癒えると去っていき、彼女のそばには、傭兵団を興す前からともにいる親友だけが残った。

ティグルはエレンを気にかけていたが、彼女と話す時間を持てないほど多忙だった。怪物に殺された者たちを埋葬し、遺族に何らかの支援をし、破壊された町を復興させ、ティグル自身は左目だけでの生活に慣れなければならなかった。

ある日の夜、ティグルはセレスタの町を飛びだした。エレンがひとりで町を出ていったと、彼女の親友から聞かされたのだ。明かりを用意することも忘れて、ティグルは暗がりに包まれた草原を駆けた。

ほどなく、エレンの後ろ姿を捉(とら)えた。彼女はティグルと違ってランプを手にしていた。ティグルが何度呼びかけても、彼女は足を止めなかったが、つまずいて派手に転倒すると、その音を聞き咎(とが)めて振り返った。おそらく罪悪感を刺激されたのだろう、困った顔でこちらへ歩いてきた。差しのべられた手を、ティグルはしっかりつかんだ。

「おまえ、だましたな」

眉をひそめたエレンの、それが第一声だった。ティグルはいたずらが成功した子供のような笑みを浮かべて、彼女の言葉を肯定する。転倒したあと、彼女が歩いてくることに気づいて、起きあがれないふりをしたのだ。

「どこへ行くのか知らないが、挨拶ぐらいしてくれてもいいんじゃないか」

ティグルの右目には黒い眼帯がしてある。エレンが贈ったものだ。彼女はそれを一瞥(いちべつ)して、ばつが悪そうに顔を背けた。

「私にそんな資格など……」

「君らしくもない」と、ティグルは笑った。

「喋る前に、いちいち資格を気にするような人間じゃないだろう」

エレンは憤然(ふんぜん)としたが、ティグルの言葉に腹を立てたのではない、自分を怒らせて活力を引きだそうとする意図を察したのだ。とにかく、エレンが自分を正面から見てくれたので、ティグルは言葉を続けた。彼女の手を強く握りしめて。

「俺にとって、この傷は勲章のようなものだ。名誉の負傷といっていい」

「戦場に出る者の常套句(じょうとうく)だな。だが……」

「最後まで聞け。君は、俺が負傷したことを気に病んでいるが、もしも逆の立場だったら、俺が気に病まなかったと思うのか」

エレンが目を見開き、息を呑む。ティグルは想いを言葉に変えて、吐きだした。

「戦場で負傷するのは当然だ。それでも俺は、なるべく君に傷ついてほしくなかった」

風が吹き抜けて、エレンの白銀の髪をなびかせる。紅の瞳ににじんだ涙は、胸の奥に押しこめていた想いがあふれだしたものだった。

エレンは、彼女らしいやり方で応えた。ティグルの右腕をつかんで引っ張る。膝立ちの体勢だったティグルは、大きくよろめいて仰向けに転がった。右目がないために、そちら側が死角になっていて、とっさに反応できなかったのだ。

「こいつは問題だな」

エレンが笑いながら、ティグルに馬乗りになる。

「片目のない傭兵を、私は数多く見てきた。ものの見方や身体の動かし方について聞いたこともある。それをつきっきりで教えてやる」

「ありがたいな。ぜひ頼むよ」

ティグルがそう言うと、エレンは小さくうなずいて、上体を傾ける。

「では、これが契約の証だ」

夜空の下、ランプの明かりに照らされて、二つの影が重なった。

それから、ティグルはセレスタの町を復興させる傍ら、「契約通り」、エレンに身体の動かし方を教わった。一ヵ月後には、以前のようにひとりで狩りに出られるまでになった。アルサスには穏やかな時間が過ぎていった。

だが、新年を迎えてティグルとエレンが二十歳になったとき、王都から要請があった。

「昨年、南の大陸で大きな情勢の変化があった。キュレネー王国が果敢な勢いで他国をことごとく滅ぼしたのだ。彼の国は、さらに版図を広げるとの噂がある。英雄殿はただちにジスタートへ赴き、協力して対応する旨を訴えていただきたい」

この要請を聞いたとき、ティグルの顔には苦笑が浮かんだ。ジスタートとの間に友好が結ばれたことで、英雄としての自分の役割は終わったと思いこんでいたのだ。

とにかく、王命とあれば拒むことはできない。再びジスタートへ行くこととなった。

「ジスタートには、もう一度行きたいと思っていたが……」

くすんだ赤い髪をかきまわして、ティグルはエレンにぼやいたものである。

「また、いろいろなひとから英雄殿と呼ばれると思うと、いまからくたびれるな」

「英雄と呼ばれるのが当然になるほど、ジスタートでおおいに武勲をたてればいい」

こともなげにエレンは言い、当然のように「私も行くぞ」と、付け加えた。

「いっしょに来てくれるのは嬉しいし、心強いが……」

セレスタの町で暮らすようになってからも、エレンが剣の鍛錬を欠かしていないことを、ティグルは知っている。彼女がそばにいてくれるのは頼もしい。

だが、もう傭兵団をつくる気はないのだろうか。

おもいきってそのことを尋ねると、エレンは微笑を浮かべた。

「私には夢がある。「風の剣」は、その夢を叶えるためのものだった」

彼女の顔を、懐かしさとせつなさの入りまじった感情がよぎる。だが、それはほんの一瞬のことだったし、ティグルは気づかないふうを装い、黙って言葉の続きを待った。

「今度は別の方法で、夢を追いかけてみようと思う。それでだめなら、また傭兵団をつくるかもしれないが、いまはその気がない」

エレンの紅の瞳は明るく輝き、彼女の言葉が本気であることを教えていた。

「ところで、もう一度行きたいと思っていたというのは、何か理由があるのか？　たしかに弓を評価してくれるジスタートの方が、おまえにとっては過ごしやすいだろうが」

不思議そうな顔で、エレンが聞いてくる。ティグルは首を横に振った。

「俺の家宝の弓に、ティル＝ナ＝ファが関わっていたことは知っているだろう」

エレンは顔をしかめる。彼女でさえ、その女神の名を聞くと敬遠するのだ。

「ティル＝ナ＝ファはジスタートでも信仰されている女神だ。信頼できる相手をさがして、この女神について何か知ることができないかと思ってな……」

「なるほど。だが、かなり時間をかけなければならないだろうな。私もサーシャぐらいしかあてがない」

翌日、ティグルは主だった者たちに王都からの要請について説明し、自分が留守の間の領地の管理について決めたあと、エレンとともに旅立った。

ジスタート王イルダーは、以前と同じようにティグルを客将として歓迎した。エレンも、ティグルが身元を保証したことで同じ待遇を受けた。

二人がキュレネー軍の「神征（アテン）」について知ったのは、このときである。イルダーは言った。

「ヴォルン伯爵、あなたが英雄殿と呼ばれることを嫌がっているのは知っている。だが、私は思うのだ。この戦には、英雄が必要かもしれぬと」

それから一年と半年近くが過ぎて、その間に北の大陸ではさまざまなことが起きた。キュレネー軍によってアスヴァール、ムオジネル、ザクスタンが滅ぼされ、ジスタートはイルダー王を失い、七人いる戦姫も次々に帰らぬひととなった。

ティグル自身に関していえば、失った家宝の弓の代わりになりそうなものを発見した。辺境の地で、はるか昔に打ち捨てられた神殿の中にたたずんでいたティル＝ナ＝ファの石像の破片から、女神の力を引きだすことができたのだ。

だが、それはきわめて不安定な代物だった。力を引きだせる石片は、ひとつの石像からひとつしか手に入らなかったし、何度か力を引きだすと石片が粉々に砕けてしまったからだ。これではとても黒弓の代わりにはならない。

キュレネー軍と戦うために、アーケンに対抗するために、自分にできることは何か。

天井に向けていた視線を石片に移して、ティグルは、英雄が必要かもしれぬといったイルダーの言葉を思いだしていた。

†

ティグルがエレンの部屋をひそかに訪ねたのは、真夜中といっていい時刻だった。外では月が高く昇っている。

燭台の明かりに照らされた部屋の中、エレンは軍衣をまとった姿で椅子に座り、葡萄酒（ヴィノー）を飲んでいた。ティグルを見るなり、「遅い」と叱りつけたのは当然だろう。

「すまない。考えごとをしていて」

ティグルは素直に謝り、詫びの品として果実酒の瓶と、小さな革袋を差しだした。エレンは仏頂面でその二つを受けとると、果実酒の瓶をテーブルに置いてから、革袋を開ける。大量の炒り豆が入っていた。

「酒のつまみか。だが、私がこのていどのもので……」

文句を言いながら、エレンは炒り豆を一粒つまんで口の中に放りこむ。ほどよい塩加減に、たちまち相好を崩した。表情で許すと伝えたあと、ティグルの真剣な顔つきを見て、エレンは不思議そうに首をかしげる。

「何だ、真面目な話か？」

「ひとまず聞いてくれるか」

エレンはうなずくと、ベッドを顎で示す。ティグルはベッドに腰を下ろした。襟元から折りたたまれた羊皮紙を取りだす。

「ティル＝ナ＝ファに詳しい人物を、リュドミラ殿にさがしてもらっていたんだ」

エレンが目を瞠った。銀杯を持つ手が止まる。

「見つかったのか」

「マクシミリアンという男で、ブリューヌの北にある森の中で暮らしているそうだ」

「森の中で？　木こりか、それとも狩人か？」

エレンが顔をしかめる。ティグルも首をひねった。

「墓守らしい。ただ、森の近くにあるいくつかの村の住人からは、賢者さまと呼ばれているという話だ。時々、村に薬草を売りに来て、病人を診たり、失せ物探しの相談に乗ったりするうちに、そう呼ばれるようになったとか」

墓守というのは、何か理由があって素性を隠しているのだろうと、ティグルは考えている。村人たちの信頼を得ているあたり、話の通じない人間ということはなさそうだ。

「その墓守は、具体的にどんなことを知っているんだ？」

「ある村の近くに古い時代の神殿が見つかったとき、それがティル＝ナ＝ファに捧げられたものであることを一目で見抜いたそうだ。その神殿には三つの顔を持つ女神の像があって、気味悪がった村人たちが壊そうとしたんだが、マクシミリアンはそれがティル＝ナ＝ファの像であることを説明し、むやみに破壊するべきではないと説得してやめさせたと」

「三つの顔を持つ女神の像か……。以前、私たちもヴォージュ山脈にある神殿で見たことがあったな。あれはティル＝ナ＝ファだったのか」

「そうらしい。マクシミリアンによると、ティル＝ナ＝ファは三柱の女神がひとつになったもので、夜と闇と死という三つのものを司り、神々の王ペルクナスの妻であり、姉であり、妹であると語られているのは、そのためだそうだ。三面女神という呼び名もあるとか」

エレンは銀杯をテーブルに置くと、腕組みをして唸った。

「おもしろい話だが、怪しさも拭いきれないな……」

だが、女神に詳しい人物をさがすことの困難さはエレンも理解している。より正確な情報を求めていては、永久に見つからないかもしれない。まして、このような情勢では。

エレンはしばらく考えこんだが、思い直して首を左右に振る。彼女が決めることではなく、彼が決めることだった。ティグルの左目には静かな決意の輝きがある。

「おまえは、もう行くことを決めているんだな」

「ああ」と、ティグルはうなずいた。

「キュレネー軍がまともな相手だったら、俺もこの件については後回しにした。だが、やつらはおかしい。メルセゲルのような、怪物じみた男までいる。俺はもっとティル＝ナ＝ファのことを知って、石片以外に、やつらに対抗する方法を手に入れたい」

「おまえがティル＝ナ＝ファの力を使うところは以前に見ているが……」

エレンが渋面(じゅうめん)をつくる。彼女はそのときの光景を、鮮明に思いだすことができた。

二年前に怪物と戦ったときではない。五年前、テナルディエ公爵が差し向けてきた竜と戦ったときのことだ。

薄暗い森の中で、ティグルが黒い弓をかまえ、矢をつがえる。鏃(やじり)に黒い光が宿った。放たれた矢はすさまじい勢いで直進し、大気を引き裂き、大地をえぐり、木々を薙ぎ倒しながら、巨岩のごとき体躯の竜を吹き飛ばした。それは矢であって、矢ではなかった。

森の一部が吹き飛ぶほどの一撃に、エレンは戦慄を禁じ得なかった。

だが、竜を打ち倒したティグルがその場に寝転がり、疲れきった顔でため息を吐きだしたのを見て、おもわず苦笑をこぼした。人間の手に余るこの強大な力も、彼なら危険なことには使わないだろうと思うことができた。

一方で、ティル＝ナ＝ファの力がティグルの心身に過剰な負担をかけていないか、エレンは気になった。できることなら、あまり力を使ってほしくないというのが本音だ。

「だいじょうぶだ」

彼女が何かを言う前に、ティグルが言った。安心させるような笑みを浮かべて。

エレンも笑みを返し、銀杯を手に取る。一息に飲み干して、テーブルに置いた。

「それで……」

彼女は椅子から立ちあがってベッドに歩み寄り、ティグルの隣に座る。挑発と甘えの入りまじった笑みを浮かべて想い人を見上げた。

「おまえは、私にどうしてほしいんだ？」

「いっしょに来てくれ」

「わかった」

即答した彼女を、ティグルは意外だという顔で見つめた。エレンが寄りかかってくる。

「私が迷うと思ったか？」

「サーシャのことを気遣って、ここに残るかもしれないと思った」

　エレンとサーシャのつきあいは、ティグルとのそれより古い。ブリューヌで内乱が起きるよりも前、エレンが「風の剣（ストリボグ）」を率いて各地を旅していたとき、戦姫であるサーシャに雇われて海賊退治に参加したのが、二人の出会いだったと、ティグルは聞いたことがある。

　傭兵と戦姫ではまるで立場が違うのに、気が合えば深い友情を育むことができるのが、エレンの美点のひとつなのだろう。彼女のそうしたところをティグルは愛おしく思っていた。

「サーシャにとって何がもっとも助けになるか、私もいろいろ考えた」

　エレンの視線が、壁に立てかけられている剣へと向けられる。王都に帰還してから新しく調達したものだ。残念そうな口調で彼女は続けた。

「私の剣では、メルセゲルを傷つけることすらできなかった。だが……」

　エレンの声が、希望を含んで熱を帯びる。

「おまえがやつと戦えるようになれば、サーシャの負担は大きく減る。私はそれに賭けたい」

　ティグルは彼女の背中に腕をまわして、抱き寄せた。エレンはいつも自分の背中を押してくれる。はじめて会ったときも、おそらくそうだった。彼女に問われなければ、あんなに必死になって勝ち目をつくろうとしただろうか。

　エレンの瞳が何かを求めるように潤んでいる。二人は抱きしめあって、口づけをかわした。

唇を押しつけ、むさぼりあう。身体を密着させて、服越しにぬくもりをたしかめあった。合わさった口の中で舌がぶつかり、どちらからともなく絡ませる。唇の感触が、吐息が、二人の身体を熱くさせ、欲情を刺激した。

唇を離し、荒い息をつきながら見つめあう。エレンが抱擁を解いて、ティグルの右目を覆う眼帯に手を伸ばした。

「ずれているぞ」

眼帯を外して、エレンが右のまぶたにそっと唇を押しつける。頬や鼻筋、額にも、彼女は優しい口づけをしていった。そうしてほとんど顔中に愛の印を刻みつけると、今度はティグルの番だ。同じように、エレンの顔に何度も口づけをする。

もちろん、ティグルはそれだけで終わらせなかった。彼女を膝の上に乗せて、耳たぶを甘噛みし、首筋に舌を這わせる。エレンの口から漏れるか細い声に気を昂ぶらせながら、軍衣の中へ手を突っこんだ。滑らかな肌をてのひらで撫でて、豊かな乳房を無遠慮に揉みしだく。エレンは身をよじったが、それは想い人にすべてをゆだねるための動きだった。

二人はベッドに倒れこむ。ティグルがエレンに覆いかぶさった。

目を開けると、エレンの寝顔があった。幸せそうに表情が緩んでいる。

朝の気配を感じながら、ティグルはしばらくの間、彼女の寝顔を見つめていた。腕や脚に触れている彼女の肌のぬくもりが心地よくて、少しでも長くこうしていたいと思った。

そう思ったのも束の間、エレンが目を覚ます。彼女はティグルの顔をぼんやりと見つめていたが、やがて意識が覚醒すると、ささやくように言った。

「夢を見た。小さな国の、姫か女王かは知らんが、とにかく国を治めている夢だ」

ティグルは微笑を浮かべる。おたがいに想いを告げて結ばれた日の夜、エレンが小さなころから抱いている夢について話してくれたのを、思いだした。

皆が飢えることなく、野盗や獣に怯(おび)えず、凍えるような寒さも乗り切ることができて、ひとの行き来が盛んで、誰もが笑って暮らせる。そんな国をつくりたい。

もとは、捨てられていた赤子だった彼女を拾って育てた傭兵団の団長の夢だったという。戦場で命を落とした団長の夢を、自分は受け継いだのだと、エレンは言っていた。

ティグルも、自分の夢を語って聞かせた。父から受け継いだアルサスの地を、いまよりも発展させ、いずれ自分の子に受け継がせる。領主貴族が一般的に抱くものといってよいが、それがティグルの夢だった。

夢を語りあったのはたった二年前だというのに、二人を取り巻く環境はあれから大きく変わった。いまは、王国そのものが危うくなっている。

だが、このようなときこそ夢を諦めてはならないことを、二人はわかっていた。

それを胸の奥にしまって、おたがいのぬくもりを名残惜しく思いながらも、身体を起こす。現実に身を置く時間だった。

†

朝食をすませたあと、ティグルとエレンはサーシャの部屋を訪ねた。

サーシャはゆったりとしたローブをまとって、ベッドに上体を起こしている。そして、ベッドのそばに置かれた椅子には、官服を着たリュドミラが座っていた。

紅茶の香りが漂っているところから、リュドミラの淹れた紅茶を飲みながら、談笑していたのだろう。彼女の紅茶好きはよく知られている。ティグルとエレンもリュドミラに紅茶を手ずから淹れてもらったことがあった。

サーシャの膝の上には、一頭の小さな獣が身体を丸めている。

体長は四チェート（約四十センチメートル）ほどで、体格はトカゲに近く、脚はすべて太く短い。身体のほとんどはごつごつした緑青色の鱗に覆われており、頭部からは二本の角が生え、背中には一対の翼があった。竜だ。幼竜である。

「おはよう……おや、ルーニエもいたのか」

エレンが笑って、幼竜に声をかけた。

ルーニエは、エレンが「風の剣(ストリボグ)」を率いていたころに野山で拾った野生の竜だ。気まぐれではあるがおとなしく、咆(ほ)えたり、暴れたりすることもないので飼っていた。

サーシャが病に冒(おか)されていたとき、せめて気晴(きば)らしになればと譲ったのだが、病が快癒(かいゆ)したあとも、ルーニエはそのまま彼女のもとにいる。

サーシャがこの幼竜をどのように可愛がっているのか、ティグルもエレンもよく知らない。以前、聞いたこともあったのだが、「好きにさせているだけだよ」という答えしか得られなかった。ただ、ルーニエは現在の主と、己の境遇に満足しているようだ。

「朝から二人そろって仲のいいことだね」

サーシャにからかわれて、ティグルは苦笑を浮かべる。まさか先客がいるとは思わなかった。二人の邪魔をする気にはなれず、出直そうとしたが、ティグルの表情から察したのか、リュドミラが立ちあがる。

「アレクサンドラ様、私はそろそろ失礼します」

サーシャは、ルーニエの背中を優しく撫でながらうなずいた。

「この子も連れていってくれないか。放しておけば、てきとうに散歩しているから」

「わかりました」と答えて、リュドミラがルーニエを両手で抱きあげる。ルーニエは不満そうに短く鳴いたものの、逆らうことはせず、リュドミラの腕の中で身体を丸めた。

彼女が退出したあと、ティグルは申し訳なさそうにサーシャに頭を下げる。

「すまない」

「気にしなくていいよ。彼女も忙しいからね、あまり僕につきあわせるわけにもいかない。何か話があるんだろう？」

ティグルは昨夜、エレンと話しあったことを説明した。サーシャは肩をすくめる。

「リュドミラに残ってもらわなくて正解だったね」

「窮地に陥った友軍を見捨てて逃げるのか、ぐらいは言われそうだな」

さきほどまでリュドミラが座っていた椅子に腰を下ろしたエレンが、おかしそうに笑った。ティグルにもその光景は容易に想像できる。

「実のところ、二人がこの王都を離れると言っても、僕に止める権利はない。ティグルはブリューヌ貴族で、エレンは傭兵だからね。でも、そうだな、愛の逃避行は時機を選んでほしいという文句ぐらいは言わせてもらってもいいと思う」

その冗談に、ティグルとエレンは同時に赤面した。二人の反応に笑いを噛み殺したあと、サーシャは表情をあらためる。

「これは昼の軍議で話すつもりだったけど、ブリューヌについてひとつの知らせが届いた」

声を低くして、彼女は続けた。

「キュレネーはブリューヌにも攻めこんだらしい。西方の国境から」

ティグルは目を瞠る。だが、自分でも意外なことに、それほど大きな驚きを受けずに、彼女の言葉を受けとめることができた。

本来、強大な国家ほど、戦力を集中させることの重要性を知っている。複数の国を相手取って戦を仕掛けるような真似はしない。

だが、キュレネーはあきらかに違う理屈で動いている。それに、ブリューヌにとって西の隣国であるザクスタンやアスヴァールをとうに攻め滅ぼしており、足がかりはできていたのだ。

サーシャのつかんだ情報は事実と考えていいだろう。

「心配はいらない。ブリューヌにはあのロラン卿をはじめ、勇敢な騎士や諸侯が数多くいる。キュレネーが相手でも負けることはないさ」

もしも英雄と呼ばれるような存在が自分しかいなかったら、五年前の内乱はもっと長引き、より多くの犠牲者を出していただろう。

あのとき、自分と王女の下に集って戦ってくれた彼らなら、キュレネー軍にも勝てるはずだ。

ティグルは本心からそう思っているし、そうなっていてほしかった。

「ブリューヌに行くという考えは変わらないんだね」

確認するように尋ねるサーシャに、ティグルは真剣な顔でうなずく。キュレネーに勝つためには、女神の力が必要なのだ。危険を冒してでもマクシミリアンをさがす価値はある。

「それじゃ、ひとつだけ約束してほしい」

順番に二人の顔を見つめて、サーシャは言った。

「命を大事にして。目的を果たせなくても、生きて帰ってきてほしい」

オクサーナのことが思いだされて、ティグルはおもわず手を握りしめる。

エレンがサーシャに手を差しだした。

「約束する」

握手によって、二人は誓いをかわす。

ティグルもサーシャと握手をしたが、彼女の手から奇妙な力強さが伝わってきて、軽い驚きを覚える。彼女の願いの強さを表しているかのように思われて、ティグルは両手でサーシャの手を包みこんだ。サーシャは少し驚き、微笑を浮かべる。

手を離すと、彼女は身体から力を抜いた。

「君たちに何かあったら、悲しむのは僕だけじゃない。リュドミラもそうだよ」

「どうだろう。俺はいつも彼女を怒らせているからな」

昨日、二度もひっぱたかれたことを思いだす。しかし、サーシャは首を横に振った。

「君なら、自分が何に怒っているのかをわかって、受けとめてくれると思うから、そういう態度をとるんだよ。そこまで気を許していなかったら、ティル＝ナ＝ファに詳しい人物の情報だって真面目にさがしやしないさ」

言われてみると、そうかもしれない。マクシミリアンの情報を得るのは簡単なことではなかったはずだ。今度、あらためて彼女に礼を言おうとティグルは思った。

次いで、サーシャはエレンを見る。

「君のこともだよ、エレン。以前、リュドミラが言ったことがあるんだ。君なら戦姫になれるだろうと。僕も同感だ」

「私が……？」と、エレンは顔に困惑を色濃くにじませた。

「おまえには話したことがあっただろう。私は傭兵団に拾われた捨て子だ。それ以外の世界を知らず、今日までずっと傭兵として生きてきた。そんな私が戦姫になど……」

「戦姫に生まれは関係ないよ。以前、君に話したけど、僕は、もう名前も覚えていない小さな村で生まれ育った。ドロテアとラダも、戦姫になる前は平民だったと聞いている。オクサーナやファイナは有力な諸侯の生まれだったけどね」

サーシャの口からラダの名が出たとき、ほんの一瞬だが、エレンの表情に影が差す。

『銀閃の風姫(シルヴフラウ)』の異名を持つラダ＝ヴィルターリアは、彼女にとって忘れがたい戦姫のひとりだった。

エレンが彼女に興味を抱いたのは二年前、ラダが王宮の中庭で剣の鍛錬をしているのを見たときだった。エレンも剣を得意としているだけに、彼女の技量の高さがよくわかった。いまは届かないが、いずれは追いつけるかもしれないとすら考えた。

国王に次ぐ地位を持つ戦姫に対して、恐れ多いとは思わなかった。サーシャと親しくなったことで、戦姫もまたひとりの人間だと、エレンはわかっていたからだ。

それから何度か、エレンはラダの鍛錬を観察した。彼女は王宮に滞在している間は、いつも同じ場所で長剣を振るっていたので、難しいことではなかった。邪魔をする気はなかったので声をかけることはしなかった。

ある日、鍛錬を終えたラダが、エレンに向かってまっすぐ歩いてきた。目障りだとでも言われるのかと思っていたら、彼女は何気ない口調で言った。

「こいつが、おまえさんにがんばれとさ」

こいつというのは、彼女がそのとき肩に担いでいた長剣の竜具(ヴィラルト)だ。あとで、アリファールという名だと知った。

ラダが、どのような意図でエレンに声をかけてきたのかはわからない。その後、二人が親しくなったということもなかった。

だが、彼女の言葉がエレンにとって励みとなったのはたしかだったし、二ヵ月近く前、イルダー王の補佐を務めて戦に出たラダが死んだと聞いて、エレンは深い喪失感を覚えた。

ラダのことを記憶の奥底に押しこめて、エレンはゆっくりと首を横に振る。

「サーシャはいったい私の何を見て、戦姫になれると思ったんだ？」

「一途なところだね」

さらりと答えてエレンを困惑させると、サーシャは何かを思いついたように言った。

「そうだ、出発は軍議に出てからにしてほしい。形式は整えておいた方がいいからね」

二人はサーシャの言葉の意味をつかみかねたが、自分たちのために何かをしてくれるらしいということはわかった。礼を言って、彼女の部屋をあとにする。

不思議そうな顔で自分の右手を見つめながら、エレンが言った。

「サーシャにしては、いつになく力が強かったな」

「君もそう思ったのか」

ティグルが自分も同じように感じたと言うと、エレンは寂しげな微笑を浮かべる。

「ああは言ってくれたが、やはり私たちの勝手な要求に怒ったのかもしれないな」

だが、すぐに彼女は微笑を強気なものへと変えた。

「ティル＝ナ＝ファのことが空振りに終わっても、せめてサーシャを元気づけられる何かを手に入れて、帰ってきたいものだな」

二人は旅の支度をするために、それぞれの部屋へ戻った。


昼になり、会議室で軍議がはじまった。ティグル、エレン、サーシャの他に、一千以上の兵を指揮する部隊長たちが集まっている。彼らの立場は王都の城壁の守備隊長であったり、騎士団の団長であったりとさまざまだ。

まず、サーシャが二つのことを告げる。北東部の諸侯が蛮族の監視を引き受けた件と、海賊討伐が成功した件だ。はじめて聞いたという者も何人かいて、喜びの声があがる。室内に広がっていた深刻な空気がいくらかやわらいだ。

だが、その空気はすぐに重苦しいものになった。

「キュレネー軍の動きについて、昨夜から今朝にかけてわかったことを報告する」

偵察隊の隊長が、書類を手に発言する。それによると、彼らはヴァルティスの野からあまり前進していないということだった。いくつもの部隊にわかれて行動し、町や村を次々に襲っているという。街道から離れた小さな集落でも見逃さずに潰しているということだった。

「やつら、正気か……？」

騎士団の団長が唖然とする。偵察隊の隊長もうんざりした顔で返答した。

「キュレネー軍の掲げている『神征』とやらについては、皆も知っているだろう。あれを本気で行うつもりのようだ。それから、連中は襲った村や町の神殿を壊すか、作り変えているらしい。ジスタートの神々の像を放り捨てて、壁や屋根に妙な模様を描いていると」

この報告は、出席者たちの強い嫌悪と怒りを誘った。信仰心の薄い者でも、自分たちに馴染み深い神々を異国人に粗略に扱われて、平然としていられるわけがない。

彼らがひとしきりキュレネー軍の悪口を言いたてて落ち着くのを待って、隊長は続けた。

「こんなことをやっているせいで、連中の動きはきわめて鈍い。王都の前に姿を見せるのは二十日後か、三十日後か……だいぶ先になるだろう」

最後に、キュレネー軍から運よく逃げることのできた者たちは、少しでも北へ歩みを進め、城砦や、高く厚い城壁を持つ町などに避難しているらしいと言って、彼は報告を終えた。

「この王都にも、逃げてきている者たちが少なからずいます」

手を挙げてそう言ったのは、王都の市街を巡回している部隊の隊長だ。

「彼らの数は日増しに増えており、以前からの住人と揉めるようになっています。行商人などであれば、まだ手持ちの金がありますが、取るものも取りあえず逃げてきたという者たちは、空き地だの裏通りだのに粗末な外套（がいとう）を敷いて、自分の居場所にしますのでね」

「頭を抱えたくなる話だな……」

エレンが苦い顔でつぶやいた。逃げる者が、少しでも安全なところを求めて王都に来るのはごく自然な選択だ。しかし、王都としては無制限に受けいれるわけにもいかない。新旧の住人の衝突が大きなものになれば、王都シレジアは内部から崩壊してしまう。

「敵がそれだけ分散しているというなら、一部隊を組織して各個撃破できるのではないか？」

騎士団の団長が出席者たちを見回す。可能なら自分が引き受けるという態度だ。だが、この案に対しては、何人かが反対の声をあげた。

「危険だ。こちらは敵の数と位置について、すべてつかんではいない。敵の一部隊を叩こうとして、気がついたら敵の複数の部隊に囲まれていたなどということになりかねん」

「兵が足りない。王都のまわりに壕（ほり）を巡らせるのが先だ」

「もしも負けたら、兵の士気がさらに低下する。確実な手がほしい」

　騎士団の団長が不満そうに口をつぐむ。サーシャが偵察隊の隊長に尋ねた。

「敵の援軍については、何か動きをつかめたか？」

「いまのところは、まったく」

　隊長は首を横に振ったが、生真面目な表情で続ける。

「ですが、やつらは必ず援軍を出します。これは我が国に逃げてきたムオジネルやアスヴァールの兵たちから聞いた話ですが、戦場でどれだけやつらに打撃を与えても、次に戦うときには援軍が到着していて、打撃を与える前とほとんど変わらない数になっていたそうです」

　その言葉に、ティグルは内心で首をひねった。

──どうして、ほとんど変わらない数になるんだ？

　事実だとすれば、キュレネー軍は、どのていどの損害が出るのかを事前に想定し、それに合わせた数の援軍を派遣していることになる。ありえない。もっとも、偵察隊の隊長自身、これには納得していないようだった。とりあえず報告しておくべきと考えて、言ったのだろう。

「キュレネー軍と戦うにあたって、何か案のある者はいるか？」

　サーシャが聞いた。部隊長のひとりが発言する。

「北の蛮族たちを傭兵として雇い、使うことはできませんかな」

「反対だ。やつらは野盗と変わらぬ。国内に引き入れたら、それこそ好き放題に荒らしまわった挙げ句、肝心の戦いは避けて引きあげるだろうよ」

サーシャが答える前に、他の部隊長が言った。別の者が新たな意見を出す。

「アスヴァールやムオジネルはキュレネーに滅ぼされたが、王都や主要な都市を陥とされたとはいえ、ひとり残らず殺されたというわけでもあるまい。生き残った者たちが抵抗しているはずだ。そうした者たちをさがして、味方につけることはできないか？」

「悔しいことに余裕がないね」

サーシャが首を横に振った。

「どこもかしこも人手が足りないというのが、僕たちの現状だ。こちらにまで噂が届くほどの活躍をしている組織や集団があるならともかく、こちらからさがしに行くことはできない」

重苦しい沈黙が訪れる。だが、彼女はすぐにそれを払った。

「ただ、味方がほしいのは僕も同じ思いだ。ただし、信頼できる相手でないと困る。ブリューヌの現在の状況について、知っている者は？」

彼女の問いかけに、ぎこちない沈黙が訪れる。答えられる者はいなかった。ブリューヌを軽んじているわけではなく、国内のこととキュレネー軍に目を配るだけで手一杯なのだ。

さらに三つ数えるほどの時間、待ってから、サーシャは続ける。

「聞いた話では、キュレネー軍はブリューヌにも攻めこんだという。西の方からね。もしも彼らが善戦できていたら、連携をとってキュレネー軍と戦いたい」

そして、彼女はティグルとエレンに視線を向けた。

「ヴォルン伯爵、あなたはブリューヌ人だ。何度もヴォージュ山脈を越えている。あなたとエレオノーラ殿に、ブリューヌの様子を見てきてほしい」

これが、サーシャの言っていた「形式を整える」ということだった。戦姫がじきじきにブリューヌへ行くよう任命すれば、ティグルたちは堂々と王都を発つことができる。

反対意見は出なかった。ティグル以上に、この役目に適している者はいないからだ。

エレンが同行するのも、護衛と考えれば理解できる。戦士としての彼女の強さは、出席者たちもよく知っていた。それに、傭兵である彼女は王都にいなくても支障のない立場だ。

「必ず、有力な情報を手に入れて帰ってくる」

ティグルとエレンはサーシャに深く頭を下げた。

そのあとは、いかに王都の守りを厚くするかが話しあわれた。壕の幅を広げ、もっと深く掘ることや、市街にいくつか居住区を設け、逃げてきた者たちをそこに住まわせること、義勇兵を募ることなどが決まる。

軍議が終わったあと、ティグルとエレンはサーシャやルーリックなど親しいひとたちに別れを告げて、シレジアを発った。

## 4　ヴォージュの出会い

ジスタート軍がキュレネー軍に敗れたヴァルティスの野から、北へ十ベルスタ（約十キロメートル）ほど進んだところに、キュレネー軍の幕営がある。

戦に勝利してから十日以上が過ぎているにもかかわらず、彼らはこれだけしか前進していなかった。ジスタート軍の偵察隊が調べた通り、キュレネー兵たちはいくつもの部隊にわかれて町や村を襲っているのだ。すべての命をアーケンに捧げるために。

幕営の中には無数の天幕がある。キュレネー軍の天幕は、四方に柱を立て、柱と柱の間に細い板を並べて壁をつくり、上から大きな亜麻布をかぶせる形のものだ。ひとつの天幕で二十人近い兵が寝起きし、神に祈りを捧げるのである。

幕営の外には、数十もの死体が積みあげられて小さな山を築いていた。その近くで、幾人かのキュレネー兵が懸命につるはしを振るって、穴を掘っている。

そのひとりであるディエドは、不意につるはしを持つ手を止めて、死体の山を見つめた。これらの死体はすべてキュレネー兵だ。毎日、夜が明けると、どこかで死んだらしい兵士たちの亡骸（なきがら）が運ばれてきて、このように積みあげられる。

ディエドが手を止めたのは、その山の中に、彼の兄の死体があったからだ。同じく穴を掘っている者たちは、見て見ぬふりをしてやった。

首を左右に振り、顔を伝う汗を拭うと、ディエドは黙々と作業を再開する。今年で十七歳になる彼は、三つ年長の兄の死を悼む一方で、別のことも考えていた。

――兄さんは、俺なんかよりよほど信仰心が篤かったのにな……。

死は、喜ぶべきものであると、いまの神官たちは説く。ほとんどすべてのキュレネー人はその通りだと言う。ディエドの兄もそうだった。

だが、ディエドはいまだにその考えに違和感を抱いている。生前の兄にしかその思いを打ち明けたことはなく、その兄には諭されてしまったが。

いま、兄たちのために穴を掘りながら、ディエドは何も喜ぶ気にはなれない。

そっと仲間たちの様子をうかがうと、彼らは笑っていた。自分たちも死ぬときはこのようにありたい、などと言う者もいる。ディエドは、死ぬなんてまっぴらだと思う。

小さいころから、自分はまわりの人間にくらべて信仰心が薄いという自覚はあった。

多くのキュレネー人は、朝になると最寄りの神殿へ礼拝をしに行く。そういう習慣なのだ。

ディエドも神殿には行っていたが、両親の小言を避けるためであり、少し気になっていた近所の女の子が、欠かさず礼拝をしに来ているからだった。祈りの言葉を唱えながら、心の中では彼女のことを考えたり、お腹がすいたと思ったりしていた。

昔は、そういう人間は自分だけではなかった。高名な神官が町にやってきて、神話の一節を聞かせてくれるという話を耳にしても、あまり興味が持てず、同じような考えの友人たちと町の外へ遊びに出たものだ。思いつきでつくった酒を回し飲みして悪酔いし、ふらふらになって家に帰って、両親に叱られた。兄は笑ってかばってくれた。

──アーケンが地上に降臨してから、何もかもが変わった。

およそ二年前のある日の夜、アーケンは突如として地上に降臨した。

キュレネー人たちは、神の降臨を何らかの形で感じとった。夢の中であたたかな光の出現を目にした者もいれば、『神の声』または『神の使徒の声』を聞いた者もいた。大気の変化を肌で感じとった者も。ほとんど誰もがアーケンを信じ、受けいれた。

それまでのキュレネーにおいて、アーケンは数多ある神々の一柱でしかなかった。だが、いまではアーケンのみが強く信仰されている。他の神々は捨てられることこそなかったが、アーケンの従者となった。

アーケンは、多くのものをキュレネー人にもたらした。使徒が不作の地に赴き、荒れ果てた畑に手をかざせば、その大地はたちまち活力を得て、豊かな実りをもたらした。氾濫した川はたちどころにおさまり、病によって死を目前にしていた者が、己の足で立ちあがった。

自分たちは神とともにある。この地で生まれ育ち、この地の神々を崇める自分たちだけが。

キュレネー人の多くがそう思い、毎日のようにアーケンの名を唱えた。アーケンの意志は王国の法や人間の考えに超越するものであると、誰もが信じた。

王を指導する立場を得たアーケンの使徒たちが「神征」を唱えると、やはり多くの者が喝采した。自分たちはアーケンの意志を地上に示して死ぬべきなのだという主張に反対する者はひとりもいなかった。

そうした話を、両親や兄が目を輝かせながら聞かせてくると、ディエドは相槌を打って、彼らに合わせた。そのころのディエドは、自分が心から兄たちに同調できないことに、むしろ引け目を感じていた。酒を回し飲みして遊んだ友人たちでさえ、いまではアーケンのために死ぬと公言している。ディエドは相変わらず、そのように考えることができなかった。

「神征」が開始され、ディエドも兵士として戦場へ赴くことになった。武具は、すべて用意されていた。槍も、反りのある剣も、円形の盾も、頭に巻く布も、金属片で補強した革鎧も。どれもが真新しかった。それらに加えて、小さな青銅杯がひとつ渡された。

戦場に着くと、簡単な儀式が行われた。整列した兵たちに、青銅杯を満たすほどの酒が振る舞われるのだ。「神の酒」と言われるそれを一息に飲み干すと、身体の奥底から奇妙なほどの熱が湧きあがり、全身に力がみなぎった。身体が軽くなり、武器の重さを感じなくなった。

だが、ディエドが感じたのはそこまでだ。

戦のあとで、兄からそれとなく話を聞いてみると、神の敵をことごとく打ち倒さなければという思いだけが頭の中を占め、戦っている間のことはほとんど覚えておらず、痛みも感じなかったという。ディエドは、そうならなかった。周囲の熱狂に突き動かされ、無我夢中で戦場を駆け抜けはしたが、時折、まわりが気になったし、痛みも感じた。

それはやはり、自分の信仰心が薄いからだろうと、ディエドは思う。

やがて、ディエドたちは穴を掘り終えた。仲間と協力して、その穴の中へ次々に死体を投げこんでいく。兄の死体を抱えたとき、ディエドはその顔をまじまじと見つめた。

兄の左腕は肘から先がなく、左脚はねじ曲がっている。右目と額にそれぞれ折れた矢が突き立っていた。そして、口元には昂揚感(こうようかん)に満たされたような笑みが浮かんでいる。

――誰が殺したのかわかれば、仇を討ちたいとは思うけど……。

両軍合わせて十四万の軍勢がぶつかった戦場で、兄を殺した者をさがすなど不可能だ。小さく祈りの言葉をつぶやくと、ディエドは兄の死体を穴の中へ投げ入れた。

そうして埋葬をすませたところで、仲間のひとりが声をあげる。彼は南の方を見ていた。

一万をゆうに超える軍勢が、大太鼓の音を轟かせて、整然とこちらへ向かってくる。彼らが掲げているのは、青地に白い円環を描いたキュレネーの軍旗だ。

――援軍が到着したんだ。

ヴァルティスの戦いで、キュレネー軍は一万近い死者と、その倍の負傷者を出した。負傷者の何割かは、戦から数日で息を引き取った。最終的な死者の数は一万七千を超える。戦に参加した兵の四割以上が命を落としたわけで、損害は決して小さくなかった。

だが、こうやって戦から幾日かが過ぎると、キュレネー本国から援軍が到着する。それも、死者とほとんど同じ数の兵が。充分な食糧を用意して。

キュレネー人たちはアーケンの慈雨と呼んでいるが、「神征」において、キュレネー軍が勝ち続け、進軍し続けることのできる理由のひとつがこれだった。どれだけ打撃を与えても、たちどころに兵力を回復させてしまう軍勢に、いったい誰が勝てるだろうか。

——この不思議な光景にも見慣れてしまったな……。

ありがたいと感謝するより先に、ディエドはそう思ってしまう。

この国が滅びるころには、自分の信仰心ももう少し強固なものになっているだろうか。そんなことを考えながら、ディエドは仲間たちとともに、援軍に向かって歩いていった。

†

ティグルとエレンが王都を発ったころ、書類の束を抱えたリュドミラは憮然とした顔で王宮の廊下を歩いていた。

——まったく……。我が国の王族がここまで頼りにならないとは思わなかったわ。

口に出せることではないので、心の中で吐き捨てる。一ヵ月以上前にイルダー王が戦死してから、まだ新たな王は決まっていなかった。

イルダーには息子がひとりいたが、五年前に病死している。他に子はいない。それゆえに、王位継承権を与えられている傍系(ぼうけい)の王族たちの中から次代の王が選ばれるはずだったが、誰もが難色を示して、答えを先延ばしにした。

いま、王冠をかぶれば、窮地(きゅうち)に陥(おちい)った王国を救うという重責(じゅうせき)を負うことになる。イルダーのように戦場に出る必要はないとしても、六人もの戦姫を失い、疲弊(ひへい)した状態で、キュレネー軍を撃退してジスタートを勝利に導くことを求められる。皆、そのような立場にはなりたくないというわけだった。

もっとも、彼らは玉座を諦めたわけではない。答えを先延ばしにしたのは、誰かが事態を好転させるまで待つという意味だ。

そうして、王国を救う役目は、王に次ぐ地位を持つ戦姫――アレクサンドラ＝アルシャーヴィンに任されたのである。リュドミラが激昂するのも無理からぬことだった。

――私が戦姫であれば……。

これまでに何百回と考えたことを、また考えてしまう。自分が戦姫であれば、サーシャと負担を分かち合い、いまよりも積極的な手を打って、この状況を打開できたかもしれない。

彼女の母――『凍漣の雪姫(ミーチェリア)』の異名で呼ばれ、オルミュッツ公国を治めていた戦姫スヴェトラーナが病によって亡くなったのは、七年前のことだ。

オルミュッツの公宮に勤めている者たちは皆、娘のリュドミラが戦姫になるものと思っていた。リュドミラ自身もだ。母のような戦姫になるべく、彼女は幼いころから多くのことを学んできた。知識を蓄え、身体を鍛え、武芸の腕を磨いてきた。

公には、ジスタート王が戦姫を選ぶといわれている。だが、実際は違う。

戦姫を選ぶのは、竜具(ヴィラルト)だ。

たとえばサーシャは十五歳のとき、旅の中で双剣の竜具バルグレンに選ばれた。

突然、目の前が光り輝いたかと思うと、双剣が虚空に出現し、声なき声で語りかけてきたのだという。汝は戦姫なり、我を手に取るべしと。

そして、彼女は竜具に導かれて王都を訪れ、当時のジスタート王に謁見し、あらためて戦姫として認められたのだ。

リュドミラもそうなるはずだった。

だが、歴代の凍漣の雪姫が振るっていた槍の竜具ラヴィアスは、諸侯の令嬢のファイナの前に現れた。その瞬間、リュドミラは戦姫の娘ではなくなり、ただの娘になった。

リュドミラはオルミュッツの公宮を去ろうとした。戦姫になれなかった自分には、公宮にいる資格などないからだ。

しかし、ファイナに引き留められた。スヴェトラーナから受け継いだものを活かして自分を支えてほしいと、彼女は言った。その手には、見事な装飾がほどこされた一本の槍——竜具ラヴィアスがあった。

これほど残酷な要請はなかっただろう。自分が手に入れられなかったものを手に入れた者に膝をつき、母の期待に応えられなかった無能者と周囲に蔑(さげす)まれながら生きろというのだ。リュドミラは怒りのあまり、身体中の血が冷たくなるのを感じたほどだった。

彼女は悩んで、すでに知りあいだったサーシャに相談した。公国に仕えている者たちに相談しなかったのは、迷っている自分を知られたくなかったからだ。

話を聞いたサーシャは、少し考えたあと、こう言った。

「スヴェトラーナがオルミユッツ公国を愛していたのは、よく知っているよ。助けにならないかもしれないけど、僕から言えるのはこのことだけかな」

サーシャのもとを辞したリュドミラは、彼女の言葉を何度も繰り返しながら帰路に就いた。そして、ファイナに仕えることを決めた。

オルミユッツは母の愛した公国であり、自分が生まれ育った故郷だ。どのような形であれ、支えることができるのならば、よいではないか。そう考えたのだ。

そのように報告すると、ファイナは笑顔で喜んでくれた。

「よろしくお願いするわ」と言って、彼女が差しだした手は、あたたかかった。

リュドミラはオルミユッツの文官となった。女性の文官は珍しく、その一挙手一投足が注目されたが、彼女は大きな失敗もせず、与えられた仕事をそつなくこなしていった。

だが、ある時期から、リュドミラの提案や進言はまったくといっていいほど採用されなくなった。文武の官僚たちがそのようにファイナへ進言したからだ。

リュドミラは、戦姫の娘ではなくなった。だが、それは立場にかぎった話であって、彼女が母から学び、この公宮で過ごして身につけてきた知識や考え方を発揮しはじめると、誰もがリュドミラを「戦姫の娘」だと思わざるを得なかった。文官でありながら、彼女は戦姫になったばかりのファイナより、よほど戦姫らしかったのだ。

官僚たちもリュドミラを嫌ったわけではない。彼女を笑い、嘲（あざけ）る者もいたが、半分近くは彼女に同情的だった。

しかし、一介の文官が戦姫よりも重んじられる可能性が出てきてしまうと、そのようなことを気にかける余裕はなくなった。リュドミラの発言力を低下させることで、彼らは公宮の秩序の安定を図ったのである。

ファイナは、リュドミラを文官として登用したあとは、ほとんど彼女に関わらなかった。意識的に避けたのではなく、戦姫としての務（つと）めが忙しく、そのような余裕がなかったのだ。彼女はよい戦姫であろうと意気込んでいたが、空回りが続いて焦っていた。

あるとき、リュドミラはファイナに呼びだされた。彼女はリュドミラの文官としての仕事ぶりを称賛してから、あることを聞いてきた。

「あなたが毎日、槍の鍛錬（たんれん）をしていると聞いたけれど、本当かしら」

隠すようなことではないと思ったので、リュドミラは肯定した。

娘を戦姫にするつもりだったスヴェトラーナは、己の持てる槍の技術のすべてを、リュドミラに叩きこんだ。娘も母の思いを受けとめ、懸命に学んだ。戦姫になれなかったあとも、槍の鍛錬は彼女にとって日課になっていた。

ファイナは少し困ったように眉根を寄せた。

「あなたは文官なのだから、そのようなことをする必要はないのではなくて？」

「おっしゃる通りですが、私の槍は母から学んだ大切なものです。いずれ、子供ができたら受け継がせたいとも考えています」

本心だった。そのときの彼女は子供を産むどころか、想い人すらいなかったが、曾祖母の代から受け継がれてきたものを、自分が絶やすわけにはいかないと思っていた。

ファイナは小さく唸ると、諭すように言った。

「あなたが戦姫になることを諦めていないのではないかと、そう言う者がいるのよ」

「ありえないことです」

短く否定しながら、リュドミラは内心で憤った。戦姫ならわかっているはずだ。戦姫を選ぶのは人間ではなく、竜具であることを。リュドミラは、母からそのことを教わった。

そのような戯言（ざれごと）を気にするなら、職を解いてオルミュッツから追放してくれればいいと、口には出さず、思った。

槍の鍛錬は続けると伝えると、ファイナは気分を害したようだった。彼女なりに、リュドミラのことを気にして助言をしたつもりだったらしい。このとき、二人の間には見えざる亀裂が生まれ、それは一方が死ぬまで修復されなかった。

　過去の記憶を振り払って、リュドミラはため息をつく。ファイナが戦姫ラダとともにイルダー王の補佐を務めて戦場へ赴き、命を落としてから一ヵ月以上が過ぎている。新たな凍漣の雪姫はまだ生まれていない。

　竜具ラヴィアスが自分の前に現れないということは、やはり、自分には戦姫になるための資質が欠けているのだろう。

――私でなくてもいい。新たに戦姫が生まれてほしいものだわ。

　そうすれば、サーシャの負担はいくらか軽くなるだろう。

　リュドミラにとって、サーシャは仕え甲斐のあるひとだった。戦姫になる前は村人だったと聞いているが、思慮深く、落ち着きがあり、一個の戦士としても驚くほど強い。ファイナも、それにオクサーナも強かったが、サーシャにはかなわないだろう。

　普段は穏やかで寛容だが、必要とあれば冷徹な判断を下すことができ、危険に身を投じることを厭わない。そのようなひとだから、エレンのような傭兵や、ティグルのような他国の人間とも良好な関係を築き、自分や兵たちの忠誠を得ているのだ。

　とにかく、自分は文官としてできることで、サーシャを支えるしかない。

「それにしても、ヴォルン伯爵もエレオノーラ殿も、こんな大事なときにシレジアを離れるなんて……。いまがどういう状況か、本当にわかっているのかしら」

朝、サーシャの部屋で顔を合わせた二人を思いだして、リュドミラは鼻を鳴らした。

原因がおそらく自分にあるのも腹立たしい。二人がブリューヌへ行くことを決意したのは、自分がマクシミリアンの情報を馬鹿正直に与えてしまったからだろう。ジスタートから動けなくなるほどの役目を任せたあとで教えるべきだったと、後悔した。

——うらやましいわ。

サーシャに信頼され、独立した行動をとる二人に嫉妬する。確認はしていないが、ティグルとエレン、サーシャが事前に話しあって、情報収集のためにブリューヌへ行くという形式を整えたのだろうと、リュドミラは見抜いていた。

二人のことは、嫌いではない。とくにティグルには、ひそかに感心したことがあった。

数ヵ月前のことだ。王宮の廊下で偶然、ティグルと会ったリュドミラは、ふと湧きあがった疑問を率直にぶつけた。

「あなたは、領主として何か気をつけていることはあるの？」

それは、戦姫としての心得を母から学んできたという自負と、自分と同い年でありながら、ブリューヌの英雄として讃えられているティグルに対する興味から生じたものだったが、彼の答えはリュドミラの意表を突いた。

「そうだな……。先代を気にしすぎないことかな」

ティグルの言う先代とは、彼の父であるウルスのことだ。リュドミラは不思議に思った。

「お父上と、あまりいい関係ではなかったの？」

「まさか」と、ティグルは笑った。

「いまはそうでもないんだが、領主になったばかりのころの俺は、何かに行き詰まるたびに、父だったらどうしただろうと考えてしまうところがあったんだ。それをあらためるようにしてから、だいぶ楽になった」

「先達（せんだつ）のやり方に倣（なら）った方がいいことは、けっこうあると思うけど」

リュドミラがおもわず反論すると、ティグルはうなずきつつ、言葉を返した。

「それはわかる。だが、俺は父じゃないから、父と同じことはできない。俺にできることをやるしかない。気にしすぎないというのは、そういう意味だよ。エレンやサーシャには、狩りや昼寝をする口実だろうと笑われたがな」

「私も二人と同じ意見よ」

リュドミラは笑ったが、内心ではティグルの言葉に新鮮さを感じたものだった。

「さっさと帰ってきなさい。仕事はいくらでもあるんだから」

つぶやくと、リュドミラは力強い足取りで廊下を歩いていった。

†

ジスタートとブリューヌの間には、ヴォージュ山脈がそびえている。

南北に延びる険しい山々の連なりで、両国の国境代わりでもある。山の中には鹿や山羊、狐や熊などさまざまな獣が棲み、山の民と呼ばれる者たちがひっそりと暮らしている。また、山奥には竜が潜んでいるという噂もあった。

山を越える方法は、大きくわけて二つある。ふもとに沿って細く延びている道を進むか、比較的登りやすい山々を通り抜けるかだ。前者はいくらか安全だがだいぶ日数がかさみ、後者は道を間違えず、天候に恵まれれば、数日で山脈を抜けることができる。ちなみに、隊商や旅人を狙う野盗の類はどちらにも現れる。

王都を発ってからおよそ十日、ヴォージュ山脈にたどりついたティグルとエレンは、当然のように山々を通り抜ける方を選んだ。悠長にふもとの道を進む余裕などない。

ヴォージュ山脈の北西部の一部は、ティグルの領地であるアルサスに接している。ティグルは馬と狩りに慣れたころから、ヴォージュへよく足を運んでいた。奥深くまで足を踏みいれるようになったのはだいぶあとのことだったが、昔からこの山脈に慣れ親しんでいたのだ。

エレンも「風の剣（ストリボグ）」を率いていたころ、隊商の護衛を引き受けるなどして、何度か山越えを行っている。山賊たちもよほどのことがなければ、見るからに面倒な相手を狙わなかった。むろん、襲われても、エレンと配下の傭兵たちは彼らを撃退してみせた。

そのような次第で、二人ともヴォージュの地形はあるていどつかんでいる。秋を迎えて、山々に漂う涼気は冷たさを増しつつあったが、秋が深まるまでは、外套をしっかり羽織るぐらいで耐えられる自信があった。

　急ぎの旅とはいえ、定期的に休息をとらなければ人間にも馬にも疲労がたまる。山賊や獣を警戒する必要もある。二人は慌てず、着実に進んでいった。

　中腹に至り、細い山道を進んでいたときだ。二人は斜面の向こうに、二十近くの人影を見つけた。すばやく岩陰に隠れながら様子をうかがうと、彼らの正体はキュレネー兵だった。

「やつら、こんなところまで……！」

　エレンが驚き、忌々しげに吐き捨てる。ティグルも驚いたが、それ以上に警戒心と危機感を呼び起こされた。頭の中に地図を描く。

──キュレネー軍が一気に北上したとは思えない。ブリューヌを滅ぼしたとも。

　後者については、そう判断する情報がほとんどないが、おおむね正しい推測といっていいだろう。もしもブリューヌが滅ぼされたのであれば、ヴォージュ山脈にたどりつくまでに立ち寄った町や村で、そういった話を耳にしているはずだからだ。

　キュレネー軍は少数の部隊をいくつも編制して、小さな村や町を見逃さずに襲っているという話を思いだす。自分たちが発見した者たちもその類だろう。

「どうする？」と、エレンが聞いてきた。

「私たちを見つけたら、やつらは総がかりで襲いかかってくるぞ」

「とりあえず、争いは避けよう」

見たところ、キュレネー兵はすべて歩兵で、騎兵の姿はない。馬に乗っている自分たちは、それほど苦労せずに逃げられる。また、戦いを仕掛ける場合、自分たちの存在を報告させないために、ひとり残らず殺害しなければならなくなる。それは難しい。

ティグルの説明に、エレンは不満そうな輝きを紅の瞳ににじませたものの、納得した。キュレネー兵たちが遠くへ歩き去るのを確認して、岩陰から出る。音をたてないように気をつけて山道を進んだ。

それから半刻ばかりが過ぎたころ、ティグルたちは、またもやキュレネー軍を発見した。やはり二十人近い歩兵の集団で、武装はさきほど見た者たちと変わらない。正確には、見分けがつかない。キュレネー兵の武装は完全に統一されているからだ。

――俺たちが見つけた部隊なのか、違う部隊なのか。

違う部隊であれば、合わせて四十人のキュレネー兵が近くにいることになる。

ティグルたちは山道を外れることで、彼らから大きく離れた。少々、道は悪くなり、視界も狭まってしまうが、戦うよりはいい。

ところが、さらに四半刻後、両側を木々に挟まれた斜面をのぼっていった二人の前に、またもやキュレネー軍が現れたのである。今度は五十人はいるかと思われた。

それまでは、どこか感情の抜けた顔つきで歩いていたキュレネー兵たちだったが、ティグルとエレンを敵として認識した瞬間、その瞳に荒々しい戦意の火が灯った。槍を握りしめ、盾を振りあげて怒号を響かせる。

ティグルたちにしてみれば、計算違いもはなはだしい。馬首を返して逃げようとしたが、背後を振り返って、それが困難であることを悟った。

斜面の下に、四十人ほどのキュレネー兵がいる。おそらく自分たちが避けてきた者たちだ。同一のものではなく、二つの部隊だったようだ。仲間の怒号を聞いて状況を把握したのか、彼らもまた槍を振りかざして咆えた。

二人は無言で視線をかわす。このあたりは、かつて何度か通ったので覚えている。うなずきあうと、まずエレンが剣を抜き放ち、正面にいる五十人の敵に向かって馬を走らせた。ティグルは弓をかまえ、矢筒から矢を抜きだしながら、彼女のすぐ後ろにつく。

まっすぐ襲いかかってきたキュレネー兵を、エレンは馬上から一撃で斬り伏せた。崩れ落ちる仲間を押しのけて向かってきた新たな敵には、横薙ぎの一閃を叩きこむ。舞いあがった血飛沫は、吹き抜ける風にまき散らされた。三人目の敵兵はティグルの射放った矢を額に受けて、ものも言わずに倒れる。

エレンがわずかに方向を変えて、右手に馬を走らせた。その先には、急な傾斜に沿って曲がりくねった細い道が延びているはずだ。馬同士がすれ違うのもなかなか難しいその隘路へ飛びこんでしまえば、キュレネー兵が追ってきても対処しやすくなる。

相手にとっても予想外の遭遇であったことが、ティグルたちに幸いした。さらに三人のキュレネー兵を倒して、二人は敵の陣容を突破する。細い道に飛びこんだ。エレンが振り返り、会心の笑みを浮かべる。ティグルも笑顔を返した。

しかし、その勝利感も長くは続かなかった。前方に視線を戻したエレンが、「止まれ」とティグルに叫んで、馬足を緩める。ティグルは眉をひそめたが、ひとまず彼女に倣った。

十数歩ばかり進んで、二人は馬を止める。眼前の光景に愕然とした。

岩まじりの土砂が高く積みあがって、道をふさいでいる。つい最近、土砂崩れや落石が起きたのだろうと思われた。

エレンは顔を強張らせて、視線を巡らせる。左手には急な傾斜が石壁のごとくそびえたち、これをのぼろうと思ったら、馬を捨てて傾斜に取りつかなければならないだろう。

右手は断崖だ。垂直でこそないが、一度、足を滑らせたら、つかまるものもなく落ちて、はるか下の地面に叩きつけられるだろう。まず助からない。

「すまないな……」

エレンが申し訳なさそうな顔で、慎重に馬首を巡らす。見れば、キュレネー兵たちが怒濤の勢いでこちらに向かってきていた。隘路に閉じこめられた形になったティグルたちとしては、彼らを打ち倒して突破する以外に道はない。絶望的であってもやるしかなかった。

「やつらは数の利を活かせない。そう前向きに考えよう」

ティグルはそう言って自分とエレンを励ましたが、隘路の出入り口を埋めるキュレネー兵たちの厚みは尋常なものではない。それでも諦めてはならないと、自分を奮いたたせる。

上から元気のよい声が降ってきたのは、そのときだった。

「加勢するわ！」

岩場を蹴りつける硬い音が、声に続く。弓に矢をつがえながら、石壁のような傾斜を見上げたティグルは、視界に飛びこんできた光景に唖然とした。
十六、七歳だろう娘が、馬に乗って、勢いよく傾斜を駆けおりてくる。わずかでもつまずいたり、体勢を崩したりすれば、馬ごと空中に放りだされて真っ逆さまに落ちていくだろうに、危険など感じていないかのように、笑顔で馬を走らせていた。
傾斜を滑り、蹴りつけながら、彼女を乗せた馬はキュレネー軍の先頭へ飛びこみ、二人のキュレネー兵をはね飛ばして着地する。はね飛ばされた兵士たちは仲間をひとり巻きこんで断崖を転げ落ち、瞬く間に見えなくなった。

これほどの珍事に遭遇しても、キュレネー兵たちは驚きの声ひとつあげなかった。娘を新たな敵と見做(みな)して、槍をかまえる。

一方、娘も背負っていた剣の柄をつかんだ。抜き放つと同時に、もっとも近くにいるキュレネー兵を斬り捨てる。真横に振り抜いて血を払った彼女の剣は、青い刀身をしていた。

突然の出来事に、馬上で呆然としていたエレンだったが、娘とキュレネー兵たちの戦いがはじまったのを目にして、瞬時に我に返る。

「感謝する！」

馬を進ませて、エレンは彼女の隣に並んだ。意外そうな表情になったのは、娘が自分と同じ白銀の髪と紅の瞳の持ち主だったからだ。黒を基調とした服を着て、その上に外套を羽織り、肘の上まである白い長手袋をしている。両脚も白い薄布に包まれていた。上品さを感じさせる装いでありながら、不思議と活発な印象を与える。

殺気立っている敵の集団を前にして、長々と言葉をかわす暇はない。視線をかわすと、二人は同時に剣を振るった。虚空に白い閃光が二つ煌めき、赤い鮮血が二つの虹を描く。エレンと娘はこの一撃によって、おたがいの剣勢と間合いをおおよそ把握した。

――いい腕をしている。

エレンは感心したものの、同時に年長者としての矜持も刺激された。これはもともと自分たちの戦いだ。年下だろう彼女を、自分より戦わせるわけにはいかない。

白刃を打ちおろして正面の敵兵を永遠に沈黙させると、エレンは前に出る。「風刃」の異名にふさわしい速さで振るわれた彼女の剣は、キュレネー兵たちの額を突き、喉を斬り裂いた。

ところが、娘は対抗心を抱いたらしい。群がる敵兵に鋭い斬撃を叩きこみながら果敢に前進して、エレンに並ぶ。得意そうに笑いかけてきた。

仕方なく、エレンは剣を振るってさらに突き進んだが、娘はキュレネー兵を薙ぎ払って、すぐに馬を寄せてくる。そうして、二人は競うように前進を繰り返してしまった。

　この状況に驚いたのは、後方からエレンたちを援護していたティグルだ。このままでは二人が敵中に孤立する恐れがある。

　——だが、ここで二人を後退させるのはいいとは言えない。

　この場を切り抜けるには、最終的にキュレネー兵たちを突破するしかないからだ。

　細い道の端に立っている敵兵を狙って、ティグルは矢を射放った。矢を受けて体勢を崩したキュレネー兵は、仲間を巻きこんで断崖を転がり落ちていく。

　新たな矢を弓につがえていると、怒号や剣戟の響きにまじって、風を切る音が聞こえた。顔をしかめたティグルの視線の先で、後方にいる敵兵のひとりがにわかに倒れる。その頭部には矢が突き立っていた。ティグルのものではない。

　頭上を仰ぐ。自分たちのいるところから五十チェート（約五メートル）ほど高い岩場に膝をついて、弓に矢をつがえている若者の姿が視界に映った。年齢は十六、七あたり。傾斜を駆けおりてきた娘の仲間だろうか。

「ありがたい！」

　自分以外にもエレンたちを援護する者がいるのならば、話は変わってくる。

　ティグルは一度に三本の矢を矢筒から抜いて、弓につがえる。狙いを定めて射放った。ゆるやかな弧を描いて飛んだ三本の矢は、三人のキュレネー兵の頭部にそれぞれ突き立つ。その三人は左右の仲間にもたれかかるように倒れて、二度と起きあがってこなかった。

　もう一度、三本の矢をまとめて射放ち、今度はエレンたちから離れたところにいる三人の敵兵を討ちとる。すると、キュレネー兵たちの動きに乱れが生じた。ティグルが敵兵を射倒したことで生じた隙間を埋めようと、後方にいる兵が前進して、前にいる兵と衝突したのだ。何人かが仲間に押しのけられて、断崖から落ちていった。

——うまくいったな。

　不意に、ティグルは殺意を含んだ視線を感じた。見上げると、弓を持った若者がこちらを見下ろしている。だが、彼の視線や表情から、自分を害そうとする意志は伝わってこない。

——俺の勘違いか……？

　戸惑っていると、若者が弓をかまえる。ティグルに対抗するかのように、三本の矢をつがえて同時に放った。それらの矢は狙い過たず、キュレネー兵たちの頭部に突き立つ。

「すごいな」

　素直に感心する。ティグルとて一朝一夕にできた技ではない。それに、狙いをつけやすい高所にいるとはいえ、風を考慮しなければならない。あの若者は、おそらく自身やティグルの放った矢から風の流れと強さをつかんだのだ。

　そして、彼の放った矢は、エレンたちとティグルによって綻びを見せていたキュレネー軍の陣容をさらに乱した。キュレネー兵たちは無理な前進を試みて、あちらこちらで仲間とぶつかりあう。この混乱を見て、エレンが叫んだ。

「一気に抜けるぞ！」

二人のキュレネー兵を瞬く間に血煙の中に沈めて、彼女は馬を走らせる。娘が隣に並んだ。

白銀の風が吹き抜けるようだった。右に左に剣を振るいながら、エレンと娘はキュレネー兵たちの間に生じた空白を駆け抜けて、ついに隘路から脱出する。ティグルも二人に追いつき、キュレネー兵の囲みを突破した。

「こっち！」

娘が先導するように馬を走らせる。別の山道へ向かっているのがわかった。ティグルとエレンは迷わず彼女に従う。ほどなく、新たな馬蹄（ばてい）の響きが近づいてきた。見れば、弓使いの若者がこちらへ馬を走らせてくる。

長い銀色の髪をうなじのあたりで結んで背中に流し、麻の服の上に外套を羽織っている。さきほど使っていた弓は、背負っていた。

こちらの山道は、さきほどの隘路よりも余裕がある。若者が隣に並んだので、ティグルは彼に笑顔を向けた。

「ありがとう。おかげで……」

助かったと言おうとして、言葉を呑みこむ。若者が背負っている弓を、ティグルは無言で見つめた。弓幹（ゆがら）も弓弦（ゆづる）も闇を切りとったかのように黒く、飾り気はまったくない。

二年前に失われたヴォルン家の家宝の弓に、それはあまりにも似ていた。弓から伝わってくる奇妙な雰囲気も同じもののように思える。

「何か……？」

若者が碧い瞳に不思議そうな色を湛えて、こちらを見た。ティグルは気を取り直し、あらためて礼を述べる。彼は皮肉っぽく口の端を吊りあげた。

「俺たちの助けなどいらなかったのでは？」

「そんなことはない。君たちの腕前には正直、驚かされた。それに、あいつらは厄介でな」

そう言ってから、まだ名のっていないことを思いだし、ティグルヴルムドと名のる。姓を名のらなかったのは用心のためというより、わずらわしさを避けるためだ。ブリューヌの英雄であると主張する趣味は、ティグルにはない。

「俺はアヴィン。前にいる危なっかしいのはミルディーヌです」

「ミルと呼んで！」

自分たちの会話が聞こえたらしい、エレンと並んで前を走っているミルが、楽しそうな大声で口を挟んできた。アヴィンが顔をしかめて、彼女をたしなめる。

「声が大きい。さっきの連中に聞こえたら、追ってくるだろう」

それから、彼はティグルに視線を戻し、申し訳なさそうに頭を下げた。気にしていないというふうに首を横に振ったあと、ティグルは気になったことを尋ねる。

「君たちは兄妹なのか？」

「髪の色のせいでよく誤解されますが、違います」

自分の前髪を指先で弾きながら、アヴィンはきっぱりと否定した。

「とはいえ、まったくの無関係というわけでもないのですが……。とにかく兄妹だったら、もっと躾けています」

「そもそも、兄妹って思うのはおかしいわ。私には兄がひとりいるけど、くらべてみるとアヴィンはまるで兄らしくないし。むしろ私の方が姉らしいもの」

再び、前にいるミルが口を挟む。アヴィンは始末に負えないというふうにため息をつくと、彼女を無視してティグルに言った。

「この先に川があります。そこで休みましょう」

キュレネー兵がどこまで追ってくるのかはわからないが、あれだけの激戦のあとでは、馬を休ませる必要がある。ティグルとしても、落ち着いた場所で二人と話してみたかった。

川辺に着いたティグルたちは、キュレネー兵の姿が周囲にないことを確認して、休息をとることにした。

馬に水を飲ませ、身体を拭いてやる。ミルは「よくがんばったわね」と、自分の馬をねぎらって、そのたてがみを梳いてやっていた。

ティグルは手持ちの食糧から干し葡萄や炒り豆を出して、ささやかな謝礼としてアヴィンたちに渡す。ミルは素直に喜び、アヴィンは深々と頭を下げた。

四人は輪をつくって地面に座り、あらためて自己紹介をしながら簡単な食事をとる。さっそくとばかりに、ミルが身を乗りだしてティグルに聞いてきた。

「ねえ、ティグルヴルムドさんって、ブリューヌの英雄のティグルヴルムド＝ヴォルン？」

ティグルは面食らった。エレンも呆然としている。アヴィンは苦々しい顔をしながらも、ひとまず事態を見守るつもりのようだ。

緊迫した空気をやわらげようと、ティグルはできるだけ穏やかな表情でミルに訊いた。

「どうしてそう思った？」

「違った？　ティグルヴルムドって、他に聞いたことのない名前で、噂通りのすごい弓の腕前だったから」

他に聞いたことのないという言葉に、ティグルは意表を突かれた顔で考えこむ。

そうかもしれない。自分の名前は初代ヴォルン伯爵からとったもので、つまり古い時代の名前だ。ティグル自身、いままで同名の人物を見たことがない。

「言われてみると、考えたことがなかったな」

エレンがティグルに苦笑を向けた。ここでとぼけても白々しいだけだし、相手は危機を救ってくれた恩人である。ティグルは肩をすくめた。

「ただの旅人のふりをしていたかったから言わなかったが、その通りだ。ただ、英雄というのは何というか、照れくさいから……」

「やったわ！　まさかとは思ったけど、こんなところで会えるなんて！」

ティグルはそこまでしか言えなかった。ミルが感極まって叫んだのだ。

その言葉にティグルとエレンが戸惑っていると、身振り手振りをまじえて彼女は続けた。

「私たちはあなたに会うために、あっちこっちを旅しながら王都を目指していたのよ」

「俺に……？」

訝しげな顔をするティグルに、ミルは大きくうなずく。

「ええ。ここに来たのは、山脈の南でキュレネー軍を見たっていう話を聞いて、確認してみようと思ったから。キュレネー兵を見たときは運に見放されてると思ったけど、逆だったわ。今日の私は人生でいちばん幸運に恵まれてる」

全身から喜びをあふれさせ、目を輝かせて、彼女は力強く言葉を紡いだ。

「キュレネー軍との戦いに私たちを加えて。仲間にしてほしいの」

ティグルは呆気にとられた。突然、何を言いだすのかと思ったが、彼女の表情は真剣で、冗談などではなさそうだ。アヴィンも同様で、彼の目には決意と覚悟が満ちている。

「君たちは何者なんだ？」

過去にどこかで会ったという記憶はない。友人や知人の縁者というわけでもなさそうだ。まず二人の素性を知ろうと、ティグルは思った。

アヴィンとミルは顔を見合わせる。そして、アヴィンが深く頭を下げた。

「申し訳ありませんが、それはお答えできません」

ティグルの顔に困惑が浮かぶ。自分に会うために旅をしてきたといいながら、素性を明かせないというのでは、怪しんでくれというようなものだ。

──いまの段階でも、あるていど見当はつくが……。

アヴィンとミルのブリューヌ語には訛りがない。顔だちから考えても、二人ともおそらくブリューヌ人だ。言葉遣い、卓越した弓と剣の技量、馬術の見事さなどから、騎士か、諸侯か、それ以上の立場の家に生まれた者だろうことも推測できる。

ただ、二人のような優れた戦士が、いままで存在を知られていなかったことが解せない。キュレネー兵との戦いに、あきらかに慣れていることも。また、アヴィンの弓が、家宝の弓に酷似していることも気になる。

──何が目的だろう。

二人が何者かの放った刺客や密偵である可能性を考えてみる。ブリューヌにも、ジスタートにも、ティグルを疎ましく思う人間はいるからだ。

しかし、もしも二人に害意があれば、さきほどの戦いで加勢せずに自分たちを見捨てるか、キュレネー兵を利用して、確実に仕留めに来たはずだ。

　自分たちの信用を得ようとして助けてくれたのだとしても、急な傾斜を馬で駆けおりるのは無謀に過ぎる。それに、その場合はこちらが信じてしまいそうな、偽りの素性を用意するのではないか。答えられないとは言わないだろう。

「なぜ、ティグルの仲間になりたい？」

　ティグルが黙って考えこんでいるからか、エレンがミルに尋ねた。ただし、その顔に浮かんでいるのは警戒心ではなく、好奇心だ。

「キュレネー軍と戦うのが望みなら、それこそ王都に行けばいい。おまえたちのような優れた戦士なら大歓迎だろう。それとも昔、ティグルに会ったことでもあるのか？」

「会うのはこれがはじめてよ」

　エレンの視線をまっすぐ受けとめて、ミルは言葉を続ける。

「でも、ブリューヌの英雄の話はたくさん聞いたわ。それで、思ったの。とうてい勝ち目のない相手に挑んで、なおかつ勝てるようなひとでないと、キュレネー軍には勝てないんじゃないかって。私のお母様も、どんなときでも雇い主は慎重に吟味しろと言ってたわ」

　最後の台詞にエレンは目を丸くし、小さく吹きだした。

「おまえの母君とは気が合いそうだ。もっとも、ティグルは人使いが荒いからな。理想的な雇い主かどうかは意見がわかれるだろうが」

意地の悪い笑みを浮かべるエレンに、ティグルは反論しなかった。五年前のブリューヌの内乱は激戦の連続であり、味方に危険な役目を任せることが何度もあった。エレンは最後までつきあってくれたのだから、人使いが荒いという評価は甘すぎるぐらいだろう。

どうするべきかエレンに視線で問いかけると、彼女は片目をつぶって返答に代えた。好きにしろということだ。

アヴィンに視線を戻す。彼はさきほどから頭を下げたままだ。

――信用してみようか。

彼の誠実な態度や、ミルの真剣さは、ティグルの目には好ましいものとして映った。二人には隠していることがある。いまは、それがわかっていれば充分だろう。

「顔を上げてくれ」

声をかけると、アヴィンがゆっくり身体を起こす。ティグルは彼に手を差しだした。

「俺のことはティグルでいい。二人のことは、いずれ気が向いたら聞かせてくれ」

アヴィンは驚きを露わにしたあと、身体でうなずいて、ティグルの手を握りしめた。

彼の手を離すと、ティグルはエレンを見る。彼女は満足そうに笑った。

「おまえがそう決めたのなら、それでいい。傭兵の私に言わせれば、素性を明かせないわけありの人間など珍しいものではないからな」

「ありがとう、ティグルさん！」

ミルが満面の笑みを浮かべて礼を言う。アヴィンもあらためて頭を下げた。

「礼を言われるようなことじゃない」

首を横に振ってから、ティグルはことさらにおどかすような表情をつくる。

「ただ、覚悟はしてくれ。エレンが言った、『人使いが荒い』というのは嘘じゃないぞ。キュレネー軍は強敵だからな」

自分がジスタートの客将であり、ヴァルティスの戦いにも参加していたことを、ティグルは話した。ミルは怯むどころか不敵な笑みを浮かべ、アヴィンは冷静に耳を傾けている。

二人の態度には、若さに似合わない頼もしさがあった。


休憩を終えて四人は出発したが、倍の数になった旅は一気ににぎやかになった。

ティグルとアヴィンが馬を並べて先頭に立ち、エレンとミルが後ろに続く。キュレネー兵を警戒して声をおさえながらではあるが、エレンとミルは談笑を楽しんだ。

「ミルたちがティグルをさがして旅をはじめたのは、いつごろなんだ？」

「二ヵ月以上前よ。まだ三ヵ月はたってないかな。ヴォージュ山脈の南の端でアヴィンと会ってね、愛想もなければ口も悪いし、いつか闇討ちしてやろうと思ったわ」

笑いながらのミルの答えに、エレンは首をかしげた。

「ヴォージュの南端か。だとすると、ジスタートとブリューヌ、それにムオジネルの国境が接しているところになるのか？　いや、いまはムオジネルではなく、キュレネーか……」

ムオジネルがキュレネーに滅ぼされたのは昨年のことだ。ミルはうなずいた。

「そうなの。キュレネー軍や野盗を遠くから見つけて何度も迂回したり、見つけた村に立ち寄ってみたら戦を避けて逃げたあとだったりして大変だったわ」

「おまえが頻繁に寄り道をしていることを省くな」

前方から、アヴィンが冷たい声で口を挟んだ。

旅をはじめる以前のことになると、ミルはごまかすように笑うだけだが、旅をはじめてからのことはほとんど何でも話した。そして、聞いたエレンが呆れるほど、二人の旅路は寄り道だらけだった。

ヴォージュの南端から王都シレジアまでは、徒歩であっても、一ヵ月もあれば余裕をもってたどりつくことができる。だが、ミルたちは二ヵ月たっても、南の国境からそれほど遠くないところを放浪していたというのだ。

「結果よければすべてよし。お母様もよくそう言ってるから」

そう言って笑うミルに、反省の色は見られない。エレンは話題を変えて、彼女の剣技について尋ねた。ミルは十六歳だというが、とてもそうは思えないほど高い技量を持っている。

「剣はお母様から教わったわ」

「おまえの母君は、よほど優れた戦士だったのだろうな。どのような方なんだ」

「昔は傭兵だったらしいけど、そのときのことは全然話してくれないわ。いつも元気で、怒らせると怖いの。お兄様と私を育て終わるやお父様にべったりで、見ていて胸焼けしそう」

それだけを聞くと、どこにでもいる母親のようだ。話しながら、ミルは自分の剣をエレンに見せた。旅に出る前、その母が持たせてくれたのだという。

「ほう……」

おもわず感嘆の声が漏れるほど、不思議な剣だった。一見すると柄と鍔はありふれたものだが、青い刀身が異彩を放っている。どのような金属を鍛えれば、このような色の刃になるのか、エレンには見当がつかない。ただ、見事な硬さと鋭さを備えていることはわかった。

「おまえの母君はいいものを持たせてくれたな」

「そうでしょ。お母様から聞いたんだけど、ブリューヌ王国の宝剣デュランダルに負けないものを目指して鍛えられた一振りなんだって」

馬上で得意そうに胸を張るミルに、エレンは苦笑を浮かべた。

『不敗の剣(デュランダル)』の異名を持つデュランダルを、エレンは間近(まぢか)で見たことがある。五年前、ブリューヌの内乱でだ。そのとき、宝剣は王国最強の騎士と謳(うた)われるロランの手にあった。

ロランも尋常でない強さを誇る戦士だったが、彼の振るう宝剣はすさまじい威力を発揮し、敵兵を鉄の甲冑ごと両断しながら、刃こぼれひとつしなかった。噂では、鉄の刃を通さないといわれる竜の鱗さえも容易に斬り裂いたという。

「お母様は、貴重な剣なんだから、絶対に持って帰ってこいって」

「いい母君じゃないか」

ミルに剣を返しながら、エレンは心があたたかくなるのを感じた。無事に帰ってきてほしいという願いが、彼女の剣にはこめられている。

「無茶をするなとは言わないが、ほどほどにしておけ。おまえの母君に申し訳がたたないようなことは、なるべく避けたくなった」

一方、先頭に立っているティグルとアヴィンは、周囲を警戒しながら、やはり談笑に興じている。アヴィンもミルと同じく、二人で旅をはじめてからのことは隠そうとしなかった。

「俺も結局、ミルにつきあっているので、あいつを責められないのですが、それでももう少し急いで王都に向かえばよかったと思っています。そうすれば、国境近くの戦の前にティグルさんに会うことができたかもしれない……」

国境近くの戦とは、ジスタート軍が大敗を喫したヴァルティスの戦いのことだ。

ティグルは真剣な表情で、首を横に振った。

「あの戦いの前に会わなかったのは、それこそ運がよかった」

あれは負け戦だった。総指揮官であり、戦姫だったオクサーナでさえ命を落としたのだ。ティグルが死なずにすんだのも、おそらく死体と間違われたからに過ぎない。アヴィンとミルならあの戦場でも生き残っただろうとは、言いきれなかった。

「ところで、ずいぶん変わった弓を使っているな。弓弦まで真っ黒なんて」

内心の緊張を押し隠して、ティグルはアヴィンが鞍に差している黒弓を見た。

「父のものです。といっても、父がつくったのではなく、代々伝わるもので、この旅の間に使いこなしてみせろと言われました。気になりますか？」

アヴィンが黒弓をつかんで、こちらに差しだす。ティグルは驚いたが、ここで断るのも不自然に思えて、受けとった。心臓の鼓動が速くなるのを自覚する。

だが、弓幹を左手で握ってみて、拍子抜けした。

──違う……。

手袋越しに伝わってくる感触が、違和感を伝えてくる。持つ位置を何度か変えてみたが、それは消えなかった。

内乱を戦い抜いた五年前から、怪物との戦いで失う二年前まで、ティグルは黒弓をほとんど毎日、握りしめてきた。その感触は左のてのひらに刻みこまれている。二年間、触れていなかったとはいえ、忘れるはずがない。

──何を考えているんだ、俺は。当たり前だろう。

さきほどまでの緊張が消え去り、冷静さを取り戻したティグルは、もしかしたらと期待してしまっていた自分に呆れ返った。

――しかし、こうして間近で見ると、異様な雰囲気も含めて本当によく似ている……。

ヴォルン家の黒弓は、ティル＝ナ＝ファに祈りを捧げることで、尋常ならざる力を発揮することができた。アヴィンの弓にも、同じ力が備わっているという可能性はないだろうか。

――だが、いくら何でも、ティル＝ナ＝ファと関わりがあるのかとは聞けないな。

弓弦を何度か弾いたあと、ティグルは礼を言ってアヴィンに黒弓を返した。

「おかしな弓でしょう」

黒弓を鞍に差しながら、アヴィンは苦笑を浮かべる。

「信じてもらえないでしょうが、こいつはまったく手入れをしなくても、弓幹が曲がったり、弓弦が緩んだりしないんです。何でできているのかもわからない。父は、それがわかれば一歩前進だと言っていましたが、あなたならわかりますか？」

「役に立てなくてすまないな」

ティグルは首を横に振った。そんなところまで家宝の弓と同じだとわかると、黒弓の持ち主であるアヴィンの父のことが気になってくる。

「君のお父上も、君と同じく優れた弓の使い手なのか？」

アヴィンは途端に渋面(じゅうめん)をつくった。悩む様子を見せたあと、「ええ」と力なく答える。

「他のことはともかく、弓にかけては俺など足元にも及びません。おかしなことを聞きますが、『心の矢で射抜く』と言われたら、どういう意味だと考えますか？」

奇妙な問いかけをぶつけられて、ティグルは視線を空中にさまよわせた。

「そうだな……。獲物に狙いを定めて、それに矢を命中させる光景を思い描くことかな」

言い換えれば、射放つ矢の軌道を可能なかぎり正確に想像する、となるだろうか。

弓を握る手の高さや、矢を持つ指の力加減にわずかでも変化があれば、矢の軌道は簡単に変わる。徹底的に弓矢に習熟しても、理想の軌道を思い描くのは簡単なことではない。だから、そう言ったのだが、アヴィンは悲しそうに首を横に振った。

「俺もそんなようなことを答えました。すると、父は俺を庭へ連れだし、木の枝にとまっていた鳥を鋭く睨(にら)みつけたんです。その鳥は、まるで見えない矢に射抜かれたかのように震えて、地面に落ちて……。父は、こういう意味だと」

思いもよらない答えに、ティグルは困惑した顔でアヴィンを見つめた。

「それは、弓の技とは関係ない気がするが……」

「あなたにはできませんか？」

どこか期待するような表情で、アヴィンは聞いてきた。ティグルは首を横に振る。試してみようという気すら起こらない。

「英雄と呼ばれたあなたなら、できると思ったんですが」

「ミルもそうだが、君たちは英雄というものを何か勘違いしていないか？　しかし、君のお父上には一度、会ってみたいな」

そうとうな変わり者のようだが、アヴィンですら足元に及ばないほどの腕前と聞くと、興味が湧いてくる。

「そうですね、キュレネー軍との戦いが終わったら考えてみます」

誠実さのかけらもない愛想笑いを浮かべて、アヴィンは答えた。

それからほどなくして、ティグルは周囲の景色を見回し、表情を緩めた。以前に通ったことのある山道に出たのだ。見上げれば、太陽は中天（ちゅうてん）を通り過ぎて西に傾いている。日が落ちるのはまだ先だが、天候が変わりやすい山の中だ。早めに休んだ方がいい。

「この先に、古い時代の小さな神殿がある。今日はそこで野営しよう」

「キュレネー兵がいることを考えると、夜を徹してでも山を下りた方がいいと思うけど」

ミルの提案に、ティグルは首を横に振る。

「俺としては、夜道で連中と遭遇する方が怖い。相手の方が数は多いからな」

彼女は「それもそうか」と、納得して引きさがった。エレンとアヴィンも賛成する。

山道を進んでいき、四半刻ほど過ぎたころ、一行は開けたところに出た。

木々に囲まれて、石造りの建物が静かにたたずんでいる。屋根や壁は形こそ保っているが、表面におびただしいほどの蔦がまとわりついて黒ずんでいた。神殿としては小さいものの、四人と四頭を受けいれるだけの広さは充分にある。

ティグルたちは馬から下りると、馬を引いて建物の中に入った。

「神殿と言っていましたが、何の神を祀っているんですか？」

火口箱とランプを用意しながら、アヴィンが聞いた。ティグルが答えるより早く、彼は火を灯す。明かりに照らされて、闇の中からひとつの石像が浮かびあがった。

石像は大人と同じぐらいの大きさで、方形の祭壇の上に立っている。衣をまとった身体の曲線から女性だとわかるが、長い髪の下の顔は、驚くことに三つあった。何かを見上げるように首を傾け、左腕を上へ伸ばし、右手を腰のあたりに当てている。

「そうとう大昔につくられたもののようだけど……」

ミルが興味深そうに、女神の像の前まで歩いていく。不思議に思うのは当然だろうと、ティグルは思った。ブリューヌとジスタートでおもに信仰されている十柱の神々の中で、三つの顔を持つのは戦神トリグラフだけであり、女神の中にはいないはずだからだ。

「これはティル＝ナ＝ファの像だ」

女神の像を見上げながら、ティグルは言った。

「俺も最近知ったんだが、ティル＝ナ＝ファとは三柱の女神がひとつになったものという話があるらしい。それゆえに夜と闇と死を司り、ペルクナスの妻、姉、妹という三つの立場を持っているのだとか」

以前のティグルは、このあたりで信仰されている女神の像だろうと、漠然と考えていた。こうした山の中や辺境には、その地に住む者しか知らないような神が祀られているということがよくあるからだ。

「生涯の宿敵という四つめの立場は？」

無邪気な口調で聞いてきたミルに、ティグルは像に歩み寄りながら、肩をすくめた。

「わからない。推測するなら、ひとつになったことで新たに得た立場なのかもしれないな」

そっと像に触れる。石片を手に入れられないかと思ったのだが、無理らしいとわかった。可能な場合は、指にかすかなぬくもりが伝わってくるのだが、それがない。

ふと視線を動かせば、アヴィンが真剣な表情で女神の像を見つめている。ティル＝ナ＝ファと聞けば、多くの者は困ったような表情を浮かべるか、嫌悪感をにじませるものだが、そうした様子は見られない。これはミルもだ。ティグルの話に興味を刺激されたのだろうか。

「女神の像を眺めるのもいいが、まずは馬を休ませて、おまえたち自身も休め。夜明けを待って出発するから、食事は早めにすませてさっさと寝るぞ」

エレンが手を叩きながら呼びかけると、アヴィンは冷静に、ミルは元気よく返事をして、自分たちの馬のそばへ歩いていった。


その日の夜、アヴィンはなかなか寝つけなかった。

見張りは交替で行っていて、自分の番はとうに終えている。夜明けの出発に備えてしっかり眠っておかなければならないのだが、どうにも目が冴えてしまっていた。

――やっと会えたからだろうか。

この三ヵ月近く、自分とミルの二人でティグルをさがして各地をさまよっていた。ようやく見つかって、同行も許された。そのせいで気が昂ぶっているのだろう。ティグルと、それにエレンの人柄も好ましく、そのことも嬉しかった。

――しかし、ミルの考えが正しかったか……。

ティグルに会えたとき、素性を明かさないことにしようと言ったのは、ミルだ。アヴィンは偽りの、しかし説得力のある素性を話すべきだと主張した。だが、「絶対どこかでぼろが出るよ。私は失敗する自信がある」というミルの言葉に断念したのだ。

素性を明かさない以上は、せめて誠実に頼みこむしかないと思って頭を下げたのだが、ティグルとエレンの反応を考えると、自分の案だったら同行を断られていただろう。

――大事なのは、これからだ。

ティグルたちとともに、アーケンを討つ。

最悪の事態が訪れた場合は、自分の力だけでティグルを討つ。ミルにはやらせない。

――いや……。まずは、そんなことにならないよう力を尽くすべきだ。

身じろぎをして、アヴィンは暗がりの奥を軽く睨む。視線の先にはティル＝ナ＝ファの像があるはずだ。

――まったく、神というのはどいつもこいつもろくなものじゃない。

思考と感情が整理できたからか、ようやく眠気が襲ってきた。

身体から力を抜く。アヴィンはほどなく寝息をたてはじめた。

†

アルサスは、ブリューヌの北東にあるティグルの領地である。

山や森の多い地で、ひとつの町と四つの村しかない。普段、動かせる兵も百ていどだ。無理をすれば三百ぐらいまで用意することができるが、多くのことに支障が出てしまう。

華やかな話題とは縁がない田舎だが、ティグルは亡き父から受け継いだこの地と、そこで生きる者たちを愛していた。領民たちもティグルを慕い、忠誠を誓っている。

そのアルサスの中心にあるセレスタの町にティグルたちがたどりついたのは、アヴィンたちと会ってから二日後のことだった。

最初にティグルたちの存在に気づいたのは、城壁の上に立っている見張りの兵たちだ。彼らは領主の帰還を大声で叫び、それを聞いた者たちが同じように声を張りあげて触れまわった。ティグルたちが城門についたときには、急いで駆けつけた領民たちが並んでいたのである。

「お帰りなさい、ティグル様」

一同を代表して前に進みでたのは、白と青を基調とした巫女の衣に身を包んだ、栗色の髪の女性だった。彼女の名はティッタ。今年で二十歳になる。

二年前まで、彼女はヴォルン家の屋敷で侍女として働いていた。いまは巫女として神殿に通いつつ、屋敷の一室で暮らしており、家事はすべて彼女がやっている。

ティグルは馬から下りて、ティッタに笑いかけた。

「ただいま、ティッタ。留守を守ってくれてありがとう」

ティッタはうやうやしく一礼する。嬉しさのあまり、両手がかすかに震えていた。ティグルが不在の間、彼女はずっと主の身を案じて神々に祈っていたのである。

次いで、長身の女性がティッタの隣に立った。艶のない金髪を頭の左側で結んだ美女で、飾り気のない服を着て、腰に細身の剣を吊(つる)している。その顔には愛想のかけらもないが、ティグルを嫌っているわけではなく、意識的に感情を表に出さないようにしているのだ。

「お帰りなさいませ、ティグルヴルムド卿」

彼女はリムアリーシャ。エレンの三つ年上の親友で、かつては「風の剣(ストリボグ)」の副団長だった。傭兵団が解散したあとはこの町で暮らし、ティグルやティッタの仕事を手伝っている。

「ご苦労様、リム」

ティグルは彼女を愛称で呼んでいる。ひとつには、よそ者である彼女を、領主である自分が信頼していると周囲に示すためだ。リムがセレスタの町で生活するようになって二年近くが過ぎているが、まだこうした配慮は必要だった。

エレンが微笑を浮かべてリムに歩み寄る。ねぎらうように彼女の肩を軽く叩くと、リムはわずかに表情を緩めた。親友のエレンにしか見せない顔だ。

それから、ティグルは城門の前に集まった領民ひとりひとりと握手をかわして、彼らが元気そうなことを喜んだ。話したいことはいくらでもあったが、我慢して、解散を命じる。

見張りの兵たちを除いて、この場に残ったのはティグルとエレン、ティッタ、リム、そしてアヴィンとミルの六人になった。

「噂には聞いていたけど、慕われてるのね」

馬から下りたミルが、自分のことのように嬉しそうな顔で言った。

「俺の力だけじゃないさ。父がしっかりやってくれていたから、むしろ楽をさせてもらっているぐらいでな」

「時々、謙遜が過ぎるな、おまえは。少しは威張ってもいいんだぞ。領民たちだって、たまにはそういうおまえを見たがるだろうに」

エレンがティグルの背中を軽く叩く。すると、リムが冷静に口を挟んだ。

「エレオノーラ様は、少しはティグルヴルムド卿を見習ってください。『我が団の傭兵はひとりで兵士五十人分の働きをする』だの、『竜を従えた傭兵団』だの、『どんな劣勢からでも勝利をもぎとってきた傭兵団』だのと、謙虚さのかけらもなかったではないですか」

「誇張、脚色は傭兵の流儀だ。それに、まったくの嘘は言ってないぞ」

まったく悪びれないエレンに、リムは無言で頭を振った。

「竜を従えた傭兵団って、凄味があるわね。いいなあ」

ミルが目を輝かせる。ティグルが、アヴィンたちのことをティッタとリムに説明する間に、エレンは「竜といっても幼竜だがな」と、苦笑まじりにミルに答えた。

リムが二人に会釈をする。ティッタは「ようこそおいでくださいました」と、丁寧にお辞儀をしたあと、かすかな興味をにじませたはしばみ色の瞳をミルに向けた。

「つかぬことをお伺いしますが、ミルディーヌ様は以前、こちらにおいでになったことは？」

「ここに来たのははじめてよ。私みたいな旅人を見かけたことがあるの？」

不思議そうな顔をするミルに、ティッタは首をかしげたあと、「ごめんなさい。勘違いだったみたいです」と頭を下げる。

二人のやりとりを、ティグルは興味深そうに見つめた。ティッタは侍女だったころから、まれに直感とでもいうべきものを発揮することがあった。勘違いとは言ったが、ミルに何かを感じたのかもしれない。

六人は城門をくぐって、屋敷へと向かう。

領民たちに手を振りながら通りを歩くうちに、ティグルは何度か顔をしかめた。町を包む雰囲気に、どこか緊張感がある。見知らぬ者たちがそこかしこにいたり、城壁の補修作業が行われていたりすることも、不審を抱かせるには充分だった。

「俺たちが留守にしている間に、何かあったのか？」

ティッタとリムが顔を見合わせる。リムが答えた。

「いま、このセレスタの町は……いえ、アルサスそのものが深刻な状況にあります。少し前のことですが、ブリューヌ軍が西方国境でキュレネー軍と戦い、敗れました」

ティグルはおもわず立ち止まりかけ、すぐに歩みを再開する。ここでは領民の目がある。過剰に驚いたり、深刻な顔をするわけにはいかない。笑顔をつくりながら、小声で言った。

「詳しい話を聞かせてくれ」

「伝聞になりますが」と、前置きをして、リムが説明する。

いまから二十日近く前、キュレネーの大軍が西方国境を越えようとしたらしい。アルサスに伝わってきた話は曖昧なところが多く、侵攻してきたキュレネー軍の数は三万から五万、それを迎え撃ったブリューヌ軍の数は七万から十万ということだった。

「私は、間をとって、四万のキュレネー軍と八万のブリューヌ軍が戦ったと推測しています。キュレネー軍の総指揮官についてはわかりませんが、ブリューヌ軍の総指揮官は、黒騎士の異名を持つロラン卿でした」

どのような戦いが繰り広げられたのかは不明だが、結果は伝わっている。ブリューヌ軍が惨敗を喫し、総指揮官のロランは戦場で行方不明になった。

リムが気を遣ってゆっくり話してくれたおかげで、ティグルは衝撃的な話を何度か聞かされても、そのたびに声を出さずにすんだ。

「ブリューヌ軍の死者は二万とも三万ともいわれており、有力な諸侯や高名な騎士が数多く命を落としました。この知らせはたちまち国内に広まり、多くのひとが戦火を避けるべく、王都ニースか、あるいは東へ逃げたそうです」

「それで、このアルサスまで逃げてきた者がいるというわけか」

「はい。それもかなりたくさんのひとたちが」

ティッタが不安を隠せない顔で答えた。逃げてきた者たちは行商人や職人、神官などさまざまだ。数は少ないが騎士や兵士もいるという。

「貴族や大商人などはいませんね。王都に留まっているか、北部に逃げていると思われます」

「ありがたい話だな」

リムの言葉に、ティグルは本心を口にした。正直にいえば、この地に逃げてこられても困るのだ。セレスタの町を囲む城壁は、高さ、厚みともに自信を持てるほどのものではない。蓄えてある食糧も、領民たちだけならともかく、それ以外の者に渡せるほどの余裕はない。

屋敷に着くと、ティグルはアヴィンとミルを客室に案内するようティッタに頼み、自身は裏手に足を向ける。そこには両親の墓があった。

父のウルスはティグルが十四歳のときに、母のディアーナは九歳のときに亡くなった。ティグルは心の中で無事に帰ってきたことを告げ、神々に祈りを捧げる。

「このアルサスも、安全というわけではなくなってきたみたいだ。何としてでもこの地を守るといえたらいいんだけど……。それでも、できるかぎりのことをやるよ」

両親と、己に誓った。


ティッタが浴槽に湯を張ってくれたので、エレンとミルはありがたくその厚意を受けとることにした。エレンにしてみれば、ジスタートの王都シレジアにいたとき以来の湯浴みだ。旅をしている間は、水や湯を絞った布で身体を拭くのがせいぜいだった。

「お湯をたっぷり使えるなんて久しぶりね」

ミルも似たような状況だったらしい。汗を流し、汚れを落としたあと、浴槽に浸かって満足そうに身体を伸ばしている。

「おまえ、どんな暮らしをしていたんだ？　母君から剣を学んだことは聞いたが」

エレンが尋ねると、ミルは「気になる？」と、楽しそうな笑みを浮かべた。

「小さいころは屋敷からほとんど出なかったけど、十歳を過ぎてからはお母様といっしょにブリューヌとジスタートを何度も行き来してたわ。家族から離れて旅をするのは、今回がはじめてよ。アヴィンはいいひとなんだけど、口うるさいのがちょっとね」

「アヴィンはいいやつだと思うが、若い娘の身で、よくいっしょに旅をする気になったな」

やはり、一人旅は心細かったのだろうか。エレンはそう思ったが、苦笑を浮かべながらのミルの答えは意外なものだった。

「おかしな真似(まね)をしてきたら、容赦なく叩きのめすつもりでいたんだけど、アヴィンは真面目すぎるぐらいでね。むやみに買い食いするなとか、食べすぎるなとか、厄介ごとを安請け合いするなとか、夜にひとりで歩きまわるなとか、よくまあ次から次へと思いつくわ」

その光景を想像して、エレンは吹きだした。

「食べることが好きなのか」

「うん、とっても」と、ミルは笑顔で答える。

「ブリューヌはパンもチーズも葡萄酒(ヴィノー)もおいしいから、大好き。でも、一番のお気に入りはアルテシウムで食べた、林檎(りんご)をふんだんに使った焼き菓子ね」

その言葉に、エレンは首をかしげた。

「アルテシウムというと、ルテティアの中心都市の?」

「そう。さすが、ルテティアはブリューヌでも屈指の林檎の産地だと思ったわ」

ルテティアはブリューヌ北部にある地だ。テナルディエ公爵とも対等に渡りあえるといわれていた大貴族のガヌロン公爵が治めていたが、五年前の内乱でテナルディエ公爵の軍勢に攻められ、ガヌロン公爵は行方不明となっていた。いまでも生死は確認されていない。

そのときの戦いで、アルテシウムも、ルテティアの広大な林檎畑も、テナルディエ軍に焼き払われた。アルテシウムは復興したらしいが、林檎畑の復活にはまだまだ時間がかかり、ここ数年はほとんど林檎が採れないと、エレンは聞いている。

——まあ、まったく採れないという話ではないだろうしな。

それに、どうもミルは細かい違いを気にしないようで、他愛のない雑談の中で、町の名前を間違えたことが何度かあった。

「そういえば、この機会に聞きたいんだけど」

ミルは、彼女にあまり合わない、いやらしい笑みを浮かべて身を乗りだした。

「エレンさんは、ティグルさんとどれぐらい深い仲なの？」

エレンは答える代わりに、彼女の顔に湯を浴びせかけた。

†

夕食は、ティグルとエレンの帰還を喜んだティッタとリムが腕をふるったので、なかなか豪勢なものになった。

パンが大皿に山と積まれ、鶏肉の香草焼きや具だくさんのスープ、豚肉の葡萄酒煮こみ、薄切りにして焼いたジャガイモにチーズを溶かしてたっぷりかけたものなどがテーブルを埋める。

葡萄酒や果実酒、果実水も用意された。立ちのぼる湯気に、ミルが顔をほころばせる。

「おいしそう！　いただきます！」

「まず神々に感謝の祈りを捧げてからだ」

アヴィンが憮然として彼女をたしなめ、それからティグルを見る。ミルを叱ってから、ヴォルン家の作法が気になったらしい。ティグルは穏やかに笑った。

「我が家にも作法はあるが、君たちは客人で、恩人でもある。気にしなくていい」

そのようなやりとりがあったものの、食事をはじめると、アヴィンだけでなくミルも、ブリューヌの諸侯の間に広く伝わっている作法通りに手を動かし、料理を口に運んだ。ティグルは感心しつつ、やはり二人とも、どこかの諸侯の子息令嬢だろうと思った。

六人での食事は談笑もまじえてなごやかな雰囲気に包まれていたが、ティグルとエレンがジスタートでの出来事を話し、ほとんどの皿が空になったころ、空気が一変した。

正門の鈴が鳴らされて来客を告げ、ティグルに代わってリムが応対に出る。彼女はすぐに戻ってきて、平静を装おうと努めながら告げた。

「偵察隊から報告があり、キュレネー軍が現れました」

ティグルは顔を強張らせる。つい、手にしていたパンを握り潰した。

――ヴォージュ山脈にいた連中が、山を下りてきたのか？

山脈の西側に来てからは、キュレネー兵の姿をまったく見かけなかったので、こちらには来ないだろうと思っていた。それだけに衝撃は大きい。

リムの話によると、アルサスに逃げてくる者が増えはじめてから、彼女は守りを固める必要を感じ、偵察隊を編制して領内を巡回させていたのだという。ひとが増えたために、彼らを狙う野盗や、ならず者なども入りこんでくるようになったからだ。

そして今朝、南の端へ偵察に出ていた部隊が、ブリューヌ軍でもジスタート軍でもない、奇妙な兵の一団を発見したという。数は一千ほどで、誰もが褐色の肌をしており、湾曲した剣と円形の盾、革鎧というキュレネー兵特有の武装をしていた。

「彼らの掲げていた軍旗の形と色は、キュレネーのそれと同じものでした。兵たちはキュレネーの軍旗を知らないので、見間違いということはないかと」

「今朝、南の端にいるのを発見したのか……」

ティグルは腕組みをして、頭の中にアルサスの地理を思い浮かべる。領地については、馬で隅々まで駆けまわっている。キュレネー軍の行軍速度についても、ジスタートにいる間にだいたいつかんでいた。彼らがこのセレスタの町を目指しているとしたら、あと二日ほどでたどりつくだろう。早くなることはあっても、遅くなることはおそらくない。

――敵は何を考えている。いったい何のためにここを攻める？

この地が戦場となることはないと、ティグルは思っていた。ブリューヌの西方国境からも、ジスタートの南方国境からも、アルサスは遠い。わざわざ兵を派遣する理由がない。

敵の意図をいくつか推測して、ひとつひとつ打ち消す。ふと、ティグルの脳裏に、ヴァルティスの野で自分とエレンを襲ったキュレネーの神官メルセゲルの姿が浮かんだ。

敵の狙いは「魔弾の王」である自分、あるいは自分の故郷ということかもしれない。

——いや、考える材料がまるで足りていないのに、断定するのは危険だ。

腕組みを解いて、くすんだ赤い髪をかきまわす。前向きに考えようと思った。

運がいい。もしもブリューヌに来ることがなかったら、アルサスがキュレネー軍に蹂躙(じゅうりん)されたという知らせだけを、ジスタートで受けとったかもしれない。

また、ここに来るのが二日遅ければ、町が攻められているところに、のこのこ帰還することになりかねなかった。想像するだけで臓腑(ぞうふ)が痛みを覚える。そうならなくてよかった。

落ち着きを取り戻して、ティグルはリムに尋ねる。

「すぐに動かせる兵は？」

「五百ほどです。歩兵が四百、騎兵が百と考えてください」

ティグルは驚いた。アルサスには五百もの兵などいない。戦える者を残らず用意してもだいたい三百が限度だ。

「どんな手品を使ったんだ？」

エレンも目を丸くする。リムは微笑を浮かべて答えた。

「もともとのアルサスの兵は百ほどですが、野盗への備えとして、この地に逃げてきた者たちの中から見込みのある者を二百五十人ほど選び、兵として訓練させています。それから、ジスタートへ向かおうとしていた傭兵たちを百五十人ばかり雇いました」

「でかした。さすが我が副団長」

　エレンが上機嫌で、リムの肩を叩く。ティグルも心から感心した。エレンの傭兵団で副団長を務めていたころ、彼女は状況に合わせた部隊の編制や、兵站の管理などをおもに担当していたという。

「ありがとう。おおいに助かる」

　これでも敵の半分ほどの兵力だが、ティグルだけでは半分どころか三分の一も用意できなかっただろう。勝てるかもしれないという希望が湧いてきた。

「さて、どう動く？」

　エレンが紅の瞳を輝かせて聞いてくる。敵が攻めてくるまで二日しかない。すぐに決断し、行動を起こさなければ、間に合わないだろう。

「アルサスに逃げてきたひとは、かなり多いんだろう？」

「わかっているだけでも三千以上います。このセレスタでいえば、城壁の外に家を増やしていかなければならない状態です。キュレネーとの戦が終われば、彼らは去っていくでしょうが、それが何ヵ月先のことになるかはわかりませんから」

　ティグルは床に視線を落として考えこむ。ここが安全ではないとわかったら、逃げだす者も出てくるだろう。

――セレスタに立てこもって、敵を迎え撃つことはできないな。

理由は二つある。ひとつは、死を恐れないキュレネー軍のすさまじさだ。彼らはどれだけの犠牲を出しても何らかの方法で城壁を突破し、町の中に侵入しようとするだろう。

もうひとつは、キュレネー軍の攻勢によって、住人たちが不安や恐怖から混乱を起こすかもしれないという懸念だ。住人が一気に増えた現状では充分にあり得る。

「こちらから仕掛けはしない。セレスタのすぐ近くまで敵を引きずりこもう」

「わかった。傭兵たちの指揮は私が執ろう」

エレンが胸を張って告げる。ティグルは「任せる」と、笑顔で応じた。「風刃（ヴェーレ）」の異名を持つ彼女なら、自分よりも傭兵たちをうまく扱えるだろう。

「ティッタ、リム、こんな時刻にすまないが、使いに出てもらえるか」

ティグルは町の有力者たちの名前を幾人か挙げて、彼らをこの屋敷に呼び集めるよう頼む。

自分たちが戦っている間、住民の不安を鎮める役目を引き受けてもらうつもりだった。

ティッタたちが一礼して食堂から歩き去ると、ティグルは二人の客人に視線を向ける。

アヴィンは葡萄酒が半ばまで残った青銅杯をテーブルに置くと、酔いを醒ますように、空の杯に水を注いで一息に飲み干した。ミルはわずかに料理が残っていた皿を、片端から空にしている。二人とも、もちろんティグルたちの話には耳を傾けており、客としての立場から口を挟まずに黙っていたのだ。

ひとまずミルが食事を終えるまで待っていると、アヴィンが申し訳なさそうに言った。

「こいつのことは放っておいてください」

「残すのはもったいないでしょ。それに、戦の前の腹ごしらえは必要じゃない」

ミルがアヴィンに抗議してから、ティグルに笑いかける。

「ヴォージュでティグルさんに会えてよかったわ。何でも言いつけて。私にできないことはアヴィンがやってくれるから」

ティグルは苦笑しかけたが、謹厳な表情をつくって、二人に頭を下げた。

「本来なら、客人である君たちには、この町を出て北へ避難してほしいと言うべきだが……。今回はありがたく力を貸してもらう。勝つためには君たちが必要だ」

「必要とまで言い切りますか」

アヴィンが不思議そうな顔をする。ティグルはうなずいて、二人に問いかけた。

「キュレネー兵の恐ろしいところは、何だと思う？」

「確実に息の根を止めるまで動きまわること」と、ミル。

「不利な状況でもまったく怯えず、逃げもしないことですね」と、アヴィン。

「さすがだな」

ティグルは素直に二人を賞賛した。どちらも正しい。

「アルサスに、キュレネー軍と戦ったことのある者はいない。戦場でやつらと対峙したら、あの異常さに気圧(けお)されて総崩れになる可能性がある」

ヴァルティスの野でのジスタート兵が、そうだった。キュレネー兵に臆せず、味方を鼓舞できるのは、相手の性質をよくわかっている者だけだろう。アヴィンとミル以上に、この役目が務まりそうな者は考えられなかった。

「それで、どう戦うんだ？」

エレンに聞かれて、ティグルは難しい顔になる。

「ブリューヌの内乱で、こちらよりずっと数の多い敵に勝ったことは何度かあったが……。あのときの手はほとんど使えないな」

「どうして？　戦場が違うから？」

まっすぐ疑問をぶつけてくるミルに、ティグルは首を横に振った。

「それもあるが、俺たちが勝った手は、だいたい次の二つなんだ。総指揮官を討ちとって敵軍を潰走させるか、勢いに乗って攻めよせて、相手を怖じ気づかせて退かせるか」

「どちらもキュレネー軍には通じませんね」

アヴィンが唸る。総指揮官を失おうと、相手に尋常でない勢いがあろうと、キュレネー兵たちが怯えたり、混乱したりすることはない。

「厄介な点はもうひとつある」と、エレンが静かな口調で言って、三人を見回す。

「私たちは一千の敵を、ことごとく斬り伏せなければならない。ふつうの戦いなら、そんなことになる前に、相手が劣勢を悟って退く。だが、やつらには通用しない。最後のひとりになっても、腕や脚がちぎれていても向かってくるだろう」

アヴィンとミルが顔を見合わせる。ミルが、やや緊張した顔でエレンに聞いた。

「勝てる？」

「勝てるとも」

エレンは当然だというふうに答え、ティグルに歩み寄って、その肩を軽く叩いた。

「五年前だって、私とティグルはいつも勝ち目をつくってきた。今回も同じだ」

「ひとまず、俺の部屋に行こうか」

天井を見上げて、ティグルは言った。彼の部屋は二階にある。

「このあたりの地図を見ながら、どこで敵を迎え撃つか話しあおう。二人も、遠慮はいらないからどんどん意見を出してくれ」

ジスタートの王宮で、サーシャやリュドミラと話しあったことを思いだす。

こちらが多勢であっても、正面からぶつかればヴァルティスのときのように負ける。ましてや、今回はこちらの方が数が少ない。エレンが言ったように、勝ち目をつくらなければならない。人手も時間も足りない中で。

アヴィンとミルが再び顔を見合わせる。二人の顔に浮かんでいるのは、嬉しさと楽しさの入りまじった笑みであり、ティグルとエレンに対する信頼を形にしたものだった。

四人は食堂をあとにして、ティグルの部屋へ向かった。


ヴォルン家の屋敷に町の有力者たちが集まったのは、ティッタとリムが彼らを呼びに屋敷を出てから一刻半が過ぎたころだった。数は十人。ティグルの亡き父ウルスに長く仕えていた者であったり、職人たちのまとめ役であったりと、顔ぶれはさまざまだ。

ティグルは屋敷の中でもっとも広い居間で、彼らと会った。まず、夜遅くに来てくれたことの礼を述べる。それから、キュレネー軍が攻めてくるだろうことを話した。何人かはあまり驚いたふうを見せなかったが、おそらく事前に情報をつかんでいたのだろう。

老人のひとりが発言した。領内にあるすべての村の長に顔がきく男だ。

「ティグル様は、どうなさるおつもりですかな」

「むろん、戦う。アルサスを守るために」

即答する。ティグルの表情から、その答えを読んでいたのだろう、老人はさらに尋ねた。

「勝算はおありですか」

「ある」と、これも即答する。実のところ、こうして話しているいまも、勝つための手を考え続けているのだが、そのようなことはさすがに言えなかった。

「だが、敵は強い。それに、何が起こるのかわからないのが戦だ。最悪の場合を想定して、皆には、戦えない者たちの避難を頼みたい」

ざわめきが起きた。有力者たちが顔を見合わせる。職人たちのまとめ役が質問した。

「それほど恐ろしい敵なのですか」

「ブリューヌ軍が西方の国境でやつらに敗れたことは、皆も聞いているだろう。他言無用のこととしてほしいが、ジスタート軍も、国境近くの戦いでやはり敗れている。しかも、やつらの戦う理由は、こちらを殺し尽くすことだ。話しあいは通じない」

「降伏しても無駄だと？」

「傭兵たちから聞いた話だが、降伏すると、キュレネーの神であるアーケンへの信仰を強制される。加えて、次の戦で先頭に立たされ、露払い（つゆばら）として使われるそうだ」

ざわめきが大きくなった。ティグルは黙って、彼らが落ち着くのを待つ。五年前、この地がテナルディエ公爵の軍勢に攻められたときもそうだったが、彼らに協力してもらわなければ、戦いに専念することはできないのだ。

「やってやろうぜ！」

にわかに、有力者のひとりが拳を振りあげて叫んだ。

「ようするに、五年前と同じだ。キュレネーだか何だか知らんが、アルサスをよそ者に荒らされてたまるか。ティグル様が今日、この町に帰ってきてくださったのは、きっとウルス様とディアーナ様の魂が導いてくださったんだ。俺たちはティグル様とともに戦おう」

それから三十を数え終わる前に、ざわめきはおさまった。かつて父に仕えていた老人が、一同を代表して前に進みでる。

「ティグル様に従いましょう。必要なことがあれば、我らに何なりとお申しつけください」

「ありがとう。よろしく頼む」

笑顔で彼の手を握りしめ、それから他の者たちを見回して、ティグルは頭を下げた。

心の中で、両親に感謝する。父と母が善政を敷いていたからこそ、彼らの中からさきほどのような言葉が飛びでたのだ。そして、彼らは迷わず自分に従ってくれた。

民のためにも、両親のためにも、何としてでも町を守り抜き、勝たなければならなかった。


翌日の早朝、アヴィンは屋敷の裏手にある、ウルスとディアーナの墓の前に立っていた。

まだ空は薄暗く、町は静かな涼気に満ちている。もっとも、ほとんどの者が目を覚まして、朝食の時間が来るころには、町は慌ただしさに包まれるに違いない。

ウルスとディアーナの魂が安らぐようにと、アヴィンは神妙な顔で神々に祈りを捧げる。

墓から離れると、気が緩んだのかあくびが漏れた。何しろほとんど寝ていない。

キュレネー軍をどこで迎え撃ち、どのように戦うか決まったのは真夜中だったが、アヴィンはそのあとも、他に打てる手がないか、夜明け近くまで考え続けていたのだ。

「部屋に戻って、起こされるまで寝直すか……」

こんな時刻にここへ来たのは、自分の姿を誰にも見られたくなかったからだ。客人の礼儀として挨拶をしたいと言えば、ティグルは喜んで了承してくれただろうが、自分の本来の目的を考えると、言いづらかった。

もう一度あくびをして、アヴィンは歩きだす。だが、誰かの視線を感じて足を止めた。見れば、白と青を基調とした巫女の衣に身を包んだ女性が立っている。ティッタだ。

「おはようございます。アヴィンさん、でしたね」

礼儀正しく頭を下げてくるティッタに、アヴィンはぎこちなく会釈を返す。ここにいることをおもわぬ人物に見られたことで、わずかながら動揺していた。

「朝のお散歩ですか？」

「ティグルさんのご両親に挨拶を……」

下手にごまかすのは危険だと考えて、そう答える。それから、「ティグルさんからこの場所を聞いて」と、付け加えた。ティッタは顔を明るく輝かせて、微笑を浮かべる。

「私もです。それにしても、アヴィンさんは早起きなんですね。ティグル様に見習わせたいぐらいです」

くすりと笑うと、ティッタはアヴィンの脇を通り抜けて、ウルスたちの墓の前に立つ。巫女らしい所作で、神々に祈りを捧げた。アヴィンはこの場から立ち去るべきか迷ったが、気になることがあったので、ティッタの横顔を見ながら、彼女が祈りを終えるのを待つ。

ほどなく、ティッタは祈りをすませて、アヴィンに向き直った。

「私に何か？」

「あの」と、言いにくそうにしながらも、アヴィンは言葉を紡ぐ。

「この屋敷の家事は、あなたがすべて任されていると、ティグルさんから聞きました。巫女なのにどうしてだろうと思って……」

「そのことですか」

屈託のない笑みを浮かべて、ティッタは答えた。

「私はもともと、このお屋敷で侍女として働いていたんです。昔は、私とティグル様しか暮らしていなかったので、私ひとりで充分でしたから。ティグル様は立派な立場になって、屋敷を長く空けるようになりましたけど、いつお帰りになってもいいようにきれいにしながら、私とリムアリーシャさんが住んでいるんです。誰かが住まないと、家はだめになりますから」

「侍女だったのが、どうして巫女に？」

アヴィンが尋ねると、ティッタはどう説明したものかと言いたげに、少し困った顔になる。

しかし、すぐに微笑を取り戻した。

「そうですね、ティグル様のお役に立つために、そうした方がいいと思ったんです」

涼やかな風が、彼女の栗色の髪をそよがせる。

「お客様に話すことではないのですけど、五年前の内乱は、とても厳しい戦いでした。ティグル様は、つらそうな姿を決して皆さんに見せまいとがんばっていました。二年前にも……」

そこまで言って、ティッタは首を左右に振り、続きを呑みこんだ。

「あのとき、侍女であるより、巫女である方がティグル様の力になれると思ったんです」

「立ちいったことを聞いてしまって、すみません……」

せめて誠意を示そうと、アヴィンは背筋を伸ばして深く頭を下げる。踵(きびす)を返し、足早(あしばや)にならぬよう気をつけながら、屋敷の裏手から歩き去った。

――五年前のことはだいたい知っているが、二年前にもいろいろとあったのか。

声には出さずにつぶやく。気になるといえば、ティグルの右目についても、アヴィンは詳しい事情を知りたいと思っていた。

セレスタの町に着くまでの短い旅の中で、それとなく聞いてみたことはあったのだが、ティグルの答えは「事故に遭った」という短いものだったのだ。エレンも、「ティグルが言ったことがすべてだ」としか答えてくれなかった。

――後日でいいだろう……。いまはとにかくキュレネー軍との戦いについて考えないと。

あくびを噛み殺すと、アヴィンは屋敷の中に入っていった。

## 5　アルサスを守る

セレスタの町から南西に向かって十五ベルスタ（約十五キロメートル）ばかり歩くと、リクヴィールの野にたどりつく。

小さな森や丘が点在する草原で、水量の豊かな川が南西から北西へまっすぐ流れ、ある地点でゆるやかに弧を描いて北東へ流れていく、そんな一帯だ。

南から進軍してきたキュレネー軍を、ティグルを総指揮官としたアルサス軍は、この地で迎え撃つことにした。セレスタの町に帰ってきてから二日後の朝のことである。空は青く晴れ渡り、太陽は心地よい光を地上に投げかけていた。

アルサス軍は百の騎兵と四百の歩兵で構成されており、川を右手に望む形で草原の中央に布陣する。

彼らの武装は悪くいえば貧弱で、騎兵も、歩兵も、革鎧か、革の胴着を着こんでいる。鉄の甲冑を身につけている者などひとりもいない。兜をかぶっている者はわずかで、何もないよりはましと、帽子をかぶっている者がいる。武器も剣、槍、手斧、農具、投石紐（スリング）など不揃いだ。ただし、盾だけは全員が持っていた。厚い木の板に革を張った、それなりに頑丈なものだ。

一方、南から現れたキュレネー軍は武装が統一されている。魔除けの単眼を描いた黒い布を頭部に巻き、金属片で補強した革鎧を着こみ、反りのある剣を腰に下げ、右手に槍を、左手に円形の盾を持っている。数は一千ほどで、すべて歩兵だ。

戦いの前に、ティグルはアルサス兵たちに向かって呼びかけた。

「俺たちは、アルサスを守る最初で最後の盾だ」

二十一歳の若き英雄の声はよく通り、後方にいる兵の耳にまで届いた。

「俺たちが敗れたら、やつらはセレスタの町を蹂躙し、破壊し、女も、子供も、老人も容赦なく殺害するだろう。領内にある村々をすべて焼き払うだろう。やつらが滅ぼした国々で、そうしてきたように。この地でそんなことはさせない。そのために皆の力を貸してくれ」

総指揮官の言葉にしては、やや感情的であり、重厚さにも欠けている。だが、アルサスの領民たちは気持ちを昂ぶらせて大声で応えた。その勢いにつられて、アルサスに逃げてきた者たちで構成されている兵たちも拳を突きあげ、声を張りあげる。

おとなしいのは傭兵たちだが、彼らは自分たちの役目をわきまえており、士気は低くない。彼らを指揮するエレンの表情が、問題のないことを示していた。

アルサス軍は歩兵で方陣をつくり、その後方に騎兵を配置した。方陣は三列の横隊で構成されている。第一列がアルサス兵、第二列がよそ者たち、第三列が傭兵だ。

アルサス兵を先頭に立たせることについて、ティグルはそうとう悩んだ。だが、まず自分たちこそが敵と戦い、この地を守るという気概を見せなければ、他の者たちの士気は上がらないだろうと判断して、このようにしたのだった。

第二列はアヴィンが、第三列はエレンが、そして騎兵部隊はミルが、それぞれ指揮を執っている。ちなみに、アヴィンとミルが指揮官になったことには、多少の反発があった。よそ者たちから見れば、アヴィンとミルは素性のわからない若僧と小娘でしかない。そのような者に命を預けたくないというのは当然の気持ちであろう。

「じゃあ、剣や馬で勝負をして、誰が指揮官にふさわしいか決めようじゃない」

そう言ったミルを小突(こづ)いて黙らせると、アヴィンは何人かのよそ者たちを訪ねて、地道に説得した。ティグルとエレンも口添(くちぞ)えをして、ひとまず彼らは従う姿勢を見せたのだった。

第三列で、エレンは傭兵たちに向かって静かに告げた。

「いいか。私たちの役目は、ひとたび戦場に飛びこんだら、最後まで戦い続けることだ」

紅の瞳が厳格な光を帯びて、傭兵たちを見据えている。

「キュレネー兵が決して逃げず、何があろうと退かないことを知っている者もいるだろう。だからこそ、他の兵より戦いに慣れている私たちがここにいる。己の判断で後退したり、まして逃げたりすることは許さん」

ここにいる傭兵は皆、「風刃(ヴェーレ)」の異名と、五年前の内乱における「風の剣(ストリボグ)」の活躍を知っている。彼らはエレンに従うことを当然のように受けいれた。二年前の、「風の剣」の解散については、傭兵団の解散など日常茶飯事であるとして、ほとんど気にしていない。

このような陣容のアルサス軍に対して、キュレネー軍は約五百の兵からなる方陣を二つ編制して、左右に並べた。二方向から攻めかかろうというつもりのようだ。

偵察隊の報告からこのことを知ったティグルは、内心で首をひねった。おたがいの数の差を考えれば適切な手段といえるが、キュレネー軍はひとかたまりとなって正面から突撃してくると思っていたのだ。

――右翼と左翼というところか。

キュレネー軍の陣営から、いくつもの大太鼓の音が轟いた。ヴァルティスの野でも聞いた低く重い音は、大気だけでなく兵たちの心まで揺さぶるかのようだ。

「無謀で無秩序な突撃しかしないくせに、大太鼓が必要なのか」

反射的に悪態をついたティグルだったが、ふと考える。あの大太鼓が適時、キュレネー兵たちに命令を伝えているのは間違いない。

――あれを攻撃することで、彼らの動きを少しでも鈍らせることはできないか。

そこで考えを中断する。獣のような雄叫びをあげて、キュレネー軍が右翼、左翼ともに前進を開始したからだ。

「後退せよ！」

ティグルの命令を受け、角笛が吹き鳴らされて、アルサス軍は整然と後退する。数において大きく劣る以上、この段階で正面から仕掛けるつもりはない。キュレネー軍は右翼、左翼ともに歩調を速めた。

アルサス軍が数百歩ほども後退したときには、キュレネー軍は右翼、左翼ともにやや乱れ、前後に長く伸びている。右翼はティグルから見て左手に位置し、左翼は正面に来ていた。

不意に、キュレネー軍左翼の動きが鈍る。彼らの足元の地面が、にわかに膕まで埋まるほどの泥濘と化したのだ。

これは、ティグルとアヴィンが考えた罠だった。この地を戦場と定めた二人は、南西から北西へ流れる川を土嚢と石を積みあげてせき止め、大量の水をあふれさせて、特定の場所を泥濘へと変えたのだ。そして、その上に薄い板を並べ、草をばらまいて偽装をほどこした。

アルサス軍は板の上を歩くので整然と後退できるが、それによって板は泥濘に沈みこむ。その直後に進んできたキュレネー軍は、泥濘に勢いよく踏みこむ形となったのである。

だが、キュレネー兵たちはうろたえず、後退するようなこともなかった。泥を引きずるように歩く者がいれば、泥の上に倒れたあと、這うようにしながら前進する者がいる。泥濘から足が抜けずに動けなくなった味方を足場代わりにする者まで現れた。

このとき、アルサス軍は後退を止め、相手の様子をうかがっている。

キュレネー軍左翼の様子を見て、アルサス兵たちは戦慄した。敵の異常さを、彼らははじめて目の当たりにしたのだ。

「投石紐を用意させろ」

兵たちの動揺と恐怖を、ティグルは落ち着き払った態度で鎮めようとする。まだ戦いははじまったばかりだ。こんなところで兵たちを怖じ気づかせてはならなかった。

ブリューヌの兵士は、基本的に弓矢を使わない。代わりに投石を用いる。無数の石礫がキュレネー兵たちを襲った。先頭にいるキュレネー兵の何人かが、頭や手に石礫を受けて倒れる。

距離をとっていることもあり、たいした打撃ではない。だが、ティグルは気にしなかった。これは味方の戦意を維持するための一手だからだ。敵を挑発し、陣容をさらに乱すことができればという期待もあったが、キュレネー軍を相手に欲をかくのは危険だった。

ティグルは再び全軍に後退を命じようとしたが、そこへ伝令が報告に現れた。

「敵の右翼、まっすぐ向かってきます！」

視線を巡らせる。キュレネー軍右翼の狙いは、こちらの左側面を突くことだろう。左翼と違って泥濘に踏みこんでいない彼らは、かなりの速さで前進していた。大太鼓の音が、さきほどよりも大きく聞こえる気がする。

「第二列と騎兵部隊に伝令を出せ。彼らに対応させる」

アヴィンの指揮する第二列の兵は百五十、ミルの指揮する騎兵部隊は百。全軍の半分を投入する思いきった判断だが、それぐらいのことをしなければ勝てないと、ティグルは考えた。

――ただ、彼らはちゃんと戦えるだろうか。

第二列も、騎兵部隊も、よそ者たちで編制された集団である。加えて、キュレネー兵に慣れているとはいえ、アヴィンとミルの指揮官としての能力はまったくの未知数だ。最悪の場合、エレンの率いる第三列の傭兵隊を援護に向かわせなければならないだろう。

――二人に任せたのは俺だ。それに、ここまで連れてきた兵たちを疑うべきじゃない。

己を叱咤して、正面にいるキュレネー軍左翼を見据える。泥濘を抜けてきた彼らは、疲れも見せずに猛進して距離を詰めてきた。

――泥濘だけで止められるとは、はじめから思っていない。

ティグルの命令を受けて、残った第一列と第三列は二百歩余り後退する。

アルサス兵たちが松明を用意して、火をつけた。なおも後ろに退きながら、彼らはそれを地面に放り投げる。

火が、秋のはじめの枯れ草に燃え移って瞬く間に広がった。煙が幾筋も立ちのぼって灰色のぶ厚い壁となり、アルサス軍とキュレネー軍左翼の間に濛々とそびえたつ。

火攻めというより、煙攻めといった方が正確だろう。あまり燃え広がらないよう、このあたりの草を事前に刈った上で、煙を多く出すためにちぎった樹皮などをばらまいておいたのだ。

火と煙を目にしても、キュレネー兵たちは足を止めるどころか、歩調を緩めもせず、火と煙の中に飛びこむ。目と鼻をやられて涙を流し、咳きこみながらも煙を突破した。

「何だ、あいつらは……」

ティグルのそばにいたアルサス兵が驚愕の呻き声を漏らす。泥濘もそうだが、煙を避けようともせず、まっすぐ突き進んでくるキュレネー兵たちは、同じ人間とは思えなかった。

ティグルは内心の緊張を微塵も表に出さず、敵の陣容を観察している。

――これで、ようやく互角だ。

隊列を気にとめない猛々しい前進と、泥濘と煙による二つの罠によって、キュレネー軍左翼の陣容はおおいに乱れている。これ以上の状況はつくりようがない。

「攻撃に移る！」

ティグルの叫び声は、すべてのアルサス兵の耳に届いた。

角笛の音が響き、喊声があがる。アルサス兵たちが槍や手斧を振りあげて、突進した。キュレネー兵たちも両眼を獰猛に輝かせて応戦する。

刃と盾が激しくぶつかりあい、鮮血と悲鳴がそれらに続いた。アルサス兵に槍で腹部を貫かれて崩れ落ちるキュレネー兵がいれば、キュレネー兵に盾で殴りつけられて倒れるアルサス兵がいる。泥がはね、血が飛び、怒号が飛びかって、戦場は瞬く間に死の臭いに満たされた。

「二人がかり、三人がかりで戦え！　前に出すぎるな！」

兵たちを叱咤しながら、ティグルは馬上から矢を射かける。無傷の敵兵を仕留めるよりも、傷を負っても動き続ける敵兵にとどめをさすことを優先した。キュレネー兵との戦いに慣れていないアルサス兵は、無傷の敵兵は警戒しても、傷を負った敵兵には油断するからだ。

ティグルの声が届くと、アルサス兵たちもいくらか落ち着きを取り戻した。指示通り、三人がかりで攻めかかったり、盾を並べてキュレネー兵を泥濘に押し返したりする。彼らの勇戦によって、キュレネー兵たちは、その猛々しさを存分に発揮できずにいた。

——気を抜くな。少しでも判断を誤れば、やつらはすぐに勢いを取り戻す。

土煙と血煙の中で戦う敵と味方を見つめながら、ティグルは額の汗を拭った。

キュレネー軍右翼を迎え撃てという命令を受けとったアヴィンは、鞍の上に置いていた槍をおもわず握りしめた。矢が尽きたときや白兵戦になったときのために用意したのだ。むろん黒弓も鞍に差してある。

——指揮官の心得。兵を不安にさせないこと。

かつて師から教わった言葉を、心の中でゆっくりとつぶやく。ゆっくりと、というのが重要だと、師は言っていた。早口で言うと、考えが焦り気味になるからと。

——緊張しているな。ひさしぶりの戦場だからか、相手がキュレネー軍だからか……。

それとも、ティグルの指揮下ということで、無意識のうちに気負っているのだろうか。

馬上から配下の兵たちを見下ろす。アヴィンが馬に乗っているのは、一部隊の指揮官として戦場をなるべく広く見渡すためだ。兵たちは、誰もが緊張に顔を強張(こわば)らせていた。

アヴィンは槍を高く掲げて振りまわし、大声で呼びかける。

「こちらに向かってくる敵を迎え撃つ！　慌てず、隊列を崩さずに移動しろ！」

第二列が動きだした。だが、その動きはぎこちなく、思ったように進まない。アヴィンは銀髪をかきまわして何やら考えたあと、新たな命令を下す。

「十歩ごとに足を止めて、好きな神の名を叫べ！　ここは戦場だ、恥ずかしがるな！」

この呼びかけは、アヴィンが思っていた以上の効果を発揮した。

彼らはブリューヌ国内のいろいろなところからアルサスに逃げてきた身であり、この地で生まれ育ったアルサス兵たちのような結びつきを持たない。だが、ブリューヌで信仰されている十の神々についての知識はおおむね共通していた。

最初のうちこそ、彼らは神々の王ペルクナスや、戦神トリグラフの名をつぶやいたが、何人かがダージやヤリーロの名を口にすると、兵たちを包む緊張がよい方向へ緩んだ。ダージは富の神で、商人に信仰されることが多く、ヤリーロは豊穣と愛欲を司り、娼館の看板によく描かれている女神である。

第二列の兵たちは合唱するかのようにダージやヤリーロの名を叫びながら、勢いよく、それでいて整然と移動する。キュレネー軍右翼を正面から迎え撃つ位置に到着した。

「金と欲は強いな……」

苦笑を漏らすと、アヴィンは何気なく自分の手を見る。汗で濡れていた。てのひらを服で乱暴に拭い、あらためて隊列を整えるよう兵たちに命じて、投石の準備をさせる。

ふと、周囲を見回すと、ミルの率いる騎兵部隊が、自分たちの背後をすみやかに通過していくのが見えた。彼女は剣を振りあげながら、先頭に立って馬を進めている。遠目にも自信に満ちているのがわかった。

「だいじょうぶか、あいつ」

呆れた声でつぶやきながら、槍を鞍に引っかけて、黒弓を握る。緊張と興奮、不安は自覚できていて、やるべきことは頭の中に整理されている。

キュレネー軍右翼が猛然と距離を詰めてくる。アヴィンは黒弓に矢をつがえながら、敵兵が投石の届く距離に踏みこんできたところで、兵たちに命令を下した。

アヴィンの放った矢を追うように無数の石礫が飛び、キュレネー兵の先頭集団に降り注ぐ。何人かが頭や腕に石礫を受けて倒れたが、ほとんどの兵は倒れた仲間に目もくれず、まっすぐ向かってきた。彼らの握りしめる槍の穂が、陽光を受けて危険な煌めきを放つ。

アヴィンの部隊はもう一度、投石の雨を降らせたあと、投石紐を捨てて槍と盾をかまえた。

ミルの率いる騎兵部隊が、大きく弧を描くような行動をとって、キュレネー軍右翼の右側面に現れたのは、アヴィンの部隊が彼らと接触する直前のことだった。

「放て！」

ミルの命令に従って、騎兵部隊がキュレネー軍に何かを投げつける。それは子供の握り拳ほどの大きさの、泥の塊だった。投石紐を使い、キュレネー兵たちの顔を狙っていっせいに泥を

投げつけたのだ。彼らの盾を考慮に入れずともよい右側面から。

この攻撃は、キュレネー兵たちの動きをわずかに鈍らせた。過剰な闘争心を持ち、痛みを感じない彼らも、目に頼らずに行動することはできない。長い前進と、猛々しい突進とで綻び（ほころび）の生じていた隊列が、キュレネー兵同士の衝突によってさらに乱れた。

そこへ、アヴィンの部隊が正面から、ミルの部隊が右側面から同時に襲いかかる。これは示しあわせたわけではなく、それぞれのつかんだ好機が、無言の連係を成立させたのだった。キュレネー軍右翼の先頭集団は瞬く間に突き倒され、蹴散らされて崩れ落ちる。流れる血が大地を赤黒く染め、折れた槍や砕けた盾が投げだされ、それらの上に屍が積み重なった。

「私に続けっ！」

叫んで敵陣に飛びこみ、縦横に剣を振るうミルの姿は、彼女に従う騎兵たちを驚かせずにはいられなかった。ミルが剣を振るってキュレネー兵を斬り伏せるたびに血飛沫が舞い、白銀の髪が躍る。敵の白刃が迫っても動じないその姿は、兵たちを魅了した。

自分たちのためだけではなく、勇敢な指揮官のために、彼らは戦意を奮いたたせる。ミルに従って槍を振るい、敵兵を馬蹄（ばてい）で蹴りとばし、馬体ではねとばした。

後続のキュレネー兵たちは二手にわかれ、一方はアヴィンの部隊に、もう一方はミルの部隊に向かっていく。数でいえば、アヴィンの部隊とミルの部隊は合わせて二百五十であり、キュレネー軍右翼の半分でしかない。分散しても充分に戦えるはずだった。

キュレネー軍の動きに気づいたミルは、配下の兵に後退を命じる。警戒したのではなく、もっと辛辣な意図からだった。自分たちに向かってきたキュレネー兵の部隊を、彼女は戦場から少しずつ引き離していく。

その動きを見たアヴィンは、己の部隊から二十人ほどの兵を割き、別働隊を編制すると、ミルの部隊に向かっていく敵の側面や背後を襲わせた。一撃離脱を徹底させて、敵が反撃してくる前に引き返させるのだ。彼らの攻撃は成果をあげ、敵の動きがさらに鈍くなる。

うまくいったと思ったのも束の間、アヴィンの部隊の一角で狼狽の叫びがあがった。キュレネー兵の猛撃を支えきれずに、隊列が大きく崩れたのだ。兵を引き抜いたために、陣容が薄くなったところだった。

「俺が行く！」

責任感と使命感の両方から、アヴィンは馬首を巡らして、馬を急がせる。剣と盾を振りまわして前進しようとするキュレネー兵たちを、アルサス軍の兵たちが盾を並べて懸命に押し返そうとしている光景が視界に飛びこんできた。

アヴィンは矢筒から矢を三本引き抜き、まとめて黒弓につがえる。弓弦を引き絞って、射放った。二本は敵兵に命中したが、一本は外れて戦塵の中に消える。

――ティグルさんは隻眼にもかかわらず、当然のようにすべて当てていたのに。

ヴォージュ山脈で出会ったときのことを思いだす。岩場にいたアヴィンからは、ティグルの矢がよく見えた。無駄になっていた矢は、驚くべきことに一本もなかった。しかも、ティグルは馬を走らせながら、同じことをやっていた。

アヴィンも馬に乗っていなければ、同じことができる。だが、揺れる馬上では正確さがやや欠けてしまう。自分の弓の技量が並外れて高いものであることは自覚していたが、ティグルの技量はさらなる高みにあった。

――俺は、あのひとに追いつかなければならない。最悪に備えて……!

隊列の崩れたところにたどりついたアヴィンは、槍を持って馬から飛び降り、地面に倒れているアルサス軍の兵士を助け起こした。キュレネー兵のひとりが襲いかかってくる。アヴィンとその兵士を狙って鋭く突きかかった。

鈍色をした二条の閃光がすれ違う。キュレネー兵の槍はアヴィンの頭部をかすめ、アヴィンの槍はキュレネー兵の腹部を貫き、背中から穂を覗かせた。キュレネー兵は大きく体勢を崩して地面に転がる。まわりにいたアルサス軍の兵たちが喝采(かっさい)を送った。

戦意を高めた兵たちは急いで隊列を整え、キュレネー兵たちの突撃を食いとめる。アヴィンも黒弓をつかんで矢を立て続けに射放ち、彼らを援護した。

そうしてキュレネー兵たちを押し返したとき、複数の角笛の音が響きわたる。ティグルの指揮する部隊が、後退を指示してきたのだ。

アヴィンは馬に飛び乗ると、黒弓を振りまわして叫んだ。

「後退しろ！　落ち着いて、隊列を崩すな！」

アヴィンの部隊は少しずつ下がりはじめる。ミルの部隊も歩調を合わせてきた。

このわずかな間に、キュレネー軍が勢いを取り戻す。大量の血を流し、力尽きた兵たちが動かなくなり、傷も浅く、まだ体力のある兵たちが突出したのだ。

キュレネー兵の猛攻を、アルサス軍の兵たちは盾を並べて懸命に受けとめる。自分の盾を砕かれ、地面に転がっていた敵の盾を使う者もいた。何人かは敵兵の剣に頭部を割られ、槍に胸や腹部を貫かれて倒れるが、後ろにいる兵がすぐに進みでて、代わりを務めた。

アヴィンは、ティグルの部隊に視線を向けた。いつのまにか、そこにいるのは第一列の兵だけになっている。第三列の傭兵たちの姿はなかった。

空では太陽がじりじりと陽射しを強めながら、上昇していく。

煙を抜けてきたキュレネー軍左翼と激しくぶつかりあったあと、アルサス軍はまたもや後退した。領民たちで構成される第一列の兵たちを指揮しながら、ティグルは全身にのしかかる重圧と戦っている。

攻勢に出たキュレネー兵は、やはり恐ろしい。こちらは意図的に後退しているのに、相手の勢いに押されて後退を強いられているかのように錯覚してしまう。

　勘違いしてしまいそうな理由は、他にもあった。兵たちが目に見えて疲労しているのだ。キュレネー兵たちは疲れを知らないかのように咆えて、前進する。武器と盾を失っても体当たりをし、つかみかかり、噛みつこうとしてくる。

「頼む！　もう少しだけ持ちこたえてくれ！」

　敵陣に矢を射かけながら、ティグルは声を張りあげて兵たちを鼓舞した。アルサス兵たちは言葉にならない叫びでもって、領主であり、総指揮官でもある若者に応える。だが、それは、敵に対する恐怖を振り払うための叫びでもあった。

　後退を重ねて、ある場所を通過する。ティグルは奥歯を噛みしめて、兵たちに命じた。

「踏みとどまれ！　ここが正念場だ！」

　勢いを増している敵を前に、踏みとどまるのは容易ではない。誰もが肩で息をしており、盾もだいぶ失っている。それでも、アルサス兵たちはティグルの命令に従った。

　血が飛散する。骨が砕ける。折れた槍同士、亀裂の入った盾同士をぶつけあう。アルサス兵たちはあきらかに劣勢だったが、諦める者や逃げだす者はいなかった。

　弓に新たな矢をつがえたとき、ティグルの耳に、待ち望んでいた音が聞こえた。それは瞬時に轟音へと変わって聞き間違いではないことを教え、恐ろしい速さで近づいてくる。

「水がきたぞ！」

　アルサス兵のひとりが叫んだ。

土色の濁流が、南西から猛々しく襲いかかってくる。それは、ティグルたちがせき止めていた川の水だ。戦いがはじまってから、頃合いを見て土嚢や石を片付けさせたのである。後退を続けたのは、キュレネー軍をここまで誘いこむためだった。

キュレネー兵たちは驚いたり、うろたえたりはしなかったが、危険であることは理解したようだった。アルサス軍の兵たちと斬り結んでいる者は戦いを続けたが、後方にいる者たちは散り散りになって逃げようとする。

だが、遅かった。激流は怒濤の勢いで迫り、多くのキュレネー兵を呑みこんでいく。もし彼らに悲鳴をあげることができたとしても、その猶予は与えられなかっただろう。

ごく短い時間のうちに、キュレネー軍は水によって完全に分断されていた。アルサス軍と戦っている兵は、四百足らず。流れの向こうには、まだ三百を超える兵がいるのだが、彼らは眼前に横たわる激しい流れを越えることは無理だと判断したらしく、動けないようだった。

――リクヴィールでなかったら、こうもうまくはいかなかったな。

大きく息を吐きだして、ティグルは内心でつぶやく。セレスタの町の近くを流れる川だったので、流れをせき止める方法や、狙った方向へ水を流す方法について、知っていた。自分の知らない地で同じことをやろうとしたら、おそらく失敗していただろう。

「おまえたち、あと一息だ！」

疲れた身体に鞭打って、ティグルは兵たちを煽る。ふつうなら、この段階で戦いは終わっている。敵は戦意を喪失して、逃走に移っているはずだ。

だが、彼らは逃げない。流れのこちら側にいる四百足らずのキュレネー兵は、アルサス軍を打ち倒そうと、怒号とともに攻めかかってくる。

ティグルとしても、ここでひとり残らず葬り去っておかなければ安心できなかった。見逃した敵兵は、後日、領内の村を襲うかもしれないのだ。

流れのはるか向こうから、活力に満ちた鬨(とき)の声(こえ)が聞こえた。馬上にあるティグルには、声をあげた者たちの姿が見える。

百五十人ほどの武装した集団が、たたずんでいた。武装は不揃いで、剣を持っている者がいれば、両刃の斧を肩に担いでいる者もいる。彼らの先頭に立っているのは、白銀の髪と紅の瞳を持つ女戦士だった。

エレン率いる傭兵たちで構成された第三列の部隊だ。ティグルたちが後退する前に、彼女たちは戦場を大きく迂回(うかい)して、キュレネー軍の背後に回りこんだのである。

「突撃!」

長剣を振りあげ、振りおろして、エレンは叫ぶと同時に駆けだした。雄叫びをあげ、土煙を巻きあげて、傭兵たちが続く。

彼女たちの狙いは、三百以上のキュレネー兵だ。倍の数を相手にするわけだが、どの顔にも恐れの色はなかった。むしろ、ようやく出番がきたとばかりに不敵な笑みを浮かべている。

キュレネー兵たちも、傭兵たちに反応した。流れを越えられず、途方に暮れているかのようだった彼らは、武器を掲げて喊声を轟かせる。隊列など気にせず我先にと走りだし、正面から傭兵たちと激突した。

まっすぐ挑みかかってきたキュレネー兵を、エレンは一撃で斬り伏せる。攻撃も防御も許さない速さだった。続いて、二人のキュレネー兵が左右から槍で突きかかってきたのを、姿勢を低くしてかわす。顔をあげずに剣だけを突きあげて、右にいる敵兵の腹部を正確に貫いた。

相手が崩れ落ちるよりも先に剣を抜き、手首を返して、左にいる敵兵の顎を斬り裂く。鮮血が舞ったが、彼女の白銀の髪を汚すことはなかった。

さらに長剣を滑らせて、キュレネー兵の首を二つばかり地面に叩き落としたとき、自分が敵兵に囲まれているのを、エレンは悟った。エレンが踏みこみすぎたわけではなく、キュレネー兵たちが猛々しく前進して、彼女の周囲にいた傭兵たちを後退させたのだ。

エレンを取り囲んだキュレネー兵たちが、四方から槍を突きだすのと、彼女が地面に剣を突きたて、それを支えに跳躍したのは、ほとんど同時だった。

すんでのところで槍先をかわしたエレンは、その勢いを利用してキュレネー兵のひとりに膝蹴りを叩きこみ、相手を下敷きにして地面に倒れこむ。すばやく身体を起こしたとき、彼女の手には独特の反りを持つ剣が握られていた。たったいま倒した相手から奪いとったのだ。

自分に向かって突きだされた槍を音高くはねあげると、エレンはキュレネー兵に肉迫し、その首筋を斬り裂きながら、自分の剣を拾いあげる。

「風刃(ヴェーレ)」と呼ばれた女傭兵の強さをひさしぶりに見て、傭兵たちは口々に賞賛した。

むろん、エレンだけでなく、傭兵たちも奮戦している。彼らは戦い慣れていたし、手段にもこだわらなかった。三人がかりでひとりの敵兵に攻めかかり、ひとりが足元の土をすくって相手の顔に投げつけ、視界を奪ったところへ、二人で斬りつけるという真似(まね)も、平然とやった。

実のところ、傭兵たちにとって、キュレネー軍は倒さなければならない存在である。

キュレネー軍は基本的に傭兵を雇わない。彼らが南の大陸の諸国と戦をしていたころ、自らを売りこみに行った傭兵団があったが、改宗を条件に提示されて呆れ返り、去ったという話がある。改宗を承諾して雇われた傭兵団が、戦場で先頭に立たされることになぜか逆らえず、使い潰されて全滅したという話もあった。

傭兵たちとしては、まだしも話の通じるブリューヌなりジスタートなりに勝ってもらわなければ困るのだ。剣を振るい、斧を振るって、彼らはキュレネー兵たちを斬り伏せた。

大地に血だまりをいくつもつくり、仲間の死体を積みあげながらも、キュレネー兵の戦意は衰えず、どれだけ傷を負っても戦うことをやめない。キュレネー兵と戦うのはこれがはじめてだという傭兵などは、さすがに薄気味悪さを覚えて顔を青ざめさせた。

そうした者たちが現れるのを予想していたエレンは、味方の援護にまわった。戦場を駆け、味方を追いつめているキュレネー兵に横合いから斬りつける。あるいは、仲間に迫るキュレネー兵の斬撃を弾き返して、相手の首筋に一撃を叩きこんだ。

エレンに助けられたことで傭兵たちは気を取り直し、仲間と協力してキュレネー兵に立ち向かっていく。着実に敵兵の数を減らしていった。

戦況がいくらかの安定を見せると、エレンは敵陣に目を凝らす。さがしたいものがあった。

――大太鼓の音が大きい。近いな……。

傭兵隊に戦場を迂回するよう命令が下ったとき、伝令はティグルの言葉をエレンに伝えてくれた。それは「大太鼓が気になる」という非常に漠然としたものだったが、総指揮官であり想い人でもある男の考えを、エレンはほぼ正確に理解した。

――たしかに大太鼓を潰せば、敵の動きは鈍くなるかもしれんが……。

もっとも、キュレネー軍の背後に回りこむまで、エレンはその考えを捨てていた。大太鼓を鳴らす兵は、後方にあるだろう敵の本陣にいるはずだと思っていたからだ。本陣を潰してもキュレネー兵は戦い続けるに違いない。そちらに兵を割く余裕はない。

だが、キュレネー軍と激突してみると、大太鼓の音は近くから聞こえてきた。

おそらく、大太鼓を持つ兵たちは右翼か左翼に加わっているのだ。

――信じ難いことだが……やつらなら、ありえるかもしれない。

そう思ったのは、こうして剣を振るっているうちに、恐ろしい考えが浮かんだからだ。

神征の、「あらゆる命を捧げる」という言葉は、敵味方を問わないものなのではないか。だからこそ、キュレネー兵は死を望むかのような攻め方しかしないのではないか。

もっとも、これはあくまで思いつきに過ぎない。いま、たしかなのは、大太鼓を操る兵たちが激戦のただ中に——自分の近くにいることだ。

——だが、大太鼓を持つ兵をさがして敵陣を駆けまわるのは、さすがに危険だ。

どうすべきか考えあぐねていると、馬蹄の音が近づいてきた。敵に騎兵はなく、味方の騎兵は川の向こう側に集まっているはずだ。

怪訝(けげん)な顔でそちらを見たエレンは、己の目を疑った。血濡れた剣を手に、ミルが馬を歩かせてくる。激戦をくぐり抜けてきたのだろう、白銀の髪も美しい顔も汗と土埃でひどく汚れ、外套(がいとう)には返り血がこびりついていた。

「手伝いに来たわ。あっちはアヴィンに任せておけばだいじょうぶだから」

「おまえ、どうやってここへ来た……？」

「川幅の狭いところをさがして、この子に飛んでもらったの」

乗っている馬の首筋を軽く叩いて、ミルは得意そうに答える。エレンは馬に心の底から同情した。思えば、はじめて会ったときから馬に無茶をさせる娘だった。

「命令もなく持ち場を離れるようなやつは厳罰ものだが、人手がほしいのもたしかだ。大太鼓の音がきこえるだろう。こいつを鳴らしている敵兵をさがして叩く」

「大太鼓？」

眉をひそめるミルに、エレンはティグルからの言葉と自分の考えを説明する。彼女は紅の瞳を輝かせた。

「わかったわ。任せて！」

ミルは馬首を巡らせたかと思うと、敵陣に向かって勢いよく走らせる。徒歩のエレンは慌てて彼女を追った。

敵陣に己の馬を躍りこませたミルは、青い刀身の剣を縦横に振るう。彼女に襲いかかろうとしていたキュレネー兵たちが、次々に血煙の中に崩れ落ちた。そこへエレンが駆けつけ、ミルの馬に斬りつけようとしていたキュレネー兵を斬り伏せる。

先走ったミルを叱りつけようとしたとき、複数の大太鼓の音が聞こえた。二人は視線をかわして、敵兵を薙ぎ払いながらそちらへ向かう。音の主たちはすぐに見つかった。

大人の胴体ほどもある大太鼓を、抱えるように身体に結わえつけている五人のキュレネー兵がいる。彼らはエレンたちを見ても逃げようとせず、冷静に大太鼓を叩いた。

その音に促(うなが)されるかのように、大柄で、筋骨隆々たる肉体を持つキュレネー兵が現れる。エレンより頭二つ分は背が高く、半ばから刀身が湾曲している大剣を肩に担いでいた。頭部には布を巻くのではなく、鉄兜をかぶっている。大太鼓の兵たちの護衛のようだ。

キュレネー兵が大剣を軽々と振りあげて、エレンに叩きつける。轟音とともに土煙が舞いあがった。エレンは紙一重で剛剣をかわしたものの、額に汗を浮かべている。「風刃(ヴェーレ)」を驚かせるほどの速さであり、猛々しさだった。

エレンが半歩、後退する。キュレネー兵はそれ以上に前へ出て、大剣を振りまわした。土煙と土塊が舞いあがり、寸断されてちぎれ飛ぶ。暴風にも似た攻勢を、エレンは懸命にかわし続けたが、その顔から余裕は失われ、肩で息をするようになっていた。

戦いを見守っていたミルが気合いの叫びをあげ、馬の鞍を蹴って跳躍する。キュレネー兵の頭上から斬りかかった。必殺の斬撃は、しかしあっけなく弾き返される。

エレンが姿勢を低くし、敵兵の足元を狙って飛びこんだのは、その瞬間だった。相手が大剣を振りあげるのを待っていたのだ。

だが、キュレネー兵はエレンの動きに反応し、大気が弾けるほどのすさまじい速度で大剣を振りおろす。エレンの剣が届く前に、大剣が彼女の頭部を打ち砕くかに思われた。

「単純なやつめ」

エレンが冷笑を浮かべる。次の瞬間、彼女の剣が陽光を反射して、白く輝いた。エレンを見下ろしていたキュレネー兵は目を灼かれて大きくよろめき、大剣は空を切る。

地面に降りたっていたミルが再び跳躍する。彼女の剣は今度こそ、敵兵の頭部を鉄兜ごと両断した。鮮血を噴きだし、大剣を取り落として、キュレネー兵は仰向けに倒れる。

エレンとミルは動きを止めない。無言で視線をかわすと、二人は大太鼓を抱えているキュレネー兵たちに襲いかかった。鈍色の閃光が弧を描いて、大太鼓が次々に斬り裂かれる。

大太鼓がことごとく失われると、キュレネー兵たちの動きが大きく乱れた。狂的な戦意に衰えはないものの、無秩序さに拍車がかかり、味方同士の衝突が格段に増えた。

川の水に多くの味方を押し流されて致命的な打撃を被っていた彼らにとって、大太鼓の消失はとどめとなったのだ。キュレネー兵たちは、アルサス軍によって個別に分断され、撃破される一方になる。

だが、それでも彼らは死ぬまで戦うことをやめなかった。アルサス兵たちに囲まれ、傷だらけになり、武器を失っても、常軌を逸した戦いぶりを見せる。

「どうして、やつらは戦い続けるのですか」

ティグルのそばにいたアルサス兵が、たまりかねたように吐き捨てた。

「俺にもわからない」と、ティグルは首を横に振る。

「わかっているのは、ここで見逃してしまったら、いずれセレスタや領内の村々が、この連中に襲われるかもしれないということだ」

太陽が中天を過ぎたころ、戦いは終わった。もしもキュレネー軍がまともな軍であり、降伏や逃走といった選択肢を持っていたなら、もっと早く終わっていただろう。

折り重なって地面を埋めるキュレネー兵の死体を前に、アルサス軍の兵たちは肉体的にも精神的にも疲れ果てて、その場に座りこんでしまった。すさまじいまでの死臭に嘔吐はしても、動く気力が湧きあがらないほどだ。

ティグルは総指揮官としての意地で背筋を伸ばしていたが、顔には汗の跡が何重にもできており、髪はおおいに乱れている。弓を持ち続けた腕と、弓弦を引き続けた指は痺れていた。

視界の端に動くものを認めて、そちらに視線を向ける。アヴィンが馬を進めてくるところだった。疲れきっているのが、離れたところからでもわかる。髪といわず顔といわず土埃で真っ黒になっており、もとが銀髪なのでよけいに汚れが目立っていた。

彼が目の前まで来たところで、ティグルは「ありがとう」と、深く頭を下げる。

「君とミルがいてくれなかったら、おそらく勝てなかった」

自分とエレンだけでは、ここまで兵を動かすことはできなかった。キュレネー軍右翼を迎え撃つことも難しかっただろう。策も成功したかどうか、わからない。

アヴィンは会釈（えしゃく）を返したあと、いくばくかの間を置いて、ぽつりとつぶやいた。

「腹が立ちますね。やつらと戦い続けるかぎり、こういう真似を皆にさせなければならない」

「まったくだ」と、ティグルは憮然（ぶぜん）とした顔で応じる。

「一日も早く、キュレネーとの戦を終わらせたいものだな」

そう言うと、アヴィンが横を向きながら、口の端に笑みをひらめかせた。

「いまの台詞は、英雄らしいですよ」

少しでもこちらの気分を変えようとしたらしい。ティグルは苦笑を浮かべた。

やがて、エレンとミルが姿を見せた。二人は流れの浅いところを渡って、こちらへ戻ってきたのだという。ティグルは笑みを浮かべ、馬から下りて彼女たちを迎えた。エレンとは、おたがいに無事でよかったと視線で伝えあう。抱擁の代わりのようなものだ。

一通り報告を聞いたあとで、ティグルはミルを見た。

「疲れているところすまないが、騎兵を南へ偵察に向かわせてくれないか」

キュレネー軍は、自分たちが打ち倒した一千だけなのか。それが気になった。もしも敵の新手がいたら、すぐに撤退しなければならない。これ以上、戦うことは不可能だ。

「これだけの戦いのあとで、動ける騎兵なんていると思うの？」

ミルは悪態をついたものの、億劫そうに馬首を巡らして、自分の部隊へ戻っていった。

「俺も戻ります。死体の回収をすませたら、帰還の準備をしておきますから」

アヴィンも馬首を返して去っていく。

ティグルはアルサス兵に味方の死体の回収と、帰還の準備をするように命じた。キュレネー兵の死体については、埋葬する余力など残っていないので放っておく。

——味方は何十人が命を落としただろうな……。

一刻近い時間が過ぎたころ、偵察に出た騎兵が戻ってきて、敵軍らしき姿は見当たらなかったと報告した。ティグルは彼らをねぎらって、兵たちに帰還することを告げる。

兵たちの多くは勝利を喜ぶよりも、安堵の息をついた。傭兵たちでさえ、しばらく血の臭いはごめんだと言うほどで、これにはティグルもエレンも同感だった。

日が暮れて、薄闇が空に忍びよるころ、アルサス軍はセレスタの町に凱旋した。死者は八十を超え、負傷者は二百近くを数えた。

だが、とにかく彼らは勝ったのである。

落日の陽光を浴びて、散乱している死体と、血に染まった地面が不気味な陰影を浮かびあがらせている。アルサス軍が去ったあとの、リクヴィールの野だ。打ち捨てられた軍旗は血と泥にまみれ、地面に突き立っている折れた槍は寂寥感を漂わせている。

いま、そこに二つの影が立って、一千近い死体を冷然と見つめていた。

ひとりは、ヴァルティスの野でティグルとエレンを襲ったアーケンの使徒メルセゲルだ。

もうひとりは犬の頭部を持ち、キュレネーの神官衣をまとっている。ティグルとエレンがキュレネー軍の本陣を偵察したとき、戦象の背に乗っていた神官だった。

メルセゲルは、犬の頭部を持つ神官に呼びかけた。

「何かわかったか、ウヴァート」

「あてが外れました」

キュレネー兵の死体を睥睨しながら、ウヴァートと呼ばれた犬頭の神官が答える。彼はメルセゲルと同じくアーケンの使徒で、アルサスに一千の軍勢を送りこんだ存在だった。

「ここは女神の弓を長く守り、魔弾の王を生んだ地。何かあると思ったのですが、この戦いから得られたものは、女神の弓の気配が残っていたことだけでした」

「レネートのときのように、女神の弓の力は関わっていなかったか」

「力を使われた形跡はありません。この戦の敗北は、人間たちの知恵によるものです」

　ウヴァートが目を細める。彼は、敗北したことや、一千のキュレネー兵が命を落としたことについて何とも思っていない。すべての命をアーケンに捧げるのは、彼らにとって当然のことだからだ。むろん、ウヴァート自身も例外ではなく、いつかアーケンのもとで永遠の眠りにつく日の到来を待ち望んでいた。

「収穫としては、ここにはもう何もないことがわかったぐらいです。予定通り、ブリューヌとジスタートの王都を攻めましょう。それにしても……」

　ウヴァートの声に、かすかな感情の揺らぎを感じとったメルセゲルは、視線で問いかけた。犬頭の神官はわずかに顎を動かす。笑ったようだった。

「あなたに叱られそうなことです。我々が動ければ、わざわざ人間を使役せずとも、もっと早くかたづくのにと」

「急くな、ウヴァート」

　ウヴァートの言った通り、メルセゲルは彼をたしなめた。

「地上は偉大なるアーケンのものだ。使徒たる我々がむやみに傷つけてはならぬ。我々が力を振るう相手は、魔弾の王と戦姫、それに魔物や精霊たちだ。人間を冥府に送る役目は人間にやらせておけばよい」

アーケンは、地上をなるべく傷つけずに手に入れたいと考えている。そうでなければ、とうにアーケン自身が力を振るって、敵対するものたちを一掃していただろう。神にとって、地上はあまりにもろすぎた。

「わかっています。現状に満足すべきことも。『分かたれた枝の先』からあなたが来てくれなければ、アーケンの降臨はかなわなかった。異を唱えるつもりはありませんよ」

次の瞬間、ふたりの使徒の姿は音もなく消え去る。

やがて太陽が沈むと、キュレネー兵たちの亡骸(なきがら)は冷たい闇の中に沈んでいった。

†

アルサス軍が帰還すると、セレスタの町は歓喜の叫びに包まれた。このときには、町を出て避難していた人々も、話を聞いて戻ってきている。疲れきっていた兵たちは、惜(お)しみない賞賛や無事を喜ぶ声を浴びて、ようやく勝ったという実感を得た。

ティグルは備蓄している食糧の一部を皆に振る舞い、盛大な宴を催した。兵の多くは、キュレネー兵に対する恐怖を抱えてしまっている。だからこそ、彼らに勝利を祝い、この町を守り抜いたという気持ちを持ってほしかった。

もっとも大きな広場に篝火がいくつも焚かれ、料理を載せた大皿が次々に運びこまれる。住人たちはさらに、自分の家から酒や料理を持ち寄った。アルサスの民も、よそ者と呼ばれる者たちも、傭兵も関係なく、今日の勝利を皆が口々に祝い、隣にいる者と笑顔で乾杯をする。誰かが歌い、誰かが踊り、誰もが笑って手を叩いた。

ティグルは有力者たちをひとりひとり訪ねて、自分たちが戦っている間、町を守ってくれたことについて礼を述べた。彼らが手を尽くしてくれたからこそ、町に残った住人たちは不安を爆発させず、アルサス軍の帰還を待つことができたのだ。

そのあとは、負傷者たちが休んでいる神殿や家に足を運ぶ。ひとりひとりの手をつかんで礼を述べたい心境だったが、負傷者の中にはもう眠っている者もいる。短く感謝の言葉を述べるだけに留めた。

そして、今日の戦で命を落とした者の遺族に会いに行き、励まし、慰める。彼らを遺族にしてしまったのは自分であり、悲しむ顔を見ると、つらい気持ちになるが、これが領主の務めであるとわかっている。心を砕いて、ことにあたった。

ティグルがそうやって町の中を精力的に歩きまわっている間、エレンはアヴィンとミルを引き連れて、広場でティグルの代わりを務めた。兵と住人に分け隔(へだ)てなく声をかけ、彼らをねぎらい、ともに勝利を喜ぶ。自分の戦いぶりを面と向かって讃えられるのはいささか気恥ずかしかったので、ティグルを讃えた。

リムとティッタにも会ったが、二人とも忙しく動きまわっており、ゆっくり話すことは望めそうになかった。リムは何か問題が起きないよう、何人かの住人を連れて町の中を巡回し、ティッタは神官や巫女たちのまとめ役を務めて、負傷者たちの様子を見たり、彼らに食事を運んだりしていた。「無理はするな」と、おたがいをいたわりあって、二人とは別れた。

アヴィンとミルは、人々からその活躍を手放しで賞賛され、顔を真っ赤にしていた。

「アヴィン殿の弓の技量には驚かされました。あれほどの使い手は、ティグル様以外に見たことがない。いや、キュレネー兵たちを次々に射倒すさまは、ティグル様みたいでした」

兵士のひとりが言うと、その隣で酒を飲んでいる兵士が、「隠し子かもな」と、笑った。

「ところで、アヴィン殿はおいくつで」

「十七です」と、アヴィンが答えると、兵士たちは顔を見合わせる。

「ティグル様が四つのときの子供になるか」

「ちょっと無理があるな」

盛大に笑いあう。完全に酔っぱらいの会話であり、アヴィンとしても苦笑するしかないが、その笑みはどことなく嬉しそうでもあった。

ミルは、男女を問わず声をかけられている。男はいっしょに酒を飲もうと誘い、女はこれがおいしいと料理を勧めてくるのだ。男たちの大半はエレンに睨まれて退散していったので、ミルはいろいろなものを食べながら、戦場へ行ったことを盛んにねぎらわれた。

パンを食べ、麦粥をすすり、果実水(クヴァース)を飲み、肉を頬張る。エレンは彼女の健啖ぶりに感心しながら、その口を拭ってやり、ときに彼女に勧められて、料理を口にした。

そのうち、エレンと親しい傭兵の何人かが声をかけてくる。彼らはエレンの気性を知っているので酒に誘うようなことはせず、剣技や戦いぶりを賞賛した。

その中のひとりが、からかうような口調で、ミルはエレンの妹ではないかと言った。

「きれいな銀髪に紅の瞳と、見た目だけでも年の離れた姉妹で通りそうなものじゃねえか。それが、剣を振りあげて真っ先に敵へ斬りこむところまでそっくりと来た」

「私にこんな妹がいたら、気苦労で銀髪が白髪になりそうだな」と、エレン。

「いやいや、戦場では見事に息が合ってたじゃねえか。とはいえ、ミルの方がどことなく品があるからな。生き別れの妹ってところか」

きわどい冗談だった。エレンは、自分が捨てられていた赤子であり、傭兵団に拾われ、育てられたことを隠していない。そのため、彼女と親しい傭兵の多くはそのことを知っていたが、普段は誰も口にしなかった。傭兵にとって、他人の素性は触れるべきものではないからだ。

「今日の勝利に免じて聞き流してやるが、酒はほどほどにしておけ」

エレンは笑って彼の頭を小突く。視線を転じると、いつのまにかアヴィンが兵たちにつかまって、次から次へと酒を勧められていた。もっとも、彼は嫌がっておらず、楽しそうにしているので、エレンはミルだけをともなってその場から離れる。

「私、エレンさんの妹に見える？」

ミルが、エレンの隣に並んで聞いてきた。彼女の手には果実水を満たした陶杯がある。

「あれは酒が言わせた軽口だ。気にするな」

「気になんてしてないわ。むしろ嬉しかったと……」

ミルの言葉は、そこまでしか続かなかった。エレンが足を止めて、彼女に咎めるような目を向けたからだ。

「そういうことを言ってはだめだ。おまえの家族に申し訳ない」

ミルは目を丸くしてエレンを見つめたが、一呼吸分の間を置いて、「うん」とうなずく。そのとき、離れたところから女たちがミルを呼んだ。食べさせたい料理があるらしい。ミルは自分の腹に手を当てて、まだ胃袋に入ると判断したらしく、エレンに笑いかける。

「ちょっと行ってくる」

「まだ食べる気か、おまえ」

「お母様がね、『食べものと男に関しては、直感が働いたらすぐに自分のものにしろ。そうでないと苦労するし後悔する』って」

そう言うと、ミルは早足で歩きだす。彼女の後ろ姿を何とも言えない顔で見送ったあと、エレンは苦笑まじりのため息を吐きだした。

「あいつの母君は苦労したのだろうな……。一度、話を聞いてみたいものだ」

ひとりになったエレンは、何気なく空を見上げる。満天の星を見つめていると、ティグルのことが頭の中に浮かんだ。彼と二人で夜空を見上げたことが、何度もあったからだろうか。

アヴィンとミルは、あの様子ならだいじょうぶだろう。

——もう少し、ティグルの代わりを務めるか。

この宴にはアルサスの民と、よそ者と、傭兵という立場の違う人間たちが集まっている。

酒は人間同士の交流を深めてくれるが、ときに失言や揉めごとも生みだす。ましてや苦しい戦に勝って、兵たちの気は大きくなっている。何か起きたとき、すぐに仲裁に入れる者がひとりでもいた方がいいだろう。

白銀の髪をなびかせて、エレンは熱気と喧噪に包まれている広場に足を向けた。


ティグルが屋敷にある自分の部屋に落ち着いたのは、夜も更けたころだった。

椅子に座り、陶杯に注いだ水を少しずつ飲んで、酔いを醒ます。足元には水を満たした壺があった。部屋に来るときに持ってきたのだ。テーブルに置かれた燭台の火が、部屋の中の闇をごくわずかに払っている。

遺族たちと話をしたあと、ティグルは広場へ戻った。

広場にいる者の数は、宴が始まったときより減っていたが、ティグルは多くの住人から声をかけられ、彼らと笑顔をかわし、酒をかわし、勝利を喜びあった。自分がアルサスにいなかった間の、町の様子について尋ね、彼らの日常の他愛もない話を聞いた。その合間に、ティッタやリムをはじめ多くの者からさまざまな報告を受け、指示を出した。

ひさしぶりに領主らしい時間を過ごすことができて、疲れはしたものの、満足した。少なくとも戦による心身の疲労は、だいぶ癒やされた。

あとは屋敷で休むだけのつもりだったが、広場から去る直前に、有力者のひとりから聞いた話が、眠気を吹き飛ばした。墓守のマクシミリアンの居場所がわかったのだ。

こうして屋敷に帰ってきてから、ティグルはずっと考えごとをしている。休まなければならないとわかっていたが、なかなか眠れなかった。

眼帯に覆われた右目が疼く。飲みすぎたときの症状だ。眼帯を外して瞼を揉んでいると、扉の外に誰かの気配を感じた。誰何の声をあげる前に、静かに扉が開く。

入ってきたのはエレンだった。短衣を身につけ、腰に剣を下げた彼女は、椅子に座っているティグルを見て意外そうな顔をする。

「まだ起きていたのか。そろそろ休んだ方がいいぞ」

「なに、明日は昼過ぎまで寝ていても許されるさ。君こそ、こんな遅くにどうした？」

「休む前に、おまえの寝顔を見ようと思ったんだが」

恥ずかしげもなく答えて、エレンはティグルの背後に回ると、若者の両肩に手を置いた。

「眠れないなら添い寝でもしてやろうか？」

「そいつは嬉しいが、先に話したいことがある」

口調から、真面目な話であることを悟ったらしい。エレンはティグルの正面に回った。

「墓守のマクシミリアンは、ルテティアにいるらしい」

一瞬の沈黙を先立たせて、エレンは記憶をさぐる。「ああ」と、うなずいた。

「ティル＝ナ＝ファに詳しいという男か」

キュレネー軍との戦いでそれどころではなかったが、ティグルとエレンがジスタートの王都シレジアを離れ、ヴォージュ山脈を越えてここまで来たのは、マクシミリアンをさがして会うためであり、ブリューヌの状況について知るためだ。

「では、明日にはここを発って、ルテティアへ向かうのか？」

「そのつもりだ。ありがたいことに、ティッタもリムもよくやってくれている。皆から話を聞いてみたが、俺がここに留まらなければならないような、大きな問題も起きていない……」

そこまで言って、ティグルは視線を泳がせる。悩みを打ち明けるべきか迷っているのだ。エレンは想い人の内心を読みとって、腕組みをしながら聞いた。

「アヴィンとミルは連れていくのか？」

「連れていくなら、ティル＝ナ＝ファのことを話さないわけにはいかないだろうな」

ヴォージュ山脈にあった神殿で野営したときのことを思いだす。アヴィンもミルも、それほどティル＝ナ＝ファのことを嫌っているようには見えなかった。もっとも、あくまで一夜の宿として利用したから、気にしなかったという可能性もある。

「話を聞いたら、おまえを見る目は変わるかもしれないな。そのことが怖いのか？」

「まったく怖くないといったら嘘になるな」

口元に微笑を浮かべて答えたあと、ティグルは首を横に振る。

「俺が悩んでいるのは、それでも来ると言ってくれた場合だ。相手は森の中で暮らしていて、ティル＝ナ＝ファについて詳しいという人間だからな。キュレネー軍との戦につきあわせておいて、いまさら言うことじゃないが……。二人を危険な目に遭わせるかもしれない」

「とりあえず話してみたらどうだ」

あっさりと、エレンはティグルの背中を押した。

「二人がどういう反応を示すかはわからないが、いっしょに来ないなら来ないで、私と二人でルテティアを目指せばいい。当初の予定通りだろう」

ティグルは呆気にとられた顔でエレンを見つめていたが、小さな息とともに、心の中の迷いを吐きだす。彼女の表情と言葉は、心を軽くしてくれた。

「そうだな。どうもひとりで考えすぎていたみたいだ」

「今日のおまえは働きすぎだからな。戦に、宴にと……」

　不意に、エレンが言葉を中断する。腰の剣に手をかけながら、扉を睨みつけた。扉の外に不気味な気配を感じたのだ。ティグルもすばやく立ちあがり、ベッドのそばの机に置いていた、女神の像の石片を手に取った。

　どこか禍々しさを帯びた威圧感が、扉越しに伝わってくる。それは、アーケンの使徒であるメルセゲルや、かつてアルサスを襲った怪物レネートから感じたものに酷似していた。

――相手が怪物や魔物だとしても、石片の力で対抗できる。

　ティグルもエレンもその場から動かず、相手の様子をうかがう。そうして十を数えるほどの時間が過ぎたあと、にわかに扉の向こうの威圧感が弱まった。

「入っていいかな」

　男の静かな声が聞こえた。まだ気を抜くことはできないが、話しあうつもりだろうか。ティグルは警戒心を緩めずに、「入れ」と応じる。

　次の瞬間、扉の前に小柄な黒い影が現れた。黒い影は扉を開けることなく、すり抜けて侵入してきたのだ。人間にできることではない。

　ティグルとエレンはとっさに後ろへ飛び退る。黒い影はくぐもった笑いをこぼした。

「悪くない動きだ。怪物と戦って生き延びただけのことはあるな、魔弾の王よ」

　ティグルは目を瞠る。そう呼ばれたのは、メルセゲルと遭遇したとき以来だ。不思議なことに敵意や殺意は感じないが、やはり、この黒い影はひとならざるものらしい。

エレンが表情を険しいものにして、黒い影を睨みつける。

「客のつもりなら、まず名のったらどうだ」

「ひどい言い草だな。私をさがしているようだから、わざわざ会いに来てやったのに」

黒い影はゆっくりとした足取りで床を歩き、テーブルのそばに立つ。

燭台の灯りに照らされて浮かびあがったのは、中年にも初老にも見える、小柄な男だった。頭髪はわずかで、顔の肉づきが薄く、目が極端に細い。そのような奇相の持ち主が、痩せた身体を薄汚れたローブに包んでいるのだから、怪しいとしか言いようがない。ティグルたちを見る両眼には興味と愉悦の光が輝いている。

男の顔をじっと見つめて、ティグルは顔をしかめた。一度か二度しか会ったことがないと思うが、間違いなくどこかで見た顔だ。懸命に記憶をさぐると、驚愕すべき名が思いだされた。

「まさか、ガヌロン公……？」

マクシミリアン＝ベンヌッサ＝ガヌロン。かつて、ブリューヌを代表する大貴族のひとりだった男だ。五年前の内乱で、領地であるルテティアをテナルディエ公爵の軍勢に攻められ、行方不明になったと聞いていた。

ティグルがガヌロンと会ったのは、彼が行方不明になる直前のことだ。テナルディエ公爵との戦いに勝つために味方を集めていたとき、顔を合わせる機会があった。

そのとき、ティグルは彼と話をして、協力を求めるのをやめた。ガヌロン公爵は、テナルディエ公爵に劣らぬほど冷酷な男で、残忍な統治によって領民を苦しめていると知ったからだ。ガヌロン公爵も、ティグルに従属を求めはしても、協力は申し出なかった。

「覚えていたか。もっとも、いまの私は墓守のマクシミリアンだ。公爵ではない」

「なぜ、ティグルがおまえをさがしていることを知っていた……？」

剣を下ろさずに、エレンが問いかける。その正体がわかっても、とうてい安心できる相手ではない。ガヌロンはティグルに視線を向け、何でもないことだというふうに答えた。

「五年前、貴様があの黒弓で女神の力を引きだしてから……。私はずっと貴様の動向に目を光らせていた。テナルディエに殺されたふうを装って、表舞台から姿を消したあともな」

家宝の弓のことだ。たしかに、ガヌロンは多くのことを知っているようだった。

ティグルは慎重に尋ねる。

「何のために？」

「貴様が女神の力をどこまで引きだせるか、興味があった」

そう答えてから、ガヌロンは皮肉っぽく唇を歪めた。

「いまの貴様に可能かどうかは知らぬが、女神の力を極限まで引きだせるようになれば、女神を地上に降臨させることも可能となる。貴様は成長こそ遅かったが、可能性を感じさせた。それゆえ、つい呑気に観察していたが、それどころではなくなってしまった」

「キュレネーの神征か」

「より正確には、アーケンが地上に降臨したためだ」

ティグルとエレンは目を丸くする。驚きが、二人から言葉を奪った。

だが、ティグルは同時に期待を抱いた。

——この男なら、俺の求めるものを知っているかもしれない。

アーケンとキュレネー軍に対抗するために、ティル＝ナ＝ファの力を借りる方法を。

思うところがないわけではない。墓守のマクシミリアンは人々の役に立っているようだが、ガヌロン公爵は領民を苦しめる非道な男だった。何より、この男は人間ではない。かつて自分たちが戦ったレネートや、メルセゲルのような怪物と同じ世界に属するものだ。

そのような者の力を借りるのかと思うと、苛立ちとためらいが胸中にわだかまる。

——今日の戦いを思いだせ。

多くの領民が死んだ。この地に逃げてきて、戦いに参加してくれた者たちも、傭兵たちも。

ヴァルティスの戦いでもオクサーナをはじめ、多くの者が命を落とした。

キュレネーの神征が続くかぎり、この戦いは終わらない。藁にもすがりたいのが現状だ。

葛藤を振り払うと、ティグルは手にしていた石片を足元に置いた。姿勢を正してガヌロンに頭を下げる。

「頼む。知恵を貸してくれ」

「客として遇するのであれば、林檎酒の一杯ぐらい出したらどうだ」

ティグルは当惑した顔でガヌロンを見つめた。彼の暮らしているルテティアが有名な林檎の産地であったことを思いだしてから、困ったように答える。

「あいにく林檎酒はない。葡萄酒(ヴィノー)か麦酒(ドウミ)、果実水ならあるが」

ガヌロンは露骨に蔑(さげす)むような視線をティグルに投げかけた。

「これだから田舎は……」

アルサスを侮辱されたように思えて、ティグルは怒りを覚えたが、懸命に堪える。

「次までに用意しておく」

「次というものがあればな」

冷淡な言葉を返して、ガヌロンはさきほどまでティグルが座っていた椅子に腰を下ろした。床に置かれた女神の像の石片に視線を向ける。

「それが、いまの貴様の武器か」

ティグルがうなずくと、ガヌロンは感心とも呆れともつかぬ声を吐きだした。

「女神の弓とはまるでくらべものにならないそれで、よく力を引きだせるものだ。弓を失っても女神との繋がりは絶たれず、衰えたわけでもないか……」

どう反応したものかわからず、黙っていると、ガヌロンが顔をあげる。

「よかろう。では、賢者ごっこをはじめようか」

燭台の火によって陰影をほどこされた彼の顔は、まさに知識と思慮を積み重ねた賢者のようにも、人間を言葉巧みに惑わす魔物のようにも見えた。

エレンがティグルに倣って、剣を腰の鞘におさめる。しかし、紅の瞳から強い警戒心は消えなかった。

ガヌロンは彼女を一瞥すらせず、ティグルに向かって顎を動かし、話を促す。ティグルは頭の中で考えをまとめて、慎重に切りだした。

「俺は、ティル＝ナ＝ファの力でアーケンやキュレネー軍に対抗したい。だが、この石片では足りないんだ。もっと力を引きだす方法を知らないか」

「キュレネー軍はともかく、アーケンに対抗するのは無理だな。思いあがりも甚だしい」

ガヌロンは呆れたように首を横に振る。

「神とは、人間ごときでは何もできぬから神なのだ」

「それでは黙ってやられろというのか？」

エレンが怒りも露わに足を踏みだした。ティグルはとっさに彼女の腕をつかむ。エレンがため息まじりに身体の力を抜くのを確認してから、手を離した。

内心で彼女に感謝する。エレンが動かなかったら、ティグルがガヌロンに怒りの言葉を叩きつけていたかもしれないからだ。

――落ち着け。少なくとも、答えは返してきた。

重要なのは聞き方だ。少し考えて、新たな質問をぶつける。

「神に対抗する方法はないのか？　アーケンをこの地上から追いだし、手を出してこないようにすることはできないのか？」

今度は、ガヌロンはあっさり答えた。

「神には神で対抗することだ」

「ティル＝ナ＝ファを降臨させろというのか……」

確認するように問いかけると、ガヌロンは口の両端を薄気味悪く吊り上げた。

「さすが魔弾の王だ。女神が関わると、いくらか知恵が働くと見える」

「疑問があるんだが」

ガヌロンの冷笑を受け流して、ティグルは気になったことを尋ねた。

「アーケンの目的は何なんだ？　なぜ、自分の存在を誇示せずにこんな方法をとる？」

「キュレネーにおいて、アーケンは死を司り、冥府を支配、管理する神といわれている。死者の魂はアーケンのもとで永久の安寧を得るとな」

そう前置きをして、ガヌロンは続ける。

「そこから考えると、やつの目的は神征に謳われる通りだ。すべての命を捧げさせて、地上を死者の眠る世界……冥府にしたいのだろう」

いまひとつ意味がわからず、ティグルは顔をしかめる。

「それなら、どうして直接そうしない？」

ガヌロンは手を顎にあてて何やら考えると、憤然として立っているエレンに声をかけた。

「貴様、幼児向けにつくられた靴を履けるか？」

唐突な質問に、エレンは眉をひそめる。

「おまえが何を言いたいのかわからんが、履けるわけがないだろう」

「無理に履こうとすれば？」

「靴は裂けて、私は足を痛めるな。これで満足か？」

エレンがぶっきらぼうな口調で答えると、ガヌロンはティグルに視線を戻した。

「神の力は、私や貴様が想像しているよりもはるかに大きい。アーケンにとって、地上は小さすぎる靴のようなものだ。無理に履けば裂けてしまう。だから、地上に影響を及ぼさぬていどに力を振るって、あのような神の兵士の軍団をつくりあげたのだろう」

その呼び方に、ティグルとエレンは渋面をつくる。人間らしさを捨てて、文字通り死ぬまで戦うことだけを強制されてしまった戦士が、神の望む兵士だというのか。

「アーケンとティル＝ナ＝ファ以外の神はいないのか？　風と嵐の女神エリスや、神々の王ペルクナス、他にも……」

「いるのかもしれぬが、私は知らぬ」

ティグルの質問を半ばで遮って、ガヌロンはわずかに顎をあげ、薄暗い天井を見上げる。

「本来、神や精霊は、気まぐれな風のようなものだ。あらゆるものから自由で、それゆえに何かを為すこともない。たまに暴れるぐらいでな。だが、奇妙なことに、それこそ気まぐれを起こして人間に触れると、変質する。人間に影響されたかのように、自身を認識し、欲を持つ」

「ティル＝ナ＝ファやアーケンは、その、自身を認識した神だと？」

ティグルが聞くと、ガヌロンはうなずいた。

沈黙が訪れる。ティグルは口を横に引き結んで床を見つめた。ガヌロンの説明を理解し、受けいれるのに、時間が必要だった。

百を数えるほどの時間が過ぎたあと、期待と不安を抱いて、尋ねる。

「ティル＝ナ＝ファなら、アーケンに勝てるのか……？」

「さてな」と、ガヌロンは相手を落胆させたがっているかのような、薄笑いを浮かべた。

「それは降臨させる者の力量による。すなわち貴様次第だ。ただ、望みはある。貴様ら、ティル＝ナ＝ファの逸話について知っているか？」

ティグルもエレンも首を横に振る。他の神々ならともかく、忌み嫌われているティル＝ナ＝ファの逸話は、神官も吟遊詩人も語りたがらないからだ。「無学め」と、ガヌロンは嘲った。

「はるかな神話の時代、ティル＝ナ＝ファとアーケンが死者の世界を取りあって争い、ティル＝ナ＝ファが勝利をおさめたという話がある」

「そんな話をあてにして、望みがあると言うのか……？」

　エレンが疑わしげな眼差しを向ける。ガヌロンは何も言わないが、不遜な表情がその通りだと語っていた。

「何をすればいい」

　エレンが激発する前に、ティグルは問いかける。

「ティル＝ナ＝ファを地上に降臨させるには、何が必要なんだ？」

「まず、竜具が最低でも二つ。ジスタートの戦姫たちが持っている、あの武器だ」

　ガヌロンの言葉に、ティグルたちは愕然として目を見開いた。

「竜具……？」

　おもわず声が震える。ガヌロンが眉をひそめた。

「これは、それほど難しい要求ではないはずだが」

「いま、戦姫はひとりしか残っていない」

　エレンが首を横に振り、ティグルが硬い表情で言った。

「竜具のいくつかは、戦場で失われた。キュレネー軍に奪われたものもある」

　ヴァルティスの野の、キュレネー軍の本陣で見たものを説明する。そういうことかと、内心で強い衝撃を受けていた。アーケンに対抗するために竜具が必要なのであれば、メルセゲルが竜具を琥珀の中に封じこめたわけがわかる。

「なるほど。連中、手は打っていたか」

話を聞き終えたガヌロンは苦々しい顔つきになる。ティグルは聞いた。

「どうして竜具が必要なんだ？」

ガヌロンはすぐには答えず、値踏みするような視線を二人に向ける。

「ここまでの話だけで目を回している貴様らに、理解できるかな」

「それは聞いてから判断する。いまは、どんなことでも教えてほしいんだ」

ガヌロンの指摘通り、詰めこんだ情報は既に飽和し、あふれかけてさえいる。だが、後日、話を聞く機会が再び得られるとはかぎらない。いまここで、聞いておくべきだった。

ガヌロンの両眼が白っぽい光を放つ。ティグルの返答と態度に満足したわけではなさそうだったが、納得はしたらしい。

「よかろう。——竜具の由来について、知っているか？」

だしぬけに聞かれて、二人は戸惑いつつ、うなずいた。

それは、ジスタートの建国神話の中で語られている。ジスタートが地上に誕生する前、五十を超える部族が覇権をかけて争っていたころ、彼らの前にひとりの男が現れた。

彼は黒竜の化身を名のり、自分に従うものを勝たせようと言った。ほとんどの部族が彼を笑ったが、七つの部族が彼を信じて従い、忠誠の証に、もっとも美しく、武芸に長けた娘を、妻としてひとりずつ男に差しだした。男は七人の妻に竜具と、戦姫の称号を与えた。

男はその後の戦にことごとく勝利し、領土を広げて、ジスタート王国を興す。そして、国内に七つの公国をつくり、七人の戦姫に一国ずつ与えたのだ。

この話を、エレンは小さいころに傭兵団の者たちから聞かされており、ティグルは数年前、エレンやサーシャから教えてもらった。

「竜具を持っていた、黒竜の化身を称する男は、何ものだったと思う?」

ガヌロンの問いかけに、エレンがうんざりした顔で応じる。

「まさか、神だとでもいうんじゃないだろうな」

「神ではない」

そう答えてから、ガヌロンは衝撃的な言葉を発した。

「竜だ。地上を這いまわっているようなものとは違い、神を滅ぼしうる力を持つものだがな。そのような存在でなければ、人智を超えた力を持つ武器など用意できぬ」

サーシャの持つ竜具バルグレンが、ティグルの脳裏をよぎる。炎を自在に操るあの双剣は、たしかに人間のつくったものではありえない。

「竜具には、それぞれに備わった力に加えて、神への呼びかけを助け、神のもとに祈りを強く届かせる力がある。神を降臨させるのであれば、最低二つは必要だ。戦姫としての器を持つ娘も必要だが、そちらは竜具を解放すれば何とかなるだろう。戦姫は竜具が選ぶゆえな」

ティグルたちは目を瞠った。戦姫を選ぶのが竜具であることは、ジスタート王国の秘事だ。

多くの人々は、ジスタート王が戦姫を選んでいると思っている。ティグルとエレンも、サーシャに教えてもらうまでそう考えていた。

――恐ろしいほど何でも知っているな……。

この男は何ものだろうという恐怖まじりの疑問が、意識の片隅に湧きあがる。だが、ティグルはそれを静かに打ち消した。ガヌロンの話を、頭の中であらためて整理する。

――問題は、これまでに奪われた竜具がどこにあるのかということだな。

アーケンが竜具を脅威と見做(みな)しているのであれば、キュレネー軍の本陣に置いたままにはしていないだろう。最悪の場合、キュレネー本国に送らせている可能性がある。もしもそうだとしたら、取り返しに行く余裕はない。

「竜具はどこにあると思う？」

「アーケンの神殿であろうな」

ガヌロンの返答に、ティグルとエレンは肩を落とす。やはり、キュレネー本国のようだ。

二人の落胆と絶望を見て、ガヌロンは薄笑いを浮かべた。

「偵察が足りぬようだな。アーケンの神殿はいまや、そこらじゅうにあるぞ」

「どういう意味だ……？　まさか、やつらが攻め落とした町や都市に、アーケンの神殿を建てているとでもいうのか？」

訝(いぶか)しげに尋ねると、ガヌロンは皮肉っぽく口の端を吊りあげる。

「少し違うな。ブリューヌやジスタートの神々のための神殿を、アーケンの神殿につくりかえているのだ。何らかの基準があるのか、つくりかえずに破壊している神殿もあるようだが」

ティグルとエレンはおもわず叫びだしそうになった。王都シレジアの軍議で、そのような話が出ていたのを思いだす。あのときはジスタートの神々を否定しているだけかと思ったが、ガヌロンの話し方からすると、他の意図があるらしい。

「アーケンにとって、神殿は何か意味があるんだな？」

すべての命を地上から消し去ろうと考えているアーケンにとって、神殿は意味のないもののはずだ。祈りを捧げに来る人間がいなくなるのだから。だが、神殿を作りかえさせるということは、そうさせるだけの理由があるのだ。

「むろん。神殿とは、祈りを神々に届かせる場所。祈る者と神々をつなぐ空間であり、他の場所よりも神々が干渉しやすい。アーケンにとっては自分の目を置くようなものだ」

「神なら、神殿などなくとも、地上のすべてを見通すことができそうな気がするが」

エレンの疑問に、ガヌロンは肩をすくめる。

「それをやらぬということは、何か理由があるのだろう。そのていどのことでも地上に大きな影響が及ぶか……。ティル＝ナ＝ファを警戒している可能性もある」

とにかく目的は定まった。ティグルは身を乗りだす。

「ここからもっとも近いアーケンの神殿は、どこだ？」

「このアルサスの南端に広がる荒野に、打ち捨てられた神殿があろう。あれがアーケンの神殿に作り変えられた」

言われて、ティグルはすぐに思いだすことができた。この町から二日の距離にある。

「地上にあるアーケンの神殿は、すべてつながっている。その神殿から、竜具が封印されている場所へ行けるだろう」

「手伝ってくれ」

ティグルは迷わず頭を下げていた。エレンが唖然とした顔で想い人を見つめ、大声を出す。

「正気か、ティグル」

「本気だ」

顔をあげて、ガヌロンを見つめたまま、ティグルはそう答える。正気かどうかは自分でも自信がない。だが、この機会を逃すことはできないと思った。

「ふん」と、ガヌロンが冷ややかな笑みを浮かべて鼻を鳴らす。

「私が貴様らに力を貸す理由があるとでも？」

ティグルがうなずくと、ガヌロンの両眼に興味の輝きが灯った。

「聞かせてみろ。答え次第では、手を貸さぬでもない」

「おまえが、いまここにいることだ」

胸を張って、ティグルは堂々と答えた。力を借りるからといって卑屈になる必要はない。この男が相手であれば、手伝わせてやると思うぐらいがちょうどいいだろう。

「これだけのことを知っていて、アーケンとキュレネー軍を目障りだと思っているのに、おまえは自分から動かない。俺を利用しようという考えももちろんあるだろうが、自分だけではうまくいかないと思っているんじゃないか」

「ふむ、そうかもしれん」

　エレンが納得して、蔑みを含んだ笑みを浮かべた。

「サーシャなら、ティグルに協力はしても、おまえにはしないだろうな。それなら、ティグルに力を貸して、成功の可能性を大きくする方が現実的か」

「それが手伝いを求める者の態度か」

　ガヌロンは呆れた顔で言ったが、すぐに不敵な笑みを浮かべて椅子から立ちあがる。

「よかろう。実力のない者と組むつもりはないが、貴様らはキュレネー軍を撃退した。石片から力を引きだすこともできる。一度だけ、手を貸してやる」

　ティグルは一瞬、迷ったあと、ガヌロンに手を差しだした。

「ありがとう」

　無視されるだろうと思ったが、意外にもガヌロンはティグルの手を取る。その手は驚くほど硬く、冷たく、骨と皮の感触ばかりが伝わってきた。

　ガヌロンはすぐに手を離し、エレンを見る。興味深そうな声をあげた。

「念のために言っておくが、貴様も来い。姫になれるやもしれぬ」

「姫……？」

エレンは眉をひそめた。むろん、彼女はティグルに同行するつもりであり、それについての異存はないが、ガヌロンの言葉の後半については、その意味を捉えかねた。

「降魔、破邪、退魔、討鬼、砕禍、崩呪、封妖……。ひとならざるものを討つ戦乙女よ」

それだけを言うと、ガヌロンはティグルたちに背を向ける。

「昼ごろにまた来る。それまでに支度をしておけ」

こちらの返事を待たずに彼は歩きだし、現れたときと同じように扉をすり抜けた。

気配が遠ざかっていく。ティグルとエレンはさらに心の中で二十まで数えて、大きく息を吐きだした。緊張を緩めた途端に身体中から汗が噴きだし、脚から力が抜ける。激戦を耐え抜いたかのような疲労感に、二人は襲われていた。

ガヌロンから伝わってくる重圧は恐ろしいものであり、武器を持たずに彼の前に立ち続けるのは、尋常でない精神力を必要としたのだ。気の弱い者であれば意識を失っていただろう。

——そういえば、魔弾の王という言葉の意味について、聞きそびれてしまったな……。

ティグルはよろめくような足取りで水を満たした壺へ歩み寄り、陶杯で水をすくって一息に飲み干す。もう一度、水をすくうと、エレンの前まで歩いていき、陶杯を渡した。彼女もすぐに陶杯を空にする。それから、二人はそろって床に座りこんだ。

「おまえ、よくあいつと握手をしたな……」

エレンが呆れを通り越して、珍獣を見るような目を向けてくる。ティグルは天井を仰いだ。

「俺たちが知りたいことは教えてくれただろう」

「恐ろしくなるほど気前がよかったな。私たちに何も要求してこなかった」

彼女の声にはガヌロンに対する疑念と不審がある。ティグルもその点は気になっていた。正直にいえば、頭を抱えたくなるほどの要求をされることも覚悟していたのだ。

「やつなりの思惑があるんだろう。俺にはわからないが……」

考えようにも、疲れきっていてまともに頭が働かない。

ティグルは首を左右に振って立ちあがると、身体を引きずるように歩いて、燭台の火を消したあと、ベッドに倒れこむ。いくばくかの間を置いて、エレンが上から覆いかぶさってきた。

「自分の部屋に戻らないのか」

彼女のぬくもりと重みに心地よさを覚えながら尋ねると、「面倒くさい」という言葉が、いかにも面倒くさそうな声音で返ってきた。

ティグルは彼女の下から抜けだすと、抱きあうようにベッドを共有する。いつもなら見つめあって口づけをするところだが、二人ともすぐに目を閉じて、眠りの世界に身を委ねた。

二つの寝息が聞こえてくるまで、十を数えるほどの時間もかからなかった。

# 6　銀閃の風姫

ティグルとエレンが目を覚ましたのは、朝もだいぶ過ぎたころだった。

起こしに来たティッタが、「何度呼んでも起きないので、どうしようかと思いました」と、珍しく苦情を述べるほどだったので、どれだけ疲れていたかがわかる。ちなみに、エレンがいっしょに寝ていたことについては、彼女は何も言わなかった。

二人は大急ぎで朝食を胃袋におさめると、領主として、また指揮官のひとりとして、死者の埋葬に立ち会った。幸いというのもおかしなものだが、領民の多くも戦による緊張や、宴で疲れていて、起きるのが遅かったため、ちょっと遅刻したぐらいですんだ。

屋敷に戻った二人はティッタとリムを呼んで、しばらくセレスタの町を離れると告げて、留守の間のことを頼んだ。ガヌロンのことについては話さなかった。

「どちらへ行かれるのですか？」

そう問いかけるリムの声には、微量ながら二人を責める響きがあった。彼女の気持ちは痛いほどわかる。勝利したとはいえ、戦をした翌日に、領主が町からいなくなるべきではない。領民をいたずらに不安にさせてしまう。

領地の南の方で、遅くとも数日で帰ると答えると、今度はティッタが口を開いた。

「それは、どうしてもティグル様とエレオノーラ様でなければだめなのでしょうか」

「詳しいことは説明できないが、その通りだ」

エレンが謹厳な表情をつくって答えた。

「他の者に任せられるなら、私もティグルも喜んでそうしている。だが、これだけは、私たちでなければだめなんだ」

ティッタとリムは無言で視線をかわした。このように言う場合、ティグルもエレンも己の意志を曲げないのを、二人とも知り尽くしている。そろってため息をついた。

リムがティグルに視線を戻す。淡々とした口調で言った。

「わかりました。ですが、ティグルヴルムド卿。昨日の戦いにおいて、領民たちが実力を発揮できたのも、戦に勝利できたのも、あなたがいたからだということは忘れないでください。私やティッタ、エレオノーラ様だけでは、この町を捨てて逃げるしかなかったでしょう」

「そうですよ」と、ティッタも口を挟む。

「みんなの支えになれるのは、ティグル様だけなんです。私だって……」

「ありがとう、二人とも」

照れくさそうに、ティグルはくすんだ赤い髪をかきまわした。

「危険がないとは言えないが、俺は必ず帰ってくる。いままでだってそうだったろう」

二人がそれぞれうなずくのを待って、エレンがリムに言った。

「シレジアにいるサーシャへ使いを出したい。誰か信頼できる者はいないか」

昨夜、ガヌロンから聞いた話を、一刻も早くサーシャに伝えなければならないと、エレンは考えていた。このことを知れば、サーシャは彼女なりに考えて手を打つかもしれない。自分たちが倒れてしまっても、彼女に望みをつなぐことができる。

リムはいつになく難しい表情で考えこんだ。近隣の領地であればともかく、ジスタートの王都へ行くとなると、任せられる者はかぎられる。おもいきった顔で、彼女は言った。

「いっそ、私が向かいましょうか」

この申し出には、エレンと、そしてティグルも答えをためらった。たしかに、彼女になら安心して任せられるが、アルサスの守りが手薄になるのは避けられないし、何より、一時的にとはいえ、ティッタから大切な友人を引き離してしまう。

ところが、真っ先に賛成の声をあげたのは、ティッタだった。

「リムアリーシャさん、行ってください」

決然とした表情で、彼女はリムの考えを後押しする。

「ティグル様とエレオノーラ様は、たぶん、何としてでもやらなければならないことを、やろうとしています。私たちもそうしましょう」

詳しい事情を知らないにもかかわらず、彼女は確信を持って言った。巫女として何かを感じとったのではなく、ティグルとエレンに対する信頼が、決意に満ちた言葉を紡がせたのだ。

リムは青い瞳にかすかな驚きをにじませてティッタを見つめたあと、強くうなずいた。エレンに向き直る。

「私がお引き受けいたします。非才なる身の全力をもって」

万感の思いを短い言葉にこめて、エレンは「頼む」と、言った。

そうして二人は部屋から退出したのだが、ティッタは扉を開けたところで足を止め、何かを思いだしたかのように、エレンを振り返った。

「そういえば、昨夜、エレオノーラ様の夢を見たんです」

「ほう。夢の中の私はどんなふうだった？」

エレンが興味深そうな顔で聞くと、ティッタはくすりと笑った。

「立派なこしらえの剣を持って、馬に乗ってどこまでも駆けていました。まるで、風になったみたいに速くて……。それから、エレオノーラ様は笑っていました」

「どこまでも駆けるか……。気持ちよさそうな夢だな」

その光景を想像して楽しそうにつぶやいたあと、エレンはティッタに笑いかける。

「その私は、きっと、つかみとった勝利を皆に知らせるために駆けていたのだろう。おまえが見た夢なら、遠からず現実のものになるかもしれないな」

これまでにも、ティッタの見た夢が実際に起きたことは何度かある。迷子や失せ物が見つかったというような、ささやかなことばかりだが、だからこそ、エレンも冗談めかした言葉を返すことができたし、いくらか心が軽くなったのだった。

ティッタとリムが部屋から去ったあと、ティグルとエレンは短い休憩をとって、旅の支度をはじめた。アーケンの神殿に向かうとはいえ、アルサス領内にあるのだから、たいした荷物はいらない。日持ちする食糧や、火口箱（ほくちばこ）、松明（たいまつ）、薬などがあれば充分だ。

「アヴィンとミルはどうする？」

エレンに聞かれて、ティグルは首を横に振った。ルテティアなどよりははるかに危険な場所へ行くのだ。連れていくつもりはない。

ところが、その予定は変えることになった。

昼が近づいてきたころ、ティグルはエレンとともに自分の部屋にいた。他愛のない話をしながら、昼ごろに来ると言ったガヌロンを待っていたのだ。

そこへ、複数の足音が勢いよく近づいてきた。断りもなく扉が開けられたかと思うと、アヴィンとミル、そしてガヌロンが姿を見せたのである。

アヴィンもミルも、不満を露わにティグルを睨（にら）みつけている。二人の後ろに立っているガヌロンは、あからさまに不機嫌な顔をしていた。

「失礼しました……」

ティグルの顔を見て、少しは落ち着いたらしい。何も言わずに入ってきたことを謝罪して、アヴィンが扉を閉める。ミルはこちらへまっすぐ歩いてきて、ティグルを問い詰めた。

「ティグルさん、ガヌロンといっしょに行動すると聞いたんだけど、どういうことなの？」

意外な思いに駆られて、ティグルはおもわず彼女に尋ねた。

「ガヌロン公を知っているのか？」

「知らないわけがないでしょ。こいつは……」

ガヌロンに指を突きつけて、ミルが一段と声を高める。その肩を、アヴィンが軽く叩いた。

「熱くなりすぎだ。少し頭を冷やせ」

ミルが言葉の続きを呑みこんで、強烈な感情を帯びた熱い息を吐きだす。気を取り直した彼女は首をすくめるようにティグルに頭を下げると、壁に寄りかかった。ただし、警戒心を剥きだしにした視線をガヌロンに向けている。

「突然、慌ただしくしてすみません」

彼女に代わってティグルの前に立ったアヴィンが謝罪する。だが、彼の両眼には、怒りや不審、不安などが入りまじって浮かんでいた。

「ですが、教えてください。ガヌロンは、その残酷さ、非道さ、悪辣さにおいてテナルディエ公に劣らず、諸国にも並ぶ者のない人物と聞いています。よほどの事情があるのでしょうが、どうしてそのような男と手を組んだのですか」

「好き勝手に言ってくれるものだな」

ガヌロンが冷笑を浮かべる。怒るよりも、むしろ呆れているようだった。ミルが、「事実でしょ」と鼻を鳴らす。ティグルとエレンは困惑のあまり顔を見合わせた。

「そもそも、どこでガヌロン公と会った？」

ティグルがそう尋ねたのは、とくに気になったからではなく、順番に話を進めることで二人を落ち着かせようと思ってのことだった。

「ティッタさんから、ティグルさんたちがこの町を離れると聞いたんです。詳しい話を聞かせてもらいたくて、ここへ向かっていたら、ガヌロンを見かけて……」

ガヌロンのことを知っており、敵意も抱いていた二人は、彼を詰問した。

ガヌロンは二人の相手をするのを面倒くさがって、ティグルの名を出した。領主とともに出かけると言えば、おとなしく引きさがると思ったのだ。だが、逆効果だった。アヴィンとミルは一瞬で感情を沸騰させ、ガヌロンとともにこの部屋に乗りこんできたのである。

話を聞いたティグルは、新たな疑問を抱いた。二人はどうしてガヌロンにこれほど敵愾心を燃やしているのか。ガヌロンが非道な男だからというだけでは説明がつかない。

――隠している二人の素性に関係しているんだろうが……。

さきほど、ミルがガヌロンに指を突きつけて何かを言おうとしたとき、アヴィンが彼女を黙らせたことを、ティグルは見逃していなかった。

ティグルはガヌロンの前に進みでると、頭を下げた。

「二人が迷惑をかけてすまなかった」

ガヌロンがどのような男だとしても、町の中で何かをしでかしたわけではない。今回、非はこちらにある。ティグルはアヴィンとミルにも謝るよう促した。二人は不承不承、謝罪の言葉を口にしようとしたが、ガヌロンが首を横に振る。

「そんなものはいらぬ。それより、この二人を同行させろ」

ティグルだけでなく、アヴィンとミルも呆然として立ちつくした。ガヌロンの意図をさぐろうと、エレンが慎重な口ぶりで尋ねる。

「なぜだ？」

ガヌロンは二人を一瞥して、答えた。

「こういう血の気の多い若僧や小娘は、留守を守れと言いつけても、他人の目をごまかしてついてくるものだ。はじめから連れていった方が面倒がない」

そうした体験でもあるのか、やけに実感のこもった言葉だった。

アヴィンたちは内心を隠すように、ことさらに複雑な表情をつくって床に視線を落とす。図星のようだ。ガヌロンは言葉を続ける。

「それに、名を聞いてわかったが、この二人は先の戦で活躍した者なのだろう。雑兵よりはいくらか目端が利くわけだ。目的を果たしたいと思うなら、連れていけ」

そう言われても、ティグルはすぐには承諾できなかった。悩んでいると、ミルが言った。

「どこへ行くのか教えて。それから、いっしょに行くか決めるわ」

もっともな話だ。ティグルは正直に、アーケンの神殿について説明する。嘘を言っても、ガヌロンが事実を話すだろうという考えもあった。

話を聞いたミルは、決然とした表情で、「行く」と即座に言った。一瞬の迷いもない、鮮やかすぎる宣言だった。アヴィンはといえば、諦めに近い視線をミルに投げかけたあと、彼女に引きずられるような形で、「俺も行きます」と告げる。

「その度胸は嫌いじゃないが、死ぬかもしれないんだぞ？」

さすがにエレンが眉をひそめてたしなめたが、ミルは自信たっぷりに胸を張って笑った。

「つまり、命を懸けた大きな勝負ということでしょ。なおさら勝ち目をつくらなくちゃ」

アヴィンの意思表示は、もう少し穏やかだった。

「ティグルさんとエレンさんが俺たちの同行をいやがるのは、どうしてですか」

「エレンが言った通り、死ぬかもしれないほど危険だからだ」

ティグルの言葉に、アヴィンはゆっくりとうなずいた。

「一日も早く、キュレネーとの戦いを終わらせたい。リクヴィールで、あなたはそう言ったじゃないですか。俺も同じ思いです。ついていきますよ」

「格好つけちゃって」と、からかったミルの脚を、アヴィンはさりげなく蹴った。

「わかった」と、ティグルは言った。ここまで言われては、置いていくことはできない。ガヌロンの言ったように、ひそかについてくる可能性もある。

それに、アヴィンの弓のことが頭の中に浮かんだ。ヴォルン家の家宝と同じ雰囲気をまとっている黒い弓である。先の戦では、とくに変わったことはなかったと聞いているが、あの弓にはやはり、家宝の弓と同じ超常の力が眠っているように思えるのだ。

「二人とも、いっしょに行こう。ただし、危険だと思ったらすぐに逃げるんだ。報告に戻るのも大事な役目だということを忘れないでくれ」

ミルが元気よく、アヴィンが静かに返事をする。

こうして、ティグルたちは五人でアーケンの神殿に向かうことになった。

†

その古びた神殿は、荒野の中にぽつんとたたずんでいた。

ティグルとエレン、アヴィン、ミル、そしてガヌロンは、乗っている馬ごと茂みに身を隠して、数百アルシン先の神殿を観察している。セレスタの町を発って（た）から二日が過ぎていた。

アーケンの神殿に作り変えられたと聞いていたので、外観が大きく変わったり、多数の兵に守られたりしているのではないかと思っていたのだが、ここから見るかぎりでは大きな変化はなく、兵の姿もない。

「あの神殿で合っているのか？」

「このあたりに神殿はあれしかない」

疑問をぶつけてきたエレンに、ティグルは答える。馬から下りた。

「様子を見てくる」

警戒しながら、ティグルは神殿に近づいていく。あと十歩ほどというところまで来たとき、神殿のまとう異様な雰囲気に気づいて、足を止めた。

神殿の出入り口に扉はなく、ぽっかりと四角い穴が開いている。長い年月の中で、扉は失われたのだろう。屋根は崩れかけているが、出入り口の上に、円環を描いた真新しい装飾がほどこされている。すり減った壁にも、大きな目が彫られていた。

——この円環と目が、アーケンの神殿であるという印か。

出入り口の奥には、闇がわだかまっている。陽光が届かないゆえの暗さではない。何かが潜んでいるゆえの暗さだ。ティグルはそのことを感じとり、緊張から息を呑んだ。

——まだアーケンだと断定はできないが、この中に何かがいる。

あるいは、何かがある。

ティグルはエレンたちを振り返り、手招きをした。彼女たちは茂みに馬を隠して、こちらへ歩いてくる。円環と大きな目の模様に気づいて、表情を引き締めた。

「キュレネーにおいて、円環は死と再生を示すものであることが多いが」

出入り口の上の模様を不快そうに見上げて、ガヌロンが言った。

「この円環が示しているのは永遠の死だ。壁に彫られているのは、アーケンの目だ。この目を通じて地上をあまねく見通すと言われている」

「本当にそんな力があるのか？」

驚くティグルに、ガヌロンは首を横に振る。

「いまは何の力もない、ただの下手な模様に過ぎぬ。いまはな……」

「そういえば、おまえはどうして墓守などと名のっていたんだ？」

思いだしたように、エレンがガヌロンに訊いた。

「偉大な王の墓を守っているからだ」

エレンを一瞥することもなく、ガヌロンは答える。町を発ってからここに来るまでの間、彼はこのような態度を崩さなかった。誰とも打ち解けようとしないが、話しかけられれば言葉を返すし、やるべきことはやる。時折、気まぐれに淡々と知識を披露する。不気味さに加えて、つかみどころがないという印象を、ティグルは彼に抱いていた。

そして、アヴィンとミルはガヌロンを警戒して、極端に口数が減った。彼のいないところでは、これまで通りに振る舞うのだが、こうして皆で集まっているときは最低限の会話だけですませようとする。

ティグルはどうしたものかと思ったが、「短い旅なのだから、放っておけ」とエレンに言われて、そうしていた。理由はわからないが、アヴィンとミルのガヌロンに対する敵意は非常に強く、少し話しあったていどで解決するものではないと悟ったからだ。

――ただ、アヴィンとミルについては気になることがある……。

セレスタの町を発つ際、ティグルはティッタから思いも寄らない話を聞かされた。

「ミルディーヌさんと、それからアヴィンさんも、ふつうのひとではないかもしれません」

ティグルの部屋を訪ねてきて、二人きりになったところで、彼女はそう言った。はじめて会ったとき、ミルから不思議な匂いのようなものが感じられたと。

「匂いといっても、私にしか感じられないもので、そう呼んでいるだけなんですが。このセレスタの町に長く暮らしているか、頻繁に訪れるひとからしか感じられない匂いを、ミルディーヌさんはまとっていたんです。アヴィンさんからも少し感じました」

ティッタは、その日のうちにティグルに報告しようと思っていたのだが、キュレネー軍が攻めてきたことで慌ただしくなり、後回しにしてしまっていたと、申し訳なさそうに言った。

ティグルの知るかぎり、彼女のこうした感覚は外れたことがない。しかし、ティグルが二人をはじめて見たのはヴォージュ山脈だ。それ以前に、この町で見た記憶はない。

偶然、ティグルが見かけなかっただけだとしても、先日の戦と、その後の宴で、多くの者がアヴィンとミルを見ている。中には見覚えのある者がいてもいいはずだ。

こうなると、二人が素性を明かそうとしないことも、あらためて気になってくる。

二人はいったい自分たちに何を隠しているのか。

――ガヌロンとのこともある。セレスタの町に帰ったら、エレンもまじえて話してみよう。

いまなら二人とも、何か話してくれるかもしれない。

ティグルは弓に矢をつがえ、エレンは松明を用意して火をつける。それから剣を抜いた。アヴィンとミルも二人に倣う。

五人は神殿の中に足を踏みいれた。外の明かりは一筋も射しこまず、中には黒々とした闇がわだかまっている。

「空気が乾いているな。床にも埃が積もっている」

アヴィンが顔をしかめた。ティグルは周囲に視線を巡らせながら、内心で首をかしげる。彼の言う通り、神殿内に漂う空気は、ここが何十年も無人であったかのようだ。だが、この神殿に近づいたとき、自分たちが感じたものは、そうした薄気味悪さではない。

ティグルとエレンが並んで先頭を歩き、ガヌロンが続く。アヴィンとミルはその後ろだ。

松明の明かりを頼りに、五人はまっすぐ歩く。何ものかが潜んでいるような気配はない。エレンは一度、松明を左右に振ってみたが、一匹の虫さえ見当たらなかった。

――本当に何もないな。

誰も言葉を発しないので、五つの足音と五つの息遣いだけが闇の中に響く。

歩みを進めるうちに、闇がまとわりついてくるような錯覚を、ティグルは抱いた。腕を持ちあげたり、弓弦を引いてみたりすれば、そんなことはないとわかるのだが、どうしても、この暗がりに何ものかの意志が潜んでいるように思えてならなかった。

大きな神殿ではないので、すぐに最奥の壁までたどりつく。ティグルは振り返って、仲間たちに何か見なかったか尋ねたが、三人とも首を横に振った。

不意に、エレンが声をあげる。彼女の視線を追って壁を見上げたティグルは、表情を鋭いものに変えた。壁の上部に、白い塗料で巨大な円環が描かれていたのだ。

「どれ」

ティグルの脇をすり抜けて、ガヌロンが前に出る。壁に手をついて、強く押した。壁の一部が後ろへ抜けたかと思うと、その周囲が音もなく崩れて、ひとが通れるほどの穴が出現する。崩れた石材は床に落ちると、雪か何かでできていたかのように溶けて消えた。

「馬鹿な……」

エレンが呻く。ティグルも同感だった。神殿の外観を思い浮かべてみれば、壁の先にあるのは外の風景であるはずだ。だが、五人の前には通路が延びている。

「陳腐な仕掛けだが、入ってくる者などいるはずがないから、これでよかったのだろうな」

ガヌロンがつまらなそうにつぶやいた。

アヴィンとミルは、崩れた石材が消えたあたりを凝視していた。音がしなかったことが、この仕掛けが尋常なものではないことを物語っている。

「行こう」

深呼吸を一度してから、ティグルが言った。エレンたちはうなずく。

穴の中に足を踏みいれて、ティグルたちは驚きに顔を歪めた。

松明の火に照らされた通路は、弓形の曲線を描く高い天井も、滑らかな壁も、床も、すべてが禍々(まがまが)しい黒と白に彩られている。その黒と白は流れるような模様を何重にも描いており、ずっと見ていると目眩(めまい)がしそうだった。

「大理石の模様に似ているが……これをよしとする感性は理解できんな」

「神も……アーケンも万能ではないということだな」

どうにかという感じで減らず口を叩くエレンに、ティグルが皮肉を返す。アヴィンは気分が悪そうに顔をしかめ、ミルもいつもの明るさを発揮できず、げんなりした顔で首を左右に振っていた。ガヌロンは黙然とたたずんでいる。

気力を奮い起こして、ティグルたちは奥へと進む。不可思議な模様のせいで、どれだけ歩いているのかがわからない。異常な音や気配を逃さぬよう、誰もが無言だった。

暗がりの奥から、かすかに風が吹きつけてきた。ティグルとエレンは足を止める。何ものかの気配を感じて、表情を険(けわ)しいものへと変えた。

呼吸を整え、慎重に進む。不可思議な模様が消えて、開けたところに出た。

松明の炎が何かを照らしだす。それが何かわかって、ティグルたちは目を見開いた。

見上げるほどに巨大でいびつな形をした琥珀の柱が七つ、不揃いにそびえたっている。もっとも近い柱の中に黒い影が見えて、ティグルはおもわず目を凝らした。

黒い影の正体は、見事な装飾のほどこされた両刃の斧だった。刃と柄の接合部には握り拳ほどもある黄玉が埋めこまれ、刃には細かな紋様が刻まれている。

——これは、オクサーナさまの……。

ヴァルティスの野でメルセゲルが琥珀の中に閉じこめた、オクサーナの竜具だった。だが、彼女の手にあったときの神秘的な輝きは完全に失われており、黒く錆びついた銅貨のように琥珀の中に沈んでいる。

視線を転じて、他の柱を見つめる。剣や槍、錫杖などがオクサーナの斧と同様に、琥珀の中で眠りについていた。衝撃的な光景に身体の震えが止まらずにいたティグルは、もっとも離れた琥珀の中にあるものを見て、言葉を失う。

それは、弓幹に亀裂の走った一張りの弓だった。弓幹も弓弦も黒いのは、琥珀の中にあるからではない。もとからそうなのだ。失われたヴォルン家の家宝が、そこにあった。

——俺の弓が、どうしてここに？　この亀裂も、あのときのままだ。

二年前、レネートとの戦いの中で黒弓はなくなった。

——まさか、あの怪物は……。

レネートは、メルセゲルの仲間だったのではないか。アルサスを襲ったのは、黒弓を狙ってのことだったのではないか。

「なぜ、竜具が……？」

驚愕に満ちたアヴィンのつぶやきが、茫然自失となっていたティグルを現実に引き戻す。

竜具を知っているのかと聞こうとしたとき、弦を弾く低い旋律が聞こえた。それが上から聞こえていることに気づいたティグルは、弓弦を引きながら天井を見上げる。

奇妙なものが、天井に張りついていた。犬の頭部を持ち、神官衣をまとったものが、弦を張った楕円形の楽器を抱えている。それを、右手に持った小さな弓で弾いていた。

ティグルはすぐに思いだした。ヴァルティスにあったキュレネー軍の本陣で、戦象に乗っていた神官だ。あのときはかぶりものをしていると思ったが、間近で見ると違う。

犬頭の神官が、楽器を弾く手を止める。白い光を放つ両眼をティグルたちに向けた。

目を合わせた瞬間、恐怖が身体をきしませるのをティグルとエレンは自覚する。対峙しているだけで、心がひるみを覚え、無形の圧力に潰されそうになる。身がまえていたからこそ、二人は耐えることができた。おそらく、アヴィンとミルも。

『何と、魔弾の王がやってきたとは。ここに兵を進めて正解でした』

笑う怪物に、ティグルは問答無用とばかりに矢を射放った。だが、その矢は怪物の鼻先に当たったかと思うと、急に力を失ってまっすぐ落下する。床に当たって乾いた音をたてた。

ティグルは当惑した。当たってはね返されたというのなら、まだ理解できる。だが、この落下の仕方はそういうものではない。一度、受けとめてから落としたかのようだ。

『私はアーケンに仕えるウヴァート。神の慈悲をあなたたちに与えるものです』

ティグルたちを見下ろして、ウヴァートが笑う。その腕の中で、楽器が溶け崩れて塵と化した。緊張に包まれるティグルたちに、犬頭の怪物が天井を蹴って襲いかかってくる。

ティグルとエレンは左右へ跳んで、その攻撃をかわす。ウヴァートは音もなく着地して、わざとらしく神官衣の乱れを直した。

アヴィンとミルが声をあげる。二人の背後に、突如として複数の人影が現れたのだ。床に転がる松明の炎に照らされたそれは、二十を超える数の死体だった。武装からキュレネー兵だとわかる。血が乾き、身体の腐った死体たちが、折れた剣や槍を持って、立っていた。

ウヴァートが後ろへ跳びながら、『行け』と短く命令を下す。死体の集団が動きだして、ティグルたちに襲いかかった。

ミルが気合いの叫びとともに、剣を横薙ぎに振るう。もっとも前に出ていた死体の首を吹き飛ばした。だが、首を失っても死体は動くことを止めない。ウヴァートが嘲笑(ちょうしょう)する。

『首を失って倒れるのは生者だけです。死体には関係ありません』

「死体は土の中で眠るのが役目でしょうが！」

ミルは姿勢を低くして、再び剣を振るった。死体の右脚を斬り飛ばす。別の死体が彼女に襲いかかろうとしたが、アヴィンの放った矢が、その死体をよろめかせた。そうしてできた一呼吸分ほどの間に、ミルは床を蹴って死体に斬りつけながら、体勢を整える。

「生きていた間も無理矢理戦わせていたのに、死んでからも無理矢理戦わせるとはな」

ミルの安全を確認して、アヴィンが怒りの表情で吐き捨てた。

──たいしたものだ。

死体の集団に臆することなく戦う二人に、ティグルは舌を巻く思いだった。度胸が据わっているなどというものではない。こういった怪物と戦った経験があるとしか思えない。

ふと、何かを見落としたような気がして、ティグルは周囲に視線を走らせる。

ガヌロンの姿がない。この場所に出るまでは、たしかに近くにいたのに。

──逃げたのか？

そうだとしても、背後にキュレネー兵の死体の集団が現れ、戦いがはじまったこの状況で、どうやって逃げたというのか。だが、そのことを考えている余裕はない。

エレンがウヴァートに斬りかかる。鋭い斬撃を、相手の首筋に叩きこんだ。だが、エレンの動きは、犬頭の怪物の首筋に刃を当てたところで止まる。彼女の顔に困惑の色が浮かんだ。

ウヴァートがエレンの顔へと手を伸ばす。そこへ、ティグルが矢を射放った。矢は、エレンの眼前を通り過ぎ、それによって我に返った彼女は、慌ててウヴァートから距離をとる。

ティグルはウヴァートを警戒しながら、エレンに駆け寄った。

「だいじょうぶか？」

「ああ……」

エレンはうなずいたものの、腑に落ちないという顔で自分の手とウヴァートを交互に見つめる。「どうしたんだ」と、ティグルが聞くと、顔をしかめながら答えた。

「やつに斬りつけた瞬間、急に手応えがなくなったというか、手から力が抜けたように感じられた。いまは元通りだが……」

ティグルは内心で首をかしげる。それは、さきほど射放った自分の矢が、奇妙な落下の仕方をしたことと何か関係があるのだろうか。

エレンがわずかに首を動かして後ろを見る。アヴィンとミルが懸命に死体の集団と戦っていた。アヴィンは弓を背負い、ミルが斬り捨てた敵の死体から折れた槍を奪って、それを振りまわしている。打撃を与える方がいいと考えたらしい。

「ガヌロンは？」

短い問いかけに、首をすくめる動作で応じる。それだけでエレンは理解したようだった。

――どうやって戦えばいい……？

自分の矢も、エレンの剣も、この怪物には通用しない。

服の内側に縫いつけていた、女神の像の石片を左手でつかむ。『力』のある矢を射放てるのはおそらく一度だ。外すことはできない。

「エレン、やつの気を引いてくれるか」

ティグルが言い終えるよりも早く、エレンは「任せろ」と言って、駆けだした。正面からウヴァートに突きかかる。しかし、剣の切っ先が怪物に触れたところで、さきほど斬りつけたときと同じく、それ以上進まなくなった。エレンはすばやく後ろへ飛び退る。

『あなたのようなただの人間に、私の相手が務まるとでも？』

「よく吠える犬だ。おまえの主人もそういうやつなのだろうな」

エレンは強気な笑みを浮かべて、再び挑みかかろうとした。だが、直感で危険を感じとり、あえて体勢を崩し、転倒する。

直後、ウヴァートの頭部が数倍にふくれあがって巨大化し、エレンが立っていた空間に食らいついた。転倒するのが一瞬でも遅れていたら、エレンの上半身は怪物の顎の中におさまっていただろう。

『悪あがきを』

ウヴァートが床を蹴って、エレンに殴りかかろうとする。エレンはさらに身体をひねって、怪物の拳を紙一重でかわす。剣を手放し、手を伸ばしてウヴァートの神官衣をつかんだ。気合いの叫びとともに、ウヴァートを投げ飛ばす。

ウヴァートは空中で一回転して、床に降りたった。エレンも剣をつかんですばやく立ちあがると、怪物から距離をとる。強気な笑みを浮かべた。

「おかしいのは、おまえの身体だけのようだな」

『ええ。ですが、それがわかったからといって、事態を好転させることができるのですか』

余裕たっぷりに笑うウヴァートに、エレンは忌々しげに表情を歪めた。悔しいが、相手の言う通りだ。剣が通らなければ、相手を警戒させることすら難しい。牽制(けんせい)の役目を果たせない。

「エレンさん、私に代わって！」

キュレネー兵の死体を蹴りとばしながら、ミルが叫んだ。アヴィンも声をあげる。

「ティグルさん、俺がやります！」

エレンがティグルを見る。ティグルはすぐにうなずいた。

死体の集団を相手にしていたとはいえ、この二人が、自分たちとウヴァートの戦いをまったく見ていないとは思えない。何か考えがあるのだ。

エレンがウヴァートに背を向け、死体の集団に向かって走る。アヴィンとミルも、死体の集団に背を向けた。ウヴァートが動かなかったのは自信の表れだろうか。

ミルが剣を肩に担ぎ、気合いの叫びとともに、ウヴァートに斬りつける。ウヴァートは避けずに頭部で斬撃を受け、そして吹き飛んだ。

ティグルは己の目を疑った。自分の矢も、エレンの斬撃もきかなかった怪物が、ミルの一撃を受けて床に転がったのだ。

ウヴァートはすぐに立ちあがり、神官衣についた汚れを払ったあと、ミルを睨みつける。

『不思議な武器ですね。いままで気づきませんでした』

「気づかないまま、滅んでしまえばよかったのに」

ミルが肩に担いでいる剣の刀身が、淡く青い光を帯びていた。悪態をつく彼女の隣に、アヴィンが進みでる。黒弓をかまえて、矢をつがえた。

「今度は俺の番だ」

弓弦を引き絞ると、風もないのに大気が流動し、アヴィンを中心に渦を描く。大気の流れは激しさを増して唸るように震え、鏃の先端が黒い光を放った。

ウヴァートは驚きも露わに、アヴィンと黒弓を見つめる。

『その弓は、馬鹿な……』

怪物から、さきほどまでの余裕は完全に失われていた。ウヴァートの頭部の毛が逆立って、おさえきれない動揺を示す。

アヴィンが嘲るような笑みを浮かべた。その手から、矢が放たれる。黒い光をふりまき、犬頭の怪物に向かって一直線に飛んだ。

ウヴァートが右手を突きだして、矢を受けとめる。轟音とともに黒い光がまきちらされ、怪物の手首から先と、矢が同時に砕け散った。

ウヴァートが獣のような咆哮をあげる。右腕が黒い瘴気に包まれたかと思うと、失われた手が瞬時に再生した。これにはアヴィンもミルも息を呑む。

『貴様らは……』

それまでの丁寧な口調をかなぐり捨てて、ウヴァートはアヴィンたちを睨みつける。その両眼が獰猛な白い光を放った。

ウヴァートが跳躍して、ミルに襲いかかる。その速さに、剣を振るっては間に合わないと悟ったミルは、とっさに防御に切り替えた。強烈な衝撃に、後退を強いられる。服の左の袖が大きく裂けていた。傷は負っていないが、かすかな痺れが伝わってくる。爪の先だけでも触れていたら、左腕が引き裂かれていたことは間違いなかった。

ミルのこめかみに戦慄の汗が浮かぶ。大きく息を吐いて自らを奮いたたせると、彼女は前へ出た。二歩目から加速し、横薙ぎにウヴァートの頭部へ斬りつける。

耳障りな金属音が響きわたった。ウヴァートは首を傾け、刀身を顎で受けとめている。ミルは目を瞠り、剣を引こうとしたが、あたかも怪物の顎に接合されたかのように、びくともしない。ウヴァートが左腕を振りあげる。

アヴィンが『力』を帯びた矢を、三本まとめて放った。二本がウヴァートの頭部に、一本が左腕に命中する。ウヴァートは短い悲鳴をあげ、口から剣を離して吹き飛んだ。

ミルが体勢を立て直し、追い討ちをかけようと跳躍する。それに気づいたウヴァートは、身体を丸めながら頭部を巨大化させた。剣と牙が激突し、両者はおたがいを弾きとばして床に降りたつ。だが、ウヴァートの方は空中にいる間に次の行動に移っていた。

ウヴァートの周囲に、ひとの上半身の形をした白い靄がいくつも現れる。腰から下は虚空に溶けたように存在しない。それらは風に吹かれるようなゆるやかさで、ミルに向かってきた。

『これは、おまえが斬り捨ててきたキュレネー兵たちの魂だ』

ミルはわずかに眉をひそめたが、表に出した反応はそれだけだった。彼女はこれまで、キュレネー兵が相手だろうと恥じるような戦いはしなかった。ひるむ理由はない。

白い靄の群れが、嘆きとも怒りともつかぬ不気味な声を発する。その瞬間、ミルは目眩がした。動きが遅れる。魂たちが、正面と左右、さらに頭上から、不規則な動きで襲いかかってきた。とっさにアヴィンが矢を放って、二体ばかり吹き飛ばし、ミルもまた肉迫してきた二体をどうにか斬り捨てたが、彼女の刃を逃れた魂たちが周囲を取り巻く。

このとき、ウヴァートはティグルへの警戒を完全に解いている。ティグルは彼に対してふつうの一撃しか放たなかった。エレンが戦っているときもそうだ。

一方、ミルとアヴィンの攻撃はウヴァートを驚かせた。とくにアヴィンの黒弓が彼に与えた衝撃は大きく、犬頭の怪物は、仕留めるべき優先順位を完全に入れ替えている。

これこそ、ティグルの待っていたものだった。ティル＝ナ＝ファの像の石片を左手で握りしめて、祈りを捧げる。一度しか使えないという確信があったから、ウヴァートなどに使うことはできなかった。

　女神の像の石片から、黒い瘴気があふれ出す。瘴気はティグルの手を包み、さらに上と下へ伸びていって、弓を形作った。右手で弓に触れると、手と弓の間に瘴気が矢を形成する。

　ティグルは弓弦を引き絞った。狙うのは、ウヴァートではない。奥にそびえている琥珀の柱のひとつだ。

――黒弓を。女神の力を引きだせる、家宝のあの弓を……！

　その動きに気づいたウヴァートが、ティグルを襲うよう死体の集団に命じる。だが、ティグルのもとへ向かおうとした死体たちは、エレンによって次々に斬り伏せられた。刃こぼれの激しい剣を振りあげて、白銀の髪の女剣士が叫ぶ。

「放て、ティグル！」

　だが、そこでティグルは一瞬、動きを止めた。

　その瞬間を逃さず、ウヴァートが跳躍する。ミルに斬りつけられながらも、黒弓が閉じこめられた琥珀の前に降りたった。ティグルの矢から琥珀を守り抜くことが、いまの彼にとって何よりも優先すべき使命であり、それは果たされたはずだった。

　しかし、ティグルの射放った矢は、その琥珀に向かって飛ばなかった。

　矢から手を離す寸前、ティグルは不意にいくつかの情景や言葉を思いだした。そして、考えを切り替えたのだ。

ガヌロンがエレンに言った、「姫になれるやもしれぬ」という言葉。ティッタの見た、エレンが立派なつくりの剣を持って、馬に乗って駆けていたという夢。さらには、妨害してくるだろうウヴァートをいかにして出し抜くかという戦士の思考。

それらが渾然（こんぜん）となって、狙いを変えさせた。

巨岩を穿（うが）つ雷鳴にも似た轟音が響きわたる。ティグルの射放った矢は、琥珀の柱のひとつに命中し、揺るがして、その全身に亀裂を走らせた。

だが、琥珀の柱は砕けない。石片から引きだした力では、粉砕するに至らなかった。

ティグルの手の中で、石片が砕け散る。弓を形作っていた黒い瘴気は、溶け崩れて無数の粒子となり、舞い落ちながら消えていった。

「エレン！」

ティグルはあらんかぎりの声で、彼女に呼びかける。こちらを見た彼女と、目が合った。それだけで想い人の願いを悟ったエレンは、疲れきった身体に鞭打って走りだす。剣を腰だめにかまえ、亀裂の走った琥珀を見据えて、気合いの叫びをあげた。

ウヴァートの反応が遅れたのは、ミルに斬りつけられた傷のせいで動きが鈍ったのか、それともエレンをただの人間と侮ったのか。ともかく、エレンの方がわずかに早かった。

エレンの剣が琥珀の柱に突き刺さる。無数の水晶を打ち砕いたかのような、耳をつんざく響きが大気を圧した。琥珀の柱と、エレンの剣が粉々に砕け散る。白い閃光が放たれ、エレンは吹き飛ばされて床に転がった。

琥珀の柱があった空間に、淡い光に包まれた何かが浮かんでいる。

それは、翼を模した鍔を持つ、一振りの長剣だった。白銀の刃にはわずかな曇りもなく、神秘的な雰囲気と相まって見る者を圧倒する。剣の周囲には風が渦を巻いており、床に散らばった琥珀の小さな破片が、風にかき回されていた。

「アリファール……」

エレンはおもわず、その剣の名をつぶやいた。『銀閃の風姫(シルヴフラウ)』ラダ＝ヴィルターリアが振るっていた、風を操る竜具だ。

ウヴァートがエレンに襲いかかる。琥珀の柱を砕いた彼女を、犬頭の怪物は許すことができなかった。エレンはようやく身体を起こしたばかりで、避ける余裕はない。ティグルとミルが駆けだし、アヴィンも黒弓に矢をつがえたが、間に合わないのは明白だった。

エレンが歯を食いしばってウヴァートを睨みつける。死の瞬間まで戦士であろうと、彼女は決めていた。戦意に満ちた紅の瞳で、怪物を射抜く。

次の瞬間、エレンとウヴァートの間に、強烈な光が出現した。それは怪物を吹き飛ばして後退させる。エレンは呆然として、眼前に現れた光を、その中にあるものを見つめた。

それは、たったいままで離れた場所に浮かんでいたはずのアリファールだった。空間を跳躍して、エレンを助けたのだ。

――こいつが、おまえさんにがんばれとさ。

二年前に、ラダが自分にかけてくれた言葉が脳裏をよぎる。

エレンは長剣をまっすぐ見据えて、手を伸ばした。

「来い、アリファール」

アリファールを包む白い光がひときわ強くなったかと思うと、音もなく弾ける。

長剣は、エレンの手に握られていた。

エレンは立ちあがると、左手を剣の柄へ持っていき、両手で握りしめる。刀身からあふれる風が、彼女の白銀の髪をなびかせた。新たな戦姫の誕生を祝福するかのように。

目の前の光景にティグルは驚きを隠せなかったが、不思議と納得もしていた。ガヌロンやティッタの話をあらためて思いだしたからではない。アリファールを持つエレンの姿に、ごく自然な一体感を見出したからだ。

自分を取り巻いていた風がおさまると、エレンは戦意に満ちた紅の瞳を怪物に向けた。その背後から、キュレネー兵の死体の集団が襲いかかる。だが、彼らの折れた剣や槍が届く前に、エレンは高く飛びあがっていた。跳躍というよりも飛翔というべき軽やかさで、死体の集団の頭上に舞う。ひとりの頭部を蹴りつけて、空中からウヴァートに斬りかかった。

ウヴァートはその場から動かず、己の頭部でエレンの斬撃を受けとめる。目を瞠るエレンに勝ち誇った笑みを見せると、右腕を振りあげた。しかし、エレンは身体に風をまとってすばやくウヴァートから離れる。ミルの周囲に群がる魂を斬り払って、彼女の隣に降りたった。

「手間をかけさせたな、ミル」

ミルはといえば、息を荒くしながら、エレンと、その手にあるアリファールを見つめる。そして、目の端に涙をにじませながら、心の底からの喜びを微笑に変えた。

「戦姫になったのね」

「そうらしいな。それよりもだ」

エレンは彼女よりも冷静だった。正確には、ミルの反応がいささか過剰に見えたので、落ち着きを取り戻すことができたのだ。ウヴァートを睨みつけながら、エレンは言葉を続ける。

「なぜ、おまえはあいつを斬ることができた？」

アリファールで斬りつけても、エレンはやはり手応えを感じることができなかった。ウヴァートの反応を考えても、通じなかったのは間違いない。ミルとアヴィンの武器には、竜具にすら備わっていない力があるのだ。

「あの怪物は、外から与えられる衝撃を、すべて他のものに逃がしているの」

エレンは顔をしかめた。ミルの言っていることが、よくわからない。だが、それ以上に驚かされたのは、彼女がウヴァートの能力を説明してみせたことだ。

「おまえは、それを何とかできるのだな」

「私の近くにいれば、エレンさんも」

「よし、決まりだ」

二人が同時に動く。ミルは姿勢を低くして床を駆け、エレンは彼女の上を飛んだ。ウヴァートは二人より高く跳躍し、意趣返しだというかのように、空中からエレンに襲いかかる。

だが、エレンはアリファールの生みだす風を操って、ウヴァートの攻撃をかわす。使い慣れた武器を操るように、エレンは早くも風の操り方を身につけていた。

ウヴァートの背後にまわりこんだエレンは、恐れる様子もなく怪物の首に手をまわし、飛翔する。おもわぬ攻撃に、ウヴァートが体勢を崩した。そこへ、ミルが剣を突きあげる。

砂の塊を切り裂くような音が響き、瘴気をまき散らして、ウヴァートの右脚がちぎれ飛ぶ。

しかし、犬頭の怪物は苦痛の声をあげず、罠にかかった獲物を見るような表情を浮かべた。

次の瞬間、ウヴァートの右脚が黒い閃光とともに、衝撃波と無数の瘴気をまき散らして弾けとぶ。ミルが閃光と瘴気に包まれ、ウヴァートは牙を剥きだしにして笑った。

だが、その笑みはすぐに消える。霧散した瘴気の中から、ミルが現れた。とっさに剣で身体を守り、衝撃に耐え抜いたのだ。

このときには、エレンがウヴァートの首に回していた手を離していた。彼女が振りあげた長剣の刀身に風が集まって、猛々(たけだけ)しい螺旋を描く。それは、嵐を刃にしたものだった。

「――大気ごと薙ぎ払え(レイ・アドモス)！」

アリファールの使い手のみが振るうことのできる竜技(ヴェーダ)を、ウヴァートに叩きつける。今度もウヴァートは苦痛の声をあげなかったが、声を発することができなかったからだった。風の刃はウヴァートの背中を深くえぐり、斬り裂いて、怪物を床に叩きつける。

そこへ、ミルが剣を叩きつけた。犬の形をした頭部が床に転がり、溶け崩れ、瘴気となって消えていく。同時に、キュレネー兵の死体の集団が次々に崩れ落ち、白い靄のような魂たちも霧散した。

ティグルたちはそれぞれ武器をかまえたまま、固唾を呑んでウヴァートの亡骸を見つめる。十を数えるほどの時間が過ぎて、再生する様子がないのを見てとると、安堵の息をついた。

「滅んだみたいだな……」

そうつぶやいたエレンに、ティグルが歩み寄る。祝うように、彼女の腕を軽く叩いた。

「おめでとう、エレン」

それがはたして適切な言葉なのかどうか、ティグルにはわからなかった。竜具を手にして戦姫になったということは、アーケンと正面から対峙しなければならないということだ。

しかし、エレンはいつものように快活に笑ってみせた。

「ありがとう、ティグル」

彼女の想いを表現するように、竜具の起こした風が、白銀の髪をそよがせた。

ティグルは、静かにたたずむ六本の琥珀の柱を見つめた。

自分の石片は粉々になってしまったが、エレンの竜具と、ミルの剣、さらにアヴィンの黒弓の力をもってすれば、家宝の黒弓や竜具を取り戻せるのではないか。

──いや、その前に……。

視線を転じてアヴィンとミルを、それから二人の武器を見つめる。さきほどまでとは異なる緊張感が四人の間に漂った。

「そろそろ教えてくれないか。君たちはいったい何者なんだ？」

アヴィンの黒弓が見せた『力』は、自分の家宝の弓とまったく同じものだった。ミルの剣は淡い青い光を帯びた。

いつか二人が話してくれるのを待つ気には、もうなれなかった。

「君たちの助けがなければ、ウヴァートを滅ぼすことはできなかった。アルサスを守り抜くことだってできなかっただろう。俺は君たちに恩を感じている。キュレネー軍と戦う意志を疑うつもりもない。だからこそ、いまのうちに知っておきたいんだ」

アヴィンとミルが顔を見合わせる。二人は、それぞれの武器に視線を落とした。さすがにこれ以上はとぼけられないと思い直したのか、困った顔でティグルとエレンを見る。アヴィンが言いづらそうに口を開いた。

「俺たちは……」

そのとき、ウヴァートの亡骸が突然、黒い光を帯びた。その内側から、黒い瘴気が押しださされるようにあふれてくる。

異変に対する驚き以上に、恐怖にも似た衝撃と尋常でない重圧に襲われ、ティグルたちは話を中断してすばやく飛び退った。

――ウヴァートが生きていたのか？　いや、違う……。

ティグルは緊張に顔を強張らせる。亡骸から放たれている瘴気のすさまじさは、ウヴァートのものよりはるかに強大だ。

瘴気は際限なく広がるのではなく、ウヴァートの亡骸を包みこみながら、徐々に球形を取りはじめた。そうして空中に浮かびあがり、ティグルたちを睥睨する。

巨獣の眼前に立った小動物のように、目にしているだけで全身が震え、呼吸が苦しくなり、手足に力が入らなくなる。圧倒的な存在というものは、ただそこにいるだけで恐怖そのものたりえるのだと、思い知らされる。

エレンがアリファールを掲げて、風を巻き起こした。ミルが剣をかまえ、アヴィンも黒弓に矢をつがえる。

「よせ！」

ティグルは叫んだ。いまとるべき行動は、攻撃ではない。しかし、三人ともその言葉に従わなかった。

「――大気ごと薙ぎ払え（レイ・アドモス）！」

エレンが刀身に集めた風を、暴風の刃に変えて、球形の瘴気に叩きつける。それに合わせてミルは左から瘴気に斬りつけ、アヴィンは右へ跳びながら、『力』をこめた矢を放った。

刹那、球形の瘴気から、不可視の衝撃波が放射状に放たれる。エレンの竜技も、ミルの斬撃も、アヴィンの矢もことごとくはね返して、衝撃波はティグルたちを吹き飛ばした。

背中から勢いよく床に叩きつけられて、ティグルは呻き声を漏らした。痺れるような痛みに耐えながら、首だけを動かしてエレンたちをさがす。三人とも、それぞれ離れたところに倒れていた。

懸命に身体を起こす。ただそれだけのことに、十を数える以上の時間がかかった。もしも敵が追撃をかけていたら、ティグルたちは何もできずにやられていただろう。

よろめきながら、立ちあがる。球形の瘴気は、さきほどより一回り大きくなっていた。表面は黒い光を帯びて、鼓動するように点滅している。

――何だ、こいつは。

その疑問を読みとったのか、この空間に厳か（おごそ）かな声が響きわたった。

『汝らがアーケンと呼ぶもの』

ティグルは目を見開いて、瘴気の塊をまじまじと見つめる。アーケンが、ウヴァートの亡骸を依り代としてここに現れたということなのか。

——これが、神の力なのか……。

　エレンたちの攻撃は通じず、こちらはたった一撃で絶体絶命の窮地に立たされた。戦いと呼べる代物ではない。この場に留まり続けることすら危険だ。

　自分のてのひらを見る。砕け散った石片のかけらがいくつか残っていた。

　アーケンが、自分を見つめている気がする。ひるまず、睨み返す。そのとき、エレンがアリファールを杖代わりにして立ちあがった。頭部からの流血が彼女の顔を赤く汚している。

「エレン」と、ティグルはアーケンを見据えたまま、呼びかける。

「二人を連れて逃げろ」

　言い終えたときには、ティグルは恐怖をねじ伏せ、アーケンに向かって走りだしていた。強く握りしめた左手から、かすかにティル＝ナ＝ファの『力』が伝わってくる。エレンたちが逃げるための時間を、たった一瞬でも稼ぐ。それしか考えなかった。

　アーケンの身体から帯状の瘴気が幾筋も放たれて、ティグルを包みこむ。エレンが悲痛な叫びをあげた。

　だが、エレンは新たな驚きに襲われてその場に立ちつくす。アーケンが、凍りついたかのように動きを止めたのだ。ティグルを包みこんだ瘴気も、かすかに揺れることさえない。

「ティグルさん……」

　絶望と、悲壮な覚悟に満ちた顔で、アヴィンがよろめきながら立ちあがった。黒弓に新たな矢をつがえ、瘴気に包まれたティグルを狙う。彼の周囲で大気が乱れ、風が巻き起こった。鏃が黒い光をまとって大きくふくれあがる。

「何をするつもりだ⁉」

突然の彼の行動に、エレンは驚きの声をあげた。アヴィンはティグルから目を離さず、自分に言い聞かせるように、大声で叫ぶ。

「あのひとごと、アーケンを討つ！」

歯を食いしばり、ティグルを見据えて、アヴィンは矢を放とうとした。

だが、指が震えて、矢から離れない。呼吸が乱れ、目に迷いがにじみ、アヴィンの顔を一筋の汗が伝う。それでも彼は、己の矢でティグルを打ち砕こうとする。

鏃の先に、横から剣が突きだされた。立ちあがったミルが、アヴィンを見つめている。

「アヴィンの弓は、そんなことのためにあるんじゃないはずよ」

そう言いきる彼女の瞳に迷いはない。アヴィンの動きが止まった。

エレンが行動に移ったのは、この瞬間だった。ミルに駆け寄って、彼女を抱えながら、アリファールの力で生みだした風をまとう。突風が起きるような跳躍を見せ、アヴィンの服の襟をつかんだ。

だが、エレンはそこで大きく体勢を崩す。消耗に加えて、使いはじめたばかりの風の力で二人の人間を抱えるのは、やはり無理があったのだ。

しかし、彼女は倒れなかった。アヴィンが姿勢を立て直して、逆にエレンを支えたのだ。

「ミルを放さないでくれ」

感情を呻き声に変えて吐きだすと、アヴィンはエレンとミルを担いで駆けだした。歯を食いしばり、懸命に走って、神殿の出入り口へと急ぐ。涙と汗が、彼の顔をひどく濡らした。

神殿を抜けた瞬間、アヴィンは力尽きて、担いだ二人とともに地面に頭から滑りこむ。

直後、後方で轟音がした。血と泥にまみれた顔で振り返ると、神殿が崩壊して瓦礫の山と化している。壁も、柱も、屋根も砕けて砂煙に包まれている神殿を、三人は呆然と見つめた。

「ティグル……」

かすれた声で、エレンはつぶやいた。身体から力が抜ける。最悪の予感に寒気を覚える。いますぐに瓦礫の山を駆けあがり、ティグルの名を叫びながら、彼をさがしたくなる。

その衝動を、エレンはおさえこんだ。瓦礫の山の下には、アーケンもいるはずだ。いや、アーケンこそが神殿を崩壊させたのだろう。近づくべきではない。

エレンはその場に座りこむと、左手で地面を殴りつけた。

アーケンに斬りかかったのは、緊張と恐怖、焦りからだった。ただ見ているだけで圧倒されてしまい、ここで滅ぼさなければならないと、自分に言い聞かせてしまったのだ。アヴィンとミルも、おそらくそうだろう。ティグルだけが自制心を発揮した。

そのティグルが自分たちを助けて、アーケンに呑みこまれた。

――あのとき、私たちも逃げることを優先していれば……。

　全員が逃げられたかもしれない。

　胸の中で激情が荒れ狂う。沸騰している感情を大声に変えて、アリファールで目の前の忌々しい瓦礫の山を吹き飛ばしてやりたかった。

　だが、エレンはアリファールを強く握りしめて、懸命に耐える。ここで子供のように泣き叫んで暴れまわっては、二度とティグルに顔向けができない。自分のやるべきことをやらなければならない。

　視線を転じれば、アヴィンは失望と落胆に満ちた顔で、ミルは疲れきった顔で、それぞれ崩れ落ちた神殿を見つめている。エレンの視線に気づくと、アヴィンはこちらに向き直り、その場に腰を下ろして頭を垂れた。

「斬ってください」

　エレンは憮然とした顔で、彼の後頭部を見つめる。立ちあがって、蹴りとばしてやりたいと思ったが、その前に聞くことがいくつもあった。

「おまえ、どうしてティグルに矢を向けた」

　返事はない。エレンは言葉を続けた。

「本当に、アーケンごとティグルを討つつもりだったのか」

「俺は……」と、アヴィンは顔を上げず、呻くような声で答えた。

「あのひとが、ああなるかもしれないことを、知っていました」

「知っていた？」

眉をひそめるエレンに、アヴィンはわずかに頭を動かす。

「占術のようなものです。あのひとを取りこんだら、アーケンはさらに強大な存在になる。そうなれば、もう誰もアーケンをおさえることはできなくなる、そうなる前にと……」

「予知や予言の類か……」

エレンはそうしたものを信じたことがない。予知をして小銭を稼ぐ占術師の存在は知っているが、口がうまいだけだと思っている。だが、現に目の前で、ティグルはアーケンに取りこまれてしまった。

ため息をついて、エレンはミルに視線を向ける。

「おまえも同じか？」

「私も占術……は知っていたわ。でも、そんなことにはならないと……ううん、自分の力で何とかできると思っていた」

ミルが頭を下げた。「ごめんなさい」と、消え入りそうな声で言う。

エレンは空を見上げた。かなり長い時間、神殿の中にいたと思うのに、秋の太陽は西の空へ傾きはじめたばかりだ。怒りがこみあげてくるほど空は青く、風は涼やかだった。

三十を数えるほどの時間が過ぎて、エレンはようやくいくつかの感情を落ち着かせる。二人に背を向けて、歩きだしながら言った。

「セレスタの町に帰るぞ。話は、馬に乗りながらする」

アヴィンとミルが顔を上げる。アヴィンは愕然（がくぜん）として、ミルは戸惑（とまど）いをいっぱいに、エレンの背中を見つめた。アヴィンがおもわず叫ぶ。

「待ってくれ！」

エレンは足を止めた。首だけを動かし、横顔で二人に告げる。

「キュレネー軍と戦う。はじめて会ったとき、おまえたちはそう言ったな。やつらと……アーケンと戦うという目的が変わっていないのならば、引き続き手伝え」

「だが……」

なおもためらいを見せるアヴィンに、エレンは鋭い視線を叩きつけた。

「ティグルは、おまえたちを助けるようにと私に言った。私に斬られることで、許してもらおうと思うな。自分で考えて動け」

アヴィンの目から滂沱の涙が流れる。涙を乱暴に拭うと、顔が土で黒く汚れた。勢いよく立ちあがって、彼はエレンを追う。

ミルは真剣な表情で剣を両手で持つと、空に向かって高く掲げた。何かを誓うように。それから、小走りでエレンに追いつく。

馬たちは、エレンたちが神殿に入ったときと変わらず、茂みにたたずんでいた。このとき、エレンはようやくガヌロンの存在を思いだしたが、忌々しい感情とともに、ひとまず放っておくことにした。何かあれば、彼の方から会いに来るだろう。

エレンは馬上のひととなり、ティグルとガヌロンの馬の手綱も引く。アヴィンとミルもそれぞれ馬に乗った。北に向かって馬を走らせる。

ふと、頭の中に弔い合戦という言葉が浮かびかけたが、エレンはすぐに振り払う。

──まだ死んだと決まったわけではない。

神に挑みかかって、無事でいられるわけはない。

だが、ティグルを瘴気で包みこんだ瞬間、たしかにアーケンは動きを止めた。自分たちはこうして神殿から逃げることができた。ティグルがアーケンを止めたとしか思えない。

──あいつなら、生きている可能性はある。私は諦めない。私だけは諦めちゃいけない。

その思いが顔に出たのだろう。隣に並んだミルが、不思議そうに聞いてきた。

「エレンさんは、ティグルさんが生きていると思ってるの？」

「当然だ。ティグルは神ごときにやられはしない」

口に出してみると、きっとそうだと、あらためて思うことができた。

アヴィンとミルが表情を緩める。エレンの力強い声は、二人に希望を与えたようだった。

二日後、エレンたちはセレスタの町に帰り着いた。

# 7　失われたもの、残ったもの

意識を取り戻したとき、ティグルは暗闇の中に浮かんでいた。

最初、水の中にいるようだと、ティグルは思った。足場がなく、手を伸ばしても触れるものがなく、沈んでいるような、浮きあがっているような、不思議な感覚に包まれている。目を開けても閉じても視界に変化がない。

そうして暗闇の中でぼんやりとしながら、ティグルは気を失う前のことを少しずつ思いだした。砕け散った女神の像の石片を握りしめて、アーケンに殴りかかったのだ。石片のかけらから伝わってきたティル＝ナ＝ファの『力』が、勇気を奮い起こさせてくれた。

――エレンたちは、無事に逃げられただろうか。

逃げきったと思いたい。

――しかし、ここはどこなんだ？　俺はそもそも死んだのか？

さすがに神に挑んで平気でいられるなどとは、ティグルも思ってはいない。少し身体を動かしてみて、死んだのかもしれないと思えてきた。

たしかに意識はあり、手足は問題なく動く。骨が折れていないらしいこともわかる。だが、何も見えず、触れるものもなく、どこへ行けばいいのかわからないこの状態は、死んでいるといえるのではないか。このまま眠ったら、静かに朽ち果てていくのではないか。

女神の像の石片のかけらは、まだ左手の中に残っている。『力』は感じられないが、ティル＝ナ＝ファに祈れば、わずかでも引きだせるだろうか。

――俺が死んでいないとしたら……。

何としてでもエレンのもとへ、皆のもとへ帰らなければならない。このようなところにいつまでもいるわけにはいかない。

不意に、目の前の暗闇が揺れたような気がして、反射的に身がまえる。周囲の暗闇が、質量を持って自分を押し潰そうとしているような息苦しさを覚えた。

『汝、従うべし』

短い言葉が反響して空間を埋めつくす。アーケンの気配が伝わってきて、ティグルは緊張から顔を強張らせた。戦うことはできないが、できるかぎり抗ってやろうと、暗闇を睨む。

「誰がおまえなどに従うものか」

『汝、従うべし』

アーケンは無機質に同じ言葉を繰り返す。ティグルもまた同じ言葉を返そうとしたが、アーケンの考えらしきものが意識の中に流れこんできて、びくりと肩を震わせた。

従えというのは、意思を捨ててアーケンに身を委ねろという意味だ。アーケンは地上を動きまわるための肉体を持っておらず、女神の『力』を幾度も使ってきたこの身体は、神の魂を宿す肉体として必要な素質を備えているらしい。

──俺を殺さなかったのは、そのためか。

冗談ではない。抵抗しようとしたが、アーケンらしき何かは暗闇の中から忍びよって、ティグルの身体に侵入を試みる。指先や爪先、頭頂部や背中から、形を持たない冷気のようなものが侵食してくる感覚に、ティグルは悲鳴をあげた。

手足を振りまわして必死にもがくものの、侵食は止まらず、意識が遠のいていく。

──エレン……。

最愛のひとの名をつぶやいた直後、ティグルの意識は闇の中に沈んだ。

†

エレンとアヴィン、ミルの三人がセレスタに帰り着いたのは、日が暮れかけたころだった。すぐに町には向かわず、茂みに隠れて夜になるのを待つ。ティグルの不在を知られないようにするためだ。このことは、ごくかぎられた者にしか教えることはできなかった。

この季節の空は、日が沈むと驚くほどの速さで暗くなる。風が冷たくなってきたので火を起こし、干し肉や炒り豆をかじった。満天の星の下で、エレンは二人に尋ねる。

「私は王都シレジアに帰るが、おまえたちはどうする。いっしょに来るか？」

先日は「手伝え」と言ったが、その方法はひとつではない。セレスタの町を守ったり、ブリューヌの王都ニースへ行って情報を集めたりする手もある。

「シレジアに行く」

ミルが即答した。やや強張った笑みを浮かべて、彼女は言葉を続ける。

「私はエレンさんを守る。そう決めた」

「決意だけは立派だが、どう考えても守られる側だろう、おまえは」

呆れた顔でアヴィンが言った。憮然(ぶぜん)として睨みつけてくるミルを、彼は睨み返す。

「俺は弓ほどには剣に詳しくないが、攻める剣技と守る剣技の区別ぐらいはつく。おまえが身につけているのは前者だ。何より、エレンさんの方がおまえよりはるかに強い。いままで通り考えなしに暴れる方がよほど役に立つ」

「わかってないわね。エレンさんの敵を、私が片っ端から倒す。それで守るというわけよ」

胸を張って、ミルは得意げに宣言する。アヴィンは何とも言えない顔で彼女を見つめて、何度かうなずいた。彼女らしいと思い、それでいいと考えたのだろう。

気を取り直して、アヴィンはエレンに向き直る。

「俺もシレジアに行きます。ティグルさんのようなことはできませんが……」

あえてティグルの名を口にしたのは、アヴィンなりの決意の表れのようだ。

エレンは彼の顔をじっと見つめて、諭(さと)すように言った。

「あまり、ティグルを持ちあげるな。あいつは自分に何ができるかを考えて、必死にそれをやったというだけだ。おまえもそうすればいい」

英雄と賞賛されるたびに、人目につかないところで肩をすくめていたティグルを、エレンは鮮明に思いだすことができる。

「ティグルのようなことはできなくていい。おまえの力と知恵を尽くせ」

二人に笑いかけて、エレンは立ちあがる。ひとりでセレスタの町へ行った。

見張りに見つからないよう気をつけて、アリファールの力で風をまとい、城壁の低いところを乗り越える。周囲に目を走らせて誰にも見られていないことを確認すると、脇道を通ってヴォルン家の屋敷へ向かった。

戦と宴から数日が過ぎて、町はさすがに落ち着きを取り戻したようだ。出歩いている者はほとんどおらず、エレンは誰にも見つかることなく、屋敷にたどりつく。ティッタの反応を想像すると胸が痛んだが、扉の前に立ったときには、エレンは普段通りの表情になっていた。

扉を叩いて呼びかけると、ほどなく、巫女の衣をまとったティッタが顔を覗かせる。かすかに薬草の匂いがしたので、薬をつくっていたか、負傷者の様子を見にいっていたのだろう。

彼女はエレンを見て顔を輝かせたが、すぐにティグルがいないことに気づいて、かすかに表情を強張らせた。

「ティッタ、ここでいいから、話を聞いてくれるか」

屋敷に入る勇気までは、持てなかった。エレンの表情と言葉から、およそのことを察したのだろう、ティッタの表情が見る見る歪んで、いまにも泣きだしそうになる。だが、彼女は小さな手を強く握りしめ、涙の浮かびかけた目をぬぐって、うなずくことで先を促した。

エレンは事実ではなく、キュレネー軍と遭遇し、ティグルが行方不明になったと告げた。アーケンが降臨したなどと言ってもわからないだろうと考えたからだ。それから、生死はわからないと付け加えたが、これには彼女の願望が多分に含まれていた。

ティッタはしばらくうつむいていたが、やがて顔をあげる。無理につくった笑みが、そこには浮かんでいた。

「ありがとうございます、エレオノーラ様」

その華奢な身体の中に膨大な感情を押しこめているだろうことは、ティッタの手を見ればわかる。衣の裾を、彼女は力いっぱいつかんでいた。

「まだ、ティグル様が死んだとはかぎらないんですよね」

エレンは「ああ」と、うなずく。それ以外の答えを持たなかった。

「私、ティグル様が無事に帰ってきますようにって、神々に毎日お祈りします」

「私も約束する。必ず、あいつを見つけだす」

ティグルを犠牲にして命を拾った自分がどの口で、という思いはある。だが、これはエレンの本心であり、ティッタと、アルサスの人々への誓いだった。

できれば、これで話を終わらせてしまいたかったが、エレンには彼女に聞くことがあった。このことを誰に伝えるべきか。広く知らせては混乱が起きるが、誰にも知らせないことも同様に危険だった。口が固く、信頼できる有力者が望ましい。

そう言うと、ティッタは何人かの名前を挙げた。

「この方たちとお話をするなら、今夜はここでお休みになってはいかがですか」

「厚意だけいただいておこう。明日の朝、また来る」

ティッタに背を向けて、エレンは屋敷から離れる。暗がりに隠れながら、迂回するようにして屋敷の裏手にまわった。ティグルの両親の墓の前に立つ。

屋敷の一室を借りなかったのは、申し訳なさもあったが、ティッタをひとりにさせるためだった。彼女は夜が明けるまで泣き続けるだろうことが、容易に想像できた。

エレンはウルスとディアーナの魂に祈り、心の中で謝罪し、ティグルを必ず取り戻すと約束する。そして、墓の前に腰を下ろした。ここなら、まず誰も来ない。ここで人知れず夜明けを待つつもりだった。

だが、身体から力を抜きかけたところで、腰に下げたアリファールが淡い光を放つ。使い手に警告を発した。エレンは反射的に地面を転がり、壁を背にしながら立ちあがって、竜具を抜き放つ。目が闇に慣れているのは幸いだった。

呼吸を整えながら、エレンは油断なく身がまえ、気配をさぐる。

前方に意識を向けたとき、暗がりが不自然に歪んで、小柄なひとの形が浮きあがった。それは瞬く間にガヌロンの姿を形作る。墓守を自称する男は、アリファールを見て笑った。

「竜具を手に入れたか。重畳だ」

その言い草に、エレンは斬りつけたくなる衝動を必死におさえこんだ。この男がいれば、ティグルは助かったかもしれないと思う反面、この男を頼るという考え方自体に反発を覚える。

「あのとき、どこへ逃げていた」

怒りを帯びた声でそう問いかけると、ガヌロンは肩をすくめた。

「力を合わせて戦うなどという約束はしておらぬぞ」

アリファールを握りしめる手に、力がこもる。だが、エレンは懸命に怒りをおさえこんだ。ティグルの両親の墓の前であるという認識が、感情の暴発をかろうじて抑制させたのだ。

「そんなことを言うために、わざわざ顔を出したのか」

「いや、ひとつ教えてやろうと思うてな」

暗がりの中で、ガヌロンの両眼だけが白っぽい光を放っている。

「貴様らは、もうひとつ竜具を解放しろ」

エレンは眉をひそめた。竜具は二つあれば充分という話ではなかったか。

こちらの内心を読みとったかのように、ガヌロンは言った。

「ひとつ奪い返せばよいというなら、やつらの負担は小さい。だが、二つ奪い返さなければならぬとなると、話は変わってくる。アーケンは思うように力を振るえぬゆえな。それに、竜具が多ければ多いほど、黒弓は有用になる」

ガヌロンの言うことは、エレンにもわかった。もうひとり戦姫が誕生してくれれば、サーシャの負担が減る。それは喜ばしいことだ。

「だが、どうやって手に入れればいい？」

エレンのその問いかけが終わる前に、ガヌロンの姿から色が失われる。彼は、瞬く間に暗がりに溶けこんで消え去った。その気配も失われ、アリファールから光が消えると、エレンはため息をついて、地面に座り直したのだった。

翌日、エレンはティッタに有力者たちを呼び集めてもらい、ティグルのことを説明した。

非難や悲嘆の視線を一身に浴びながら、昨夜、ティッタに言ったように、必ずティグルを見つけだすと約束して、彼らの前から去る。

怒りの言葉や罵詈雑言を浴びせかけられずにすんだのは、その場にティッタがいたことと、先日の戦で自分が勇戦したことを皆がまだ覚えているからだと、わかっていた。どちらが欠けていても、エレンは怒鳴られ、糾弾され、あるいは殴りかかられただろう。

――二度とアルサスには来られないかもしれないな……。

そう思うと、強い寂寥感が胸を衝く。いまになって、エレンは、アルサスが自分にとっても大切な地になっていることを自覚せざるを得なかった。想い人の生まれ故郷で、彼の愛する地だからというだけではなかったのだ。

ティッタの手を借りて、ひそかに町を出る。アヴィンたちのいるところまで歩いた。

アヴィンとミルは、馬の身体を拭いていた。食事はとうにすませたようで、荷物もまとめてあり、いつでも出発する準備ができている。二人の姿が見えたときには、エレンは普段の態度を取り戻していた。

三人は馬上のひととなり、東に向かって馬を走らせる。

十日後に、王都シレジアにたどりついた。

†

シレジアに帰還したエレンたちがまず驚いたのは、城壁の外に巡らされた壕だった。そばに立って観察してみると、幅も深さもかなりのものだ。壕の底では多くのひとが土を掘り、あるいは掘った土を運んでいる。時間の許すかぎり、壕を広げ、深くするつもりのようだった。

城門のいくつかは閉ざされており、開いている城門の前には取り外し可能な浮橋がかけられている。敵の姿が見えたら浮橋を外して籠城戦をはじめるつもりなのだろう。

　城門の前には長い行列ができている。どこかの町や村から逃げてきたのだろう、老人もいれば子供もおり、誰もが着の身着のままで、土と汗に汚れ、疲れきった顔をしていた。

　エレンは痛ましげな顔で彼らを見たあと、アヴィンとミルを振り返る。

「夜になるのを待とう」

「ですが、日が暮れたら城門が閉まるのでは」と、アヴィン。

「この行列に加わるわけにはいくまい。かといって、人目のある場所で素性を明かせば、間違いなく混乱が起きる。ひとけのないところをさがして、城壁の上の見張りに呼びかける」

「ここから離れた方がいいのはわかったわ」

　そう言葉を返したのはミルだ。話している間、三人はずっと複数の視線を感じていた。エレンたちも長旅でそうとう薄汚れた格好をしているのだが、馬に乗っているというだけで余裕があるように見えるのだろう。

　むろん、行列を形成している者たちの中にもロバや牛を引いている者はいる。だが、彼らの家畜は見るからに痩せていて、満足に餌をもらっていないことがうかがえた。秋になり、草は少なくなっている。

「北では、蛮族が攻めこむ隙をうかがっているという話だ。王都がだめなら、東か西へ逃げるしかない……」

「西は安全か？　海賊は一掃されたというが、海の向こうのアスヴァールはキュレネーに征服されたんだろう」

「安全なところなどあるのか。キュレネーとやらは町ひとつ、村ひとつ見逃さず焼き払うと聞くぞ。王都を攻めあぐねたら、どこへ向かうか知れたものではない」

「キュレネーはブリューヌにも攻めこんだという話だ。どこへ逃げればいいのだろう」

エレンたちが王都を発ったのは二十日以上前だが、ジスタートの民の間には、ブリューヌの敗北は、まだ伝わっていないようだった。

エレンたちは城壁を迂回するように馬を進め、王都の北側へ出る。こちらも城門がひとつだけ開いており、王都に入ろうとする者たちと、王都から去っていく者たちとで二つの列ができていた。入ろうとする者たちの方がはるかに多く、列も長い。そして、どちらの列もなかなか進まず、待たされている者たちは陰気な会話をかわしあっていた。

不意に、エレンは強烈な不安に襲われた。もしもシレジアが陥落したら、ここにいる人々はどうなるのだろうか。むろん、そのようなことにならないために全力を尽くすつもりだが、いまのところジスタート軍は敗北続きである。勝てると言える者はいないだろう。そして、キュレネー軍の残酷さと苛烈さを、エレンはよくわかっているつもりだった。

「エレンさん？」

馬を止めて呆然としていたエレンは、ミルの呼びかけで我に返る。何でもないと答えた。

——弱気になるな。自分をしっかり保て。あとでティグルに笑われるぞ。

そう己に言い聞かせると、腰に下げているアリファールが励ますように風を吹きかけた。

太陽が西の空に沈み、空が暗くなるころには、さすがに行列はなくなっていた。もっとも、壕のそばには身体を寄せあって休む者たちが少なからずいる。彼らは、城門が閉ざされたあとに王都にたどりついた者たちだ。夜明けを待って、城門をくぐるつもりなのだろう。

エレンたちはそうした者たちが少ない城門をさがして、見張りの兵士に声をかける。エレンが素性を明かすと、その兵士は城門の脇にある通用門とでもいうべき扉を開けてくれた。

「できれば、彼らも入れてやりたいのですが……」

こちらを見つめる者たちに憐れむような視線を向けながら、兵士が言った。そのようなことを許せば、暗がりも手伝って混乱が起きてしまう。

「苦労をかけてすまない。昼には入りづらくてな」

「伝令や重要な客人を昼に入れるときは、私たちで壁をつくって、列をつくっている者たちを威圧するように言われています。恨まれても、暴れられるよりはましだと。実際、強引に入ろうとする者は少なくありませんから」

「すまないが、もうしばらく持ちこたえてくれ。キュレネー軍を撃退すれば終わる」

エレンの言葉に、兵士は敬礼しながら力なく笑ってみせた。

そうして王都の中に入ったエレンたちは、新たな驚きに襲われた。

大通りのあちらこちらに、薄汚れた布を使った不格好な天幕がいくつも設置されている。家のない者たちが路上で生活しているのだ。

「戦火から逃げることだけを考えてここまで来て、家を借りる金銭もないというひとは多いのでしょうね」

アヴィンのつぶやきに、エレンが言葉を返す。

「空き家がどれだけ残っているかという問題もあるな。ジスタートの各地から大勢の人間が逃げてきているんだ。安価な空き家はもう残っていないだろう」

エレンの表情は厳しい。こみあげてくる不安を、表に出さないようにしているためだ。

現在の王都に、食糧の備蓄がどれだけあるだろうか。ごみや汚物の処理はできているのか。多発しているだろう揉めごとを解決し、治安を維持できているのか。

気が急いて、足を速める。王宮に着いた。

腰に吊していたアリファールを鞘ごと預けようとすると、門を守る老いた兵士が驚きの声をあげた。彼は目を丸くしてエレンと竜具を交互に見つめ、震える声で問いかけてくる。

「これは、竜具ですな……？」

今度はエレンが驚く番だった。

「わかるのか？」

「長く勤めておりますので、多くの戦姫様を見てまいりました。竜具は、常に戦姫とともにあるもの。そう言われています」

老いた兵士はエレンに深く頭を下げて、アリファールをうやうやしく差しだす。

「ありがとう。ついこの前、戦姫になったばかりでな。まったく知らなかった」

エレンは笑みを浮かべてアリファールを受けとり、腰に下げた。

夜だからなのか、王宮に人影は少なかった。エレンたちはまっすぐ廊下を歩いて、サーシャのいる執務室を目指す。

執務室といっても、かつて国王や王子が政務を執るときに使っていた部屋ではない。応接室のひとつに必要なものを持ちこんで、使っていた。サーシャにしてみれば、指示を出すにも、報告を受けとるにも、また王都のどこかへ足を運ぶにも都合のいい場所が必要だったのだ。

執務室の扉を叩いて、名を告げる。すぐに扉が開いたかと思うと、リムが顔を見せた。

「エレオノーラ様、ご無事でしたか」

普段、愛想のない顔に、素直な喜びの笑みが浮かぶ。エレンは得意そうにうなずいた。

「当然だ。戦利品もあるぞ。サーシャは中にいるのか？」

リムはうなずき、エレンたちを中に招きいれる。サーシャは軍衣をまとった姿で執務机に座っており、そばに文官のリュドミラが控えていた。

「おかえり、エレン」

サーシャは微笑を浮かべて立ちあがる。エレンは彼女の前まで歩いていき、腰に吊していたアリファールを外して、誇らしげに掲げてみせた。

「聞いて驚け、サーシャ。私は戦姫になったぞ」

サーシャだけでなく、リュドミラと、それにリムも呆然とした顔でエレンを見つめる。

「あなたが……？」

リュドミラが信じられないというふうに、かすれた声を出した。肩を震わせながら、アリファールを凝視する。ややあって、大きく息を吐きだした。

エレンは照れたような笑みを浮かべたが、すぐに真面目な表情をつくった。

「サーシャ、もうおまえだけに苦労はさせない。私もできるかぎりのことをする」

サーシャはあたたかな笑みを浮かべてうなずく。その表情から、彼女がどれほど喜び、親友を祝福しているかがわかった。

「おめでとう、エレン。君が戦姫になったことをお祝いしたいところだけど……」

「そいつはキュレネー軍を撃退したときに、勝利の祝いとまとめてやることにしよう」

サーシャを気遣(きづか)って、エレンはそう言った。他にも報告すべきことはいくつもある。サーシャにしても、こちらに話すことがあるはずだった。

まず、エレンはアヴィンとミルを紹介する。

「キュレネー兵との戦いに慣れていてな。戦士としても一部隊の指揮官としても、なかなか得がたい働きをする。ただ、隠しごとの多い二人でな、そろそろ素性ぐらいは話してくれてもいいと思うが」

「ろくに素性も知らない相手を連れてきたのか、君は」

サーシャはエレンに呆れてみせたあと、アヴィンたちに視線を移す。

「エレンはこう言ってるけど、どうかな」

「その通りです」

アヴィンが謹厳な表情で答えた。頭を下げつつ、ミルの後頭部をおさえて頭を下げさせる。

「怪しまれるのは当然だと思っています。いま、俺たちがお話しできるのは、キュレネー軍と戦うためにここへ来たということだけです。キュレネー軍との戦いが終わったら、すべてをお話ししますので、それまではどうか、ご容赦いただけませんか」

サーシャは興味深そうな顔をした。総指揮官である彼女に対して、何も取り繕わず、これほど堂々と、何も言えないと答えるとはさすがに思っていなかったのだ。

「キュレネー兵との戦いに慣れているということだけど、どんなふうに戦ったのか、聞かせてもらうことはできるかな」

アヴィンとミルは顔を見合わせたあと、山の上にある小さな村を、五十人のキュレネー兵たちから守った話をした。サーシャは興味深く聞いたあと、エレンに尋ねる。

「君の評価は？」

「役に立つ」

　短い返事に、サーシャはくすりと笑った。

「じゃあ、君に任せるよ。キュレネー兵と戦い慣れているというのも間違いないようだ。実のところ、素性の不確かな人間は珍しくなくなってきている。君が身元を引き受けるというだけで充分だ」

　その言葉に安心したのか、アヴィンとミルはようやく顔を上げる。サーシャが言った。

「きれいな髪だね。エレンと並ぶと、家族のように見える」

「手のかかる弟と妹というところだな」

　エレンが冗談を返すと、ミルがつきあって軽口を叩いた。

「そこは役に立つ妹と言ってほしいわ。弟の方はそのままでいいから」

「こいつが役に立つことは否定しませんが、使いどころによっては、という言葉が必要なことだけは申しあげておきます」

　アヴィンが冷静に口を挟んで、ささやかな笑いの輪が生まれた。笑いがおさまると、エレンはブリューヌでの出来事を説明する。キュレネー軍との戦いや、ティグルがガヌロンから聞いたことなどは、リムがすでに伝えていたが、アーケンの神殿での出来事は、サーシャたちを驚かせた。

「そうか、ティグルが……」

サーシャは沈痛な表情になる。彼女にとってもティグルは頼もしい戦友であり、胸のうちを率直に語りあえる貴重な相手だった。リュドミラとリムも肩を落とす。

「あいつはきっと生きている。助けだすまでは、私があいつの分も働いてみせるさ」

エレンは強気な笑みを浮かべた。サーシャの心労をやわらげたいと思っての発言だが、いい加減なことを言ったつもりはない。サーシャは苦笑を浮かべた。

「ありがとう。でも、本当にそうなると思うよ。いま、戦姫が増えたのは大きい」

「私たちがブリューヌへ行っていた間に、状況はどう変わったんだ？」

「簡単にいえば、少しずつ追いつめられている」

厳しい表情で、サーシャは答えた。

「夜でも、王都の様子の変化はわかっただろう。各地からひとが逃げてきて、対応がまったく追いつかない。逃げてきたひとのほとんどが住むところもなく、その日の食事にも事欠くありさまだ。揉めごとも日々、増えてきて、巡回している兵たちも疲弊（ひへい）している」

「食糧は？」

「王宮に備蓄されている分を開放したのが二日前だ。町や村に供出を呼びかけてはいるが、応じてくれるのはごくわずかでね。このままだと、石畳を取り払って蕪（かぶ）の種を植えるなんてことになりかねない」

最後の台詞は肩をすくめながらのもので、どこまで冗談のつもりかわからない。エレンは笑うことができなかった。サーシャは続ける。

「キュレネー軍は、いやになるほど丁寧に町や村を潰しながら、ここへ向かっている。今朝、偵察隊から報告があったけど、あと三、四日ほどで着くだろうという見込みだ。一部の騎士や兵士の中には、早く戦がはじまってほしいという者もいるが、僕もそういう心境だ。食糧の問題も含めて、王都は長くもたない」

「籠城戦はできないということか？」

「せざるを得ない。あまりにひとを抱えすぎたからね。でも、籠城戦には鉄則がある」

そう言うと、サーシャはリュドミラに視線を向けた。彼女はやや緊張しながら答える。

「籠城戦は、味方が近いうちに必ず来るか、敵にとって不利な出来事が確実に起きるか、そのどちらかを前提として選ぶ手段です。先の見えない籠城戦は自殺行為でしかありません」

「敵が先に力尽きるだろうと考えて籠城するのは誤りだと？」

リュドミラの言葉に納得しつつ、エレンはあえて質問をぶつけてみた。

「敵には諸国を征服し、ブリューヌとジスタートを同時に攻める力があります。食糧が滞っているという話も聞きません。先に力尽きるとは思えませんね」

「なるほど。もっともな話だ」

明快なリュドミラの説明に、エレンは素直に感心した。彼女が戦姫の娘だったという話を思いだす。こうした考え方は母親から教わったのだろうか。そんなことを思いながら、エレンはサーシャに視線を戻した。

「不利になるとわかっていて、野戦ではなく、籠城戦を選ぶと」

「戦姫は王に跪き、王を護り、王のために戦う」

サーシャは目を閉じて、静かに言葉を紡いだ。それは、建国神話の一節だ。初代国王が、最初の戦姫たちに向かってその役割を定めたものである。目を開けて、サーシャは続けた。

「いま、この国に王はいない。この状況で、戦姫の役割は何かというと、民を護ることだと思うんだ。安全な場所があれば、そこへ逃げろと言うこともできるけどね……」

サーシャの黒い瞳の奥に、戦意の炎が灯る。

「籠城戦は、とりあえずの手段と考えている。王都にいる人々をひとまず安心させ、敵の様子をさぐるための。敵の陣容に綻びを見つけ次第、打って出る」

エレンは難しい顔になった。これまで、ジスタート軍は野戦でことごとく敗れている。ここでまたも野戦に挑むとなれば、王都の民は不安を抱くだろう。加えて、一時的にでも王都を守る騎士や兵がいなくなれば、大きな混乱が起きるかもしれない。

だが、他に案がないのもたしかだ。いまから王都を捨てて逃げることもできない。

「わかった。私にできることがあれば、何でも言ってくれ」

「それじゃ、夜明けを待って、君が戦姫になったことをなるべく派手に発表しようか。そのあとで、市街をゆっくり見てまわってほしい」

「任せておけ」

エレンが胸を張って答えると、サーシャは笑顔でうなずき、リュドミラに視線を向けた。彼女はうなずき、アヴィンとミルに笑いかける。

「では、私がお二人を部屋にご案内します。リムアリーシャさんも来てください」

リムはエレンとサーシャに一礼して、リュドミラたちとともに退出した。執務室にはエレンとサーシャだけになる。

「リムには助けられてるよ。おかげでリュドミラの負担もずいぶん減った」

「それはよかった。ところで、そのリュドミラだが、戦いの方はどうなんだ？」

戦士として鍛えているのは、腕や脚、それからちょっとした動きからでもわかる。戦についての知識と知恵も充分と考えていい。

サーシャに負担をかけたくはないので、彼女並みに優れた文官をさがす必要はあるが、リュドミラを一個の戦士として、場合によっては部隊長として用いてもいいのではないか。

エレンがそう提案すると、サーシャは考える様子を見せた。

「そうだね。いまなら検討してもいいかもしれない」

苦みを含んだ表情で、彼女は言葉を続ける。

「実はね、もしも僕が死んだら、リュドミラにあとを任せようと思っていたんだ。もちろん、彼女にそれだけの能力があると思ったからだけど、戦姫の娘であることは、皆の心をまとめる一助になるからね。でも、エレンにその役目を頼めるなら、話は変わってくる」

「私はついこの前まで、どこにでもいるような傭兵だったんだぞ」

首を横に振るエレンに、サーシャは笑って言葉を返す。

「それを言うなら、戦姫になる前の僕は、少し旅慣れているというだけの女の子だったよ」

エレンは疑わしげな目をサーシャに向けた。過去に彼女と木剣で試合をしたことが何度かあるが、一度として勝てたためしがない。その後、サーシャが戦姫の中でも一、二を争うほどの強さを持つと聞いたときは、おおいに納得したものだった。

「だが……」と、エレンは視線をそらしてためらった。

「私は、自分でつくりあげた傭兵団を潰してしまった人間だ。ひとをまとめるなど……」

あのときに受けた衝撃は、いまもエレンの心に深い傷を残している。

「だからこそ、僕は君にやってほしいと思っているんだ。まあ、すぐに決めることもない。僕だってまだ死ぬつもりはないからね。ただ、覚えておいて」

エレンは申し訳なさそうな顔でうなずいた。現状を考えれば、サーシャに何かあったときに備えて後任を決めておくのは当然のことだ。戦姫となった自分がその役目を任されるのも。過去の出来事を言い訳にして逃げているという自覚があるだけに、自分が情けなくなる。

「ところで」と、サーシャは話題を変えた。

「ガヌロン公爵は信用できるの？」

「いや」と、エレンは迷わず首を横に振る。

「何があっても信用してはいけない男だ。内乱が起きる以前から人間とは思えない冷酷さと残虐さで有名だったが、噂通りだ。やつを信用するのは、武器を捨てて首を差しだすようなものと考えるべきだろう」

怒りを露わにしてのエレンの言葉に、サーシャが口元を緩める。

「でも、アーケンを退けるには二つの竜具が必要だというガヌロンの言葉は信じるの？」

「その点はな」

エレンは憤然とした顔でうなずいた。

「ガヌロンについては二つ、信じられることがある。ひとつは、アーケンと戦う方法。もうひとつは、やつがキュレネー軍とアーケンを敵視していることだ。私たちを利用しようとしているのは間違いないが、キュレネー軍がいなくなるまでは有益な情報をよこすだろう」

「わかった。僕はエレンを信じるよ」

サーシャの表情から、強い信頼が伝わってくる。

エレンは胸に湧きあがる想いをこめて、「ありがとう」と言った。


軍議を終えたあと、エレンはサーシャからルーリックの居場所を聞いて、そこへ向かった。

ティグルと長いつきあいのある彼に、アルサスでのことを伝えておかなければならない。

教えてもらった通り、ルーリックは中庭にいた。何人かの兵と木剣で試合をしていたが、エレンに気づいて、こちらへ歩いてくる。親しげな笑みを浮かべているのは、自分がティグルの想い人だからだろう。

「ブリューヌからお帰りになったのですか」

風に煽られたかのように逆立っている奇抜な黒髪は、試合のためかやや乱れていた。

エレンは硬い表情でうなずくと、これは他言無用のことと前置きして、ティグルがアルサスで行方不明になったと告げる。ルーリックの目が丸く見開かれ、驚愕が顔中に広がった。

「それは、どういうことで……？」

「悪いが、詳しいことは話せない」

口の中いっぱいに広がる苦みに顔を歪めながら、エレンは続けた。

「表向きは、ティグルは情報収集のためにブリューヌに留まっているということにする。キュレネー軍との戦いを控えて、混乱や動揺を生みだしたくはないのでな。協力してくれ」

ルーリックはすぐには答えず、手に持っている木剣を見つめた。十を数えるほどの時間が過ぎて、衝撃から立ち直ったことを示すように、彼は大きく息を吐く。

「わかりました。知らせてくださったこと、感謝します……」

エレンに一礼すると、ルーリックは背を向けて中庭へ戻っていく。だが、もう試合を続ける気にはなれないようで、木剣を兵に放り投げて歩き去った。

エレンもその場から離れる。彼なら、ティグルの不在を自分よりもうまくごまかしてくれるだろう。そこへ、自分が新たな戦姫になったことが広まれば、しばらくは隠せるはずだ。

——見ていろ、ティグル。おまえが守りたいものを、私が代わりに守ってやる。

力強い足取りで、エレンは廊下を歩いていった。


エレンがルーリックと会っていたころ、アヴィンはリュドミラと二人で廊下を歩いていた。ミルは先に客室へ案内され、リムに必要なことを教わっている。アヴィンはリュドミラに先導されて、自分に割り当てられた部屋へと向かっていた。

名のりをすませ、挨拶をかわしてから、二人の間に会話はない。文官として、客人にあれこれ尋ねるべきではないと、リュドミラが考えているからだ。

素性を明かしたくないアヴィンにしてみれば、彼女のこうした態度はありがたいものであるはずだったが、彼はリュドミラのことが気になっていた。ぎこちなく話しかける。

「あの……鍛えているんですか」

この場にミルがいたら呆れるだろう話題選びである。不思議そうな顔をするリュドミラに、アヴィンは慌てて補足した。

「いえ、文官にしては背筋が伸びていますし、歩き方もしっかりしているので」

「そういうことですか。おっしゃる通り、槍の鍛錬をしています。母に教わったもので」

納得して、リュドミラは笑顔で答える。アヴィンは軽い驚きを覚えたようだった。

「よかったら今度、手合わせをしていただけませんか。俺も師から槍を教わったので」

リュドミラは笑顔を消し、眉をひそめて首を横に振る。

「申し訳ありませんが、誰かと手合わせをするほどの腕前ではありませんから」

目的の部屋についた。一礼して歩き去ろうとしたリュドミラを、アヴィンはとっさに呼びとめる。怪訝な顔で振り返った彼女に、おもわず言っていた。

「戦姫になってください」

突然のことにリュドミラが戸惑い、立ちつくす。アヴィンはさらに言葉を紡いだ。

「あなたの夢を、手に入れてください」

「何を言ってるの、あなた……」

恐怖のにじんだ目で、リュドミラはアヴィンを見る。彼の真剣な態度と、期待に満ちた眼差しは、彼女にあるものを思いださせた。まだ母が生きていたころに自分に向けられていた、周囲の視線だ。アヴィンが本気で言っているらしいのが、過去の記憶をより鮮明にする。

若者に背を向け、リュドミラは足早に去る。不意に拳を握りしめたのは、戦姫になれなかったときの悔しさがよみがえったからだろうか。

その後ろ姿を見送りながら、アヴィンは槍の竜具ラヴィアスを解放する決意を固めていた。

†

エレンたちが王都に帰還した四日後の朝、キュレネー軍は姿を現した。彼らは約三万の歩兵と三十頭の戦象で構成されており、円環を描いた軍旗を掲げてまっすぐ進軍してくる。

一方、シレジアを守るジスタート軍の数は、約二万ほどだ。民兵を募るべきかどうか、エレンとサーシャは話しあったが、最終的には集めないという結論を出していた。戦い慣れていない民兵では、混乱を起こす可能性が大きいからだ。

前日まで作業を続けた壕は、実に二十アルシン（約二十メートル）の幅と、二十チェート（約二メートル）の深さを持つに至った。この壕に兵たちの進む道をつくるのは容易ではない。かなりの日数を要するだろう。

城門はすべて閉ざし、土を詰めた樽を内側に積みあげている。破城槌を使われようと、簡単には突破されないはずだ。

エレンは南の城壁の上に立って、険しい顔でキュレネー軍を見据えている。彼女のそばにはアヴィンとミルが控えていた。

――アーケンは何を考えている？

三万は大軍だが、王都を攻めるにはまったく力不足だ。最低でも倍の六万は必要だろう。それに、見たところ、敵軍に攻城兵器の類はない。戦象とて、壕を越えることもできなければ、城壁や城門を破壊することもできない。

「だが、やつらは来た。この壕と城壁を越える手段が何かあるのか……？」

何を仕掛けてくるつもりなのか、予想がつかない。相手の様子をうかがっていると、メルセゲルが輿に乗った姿で前に進みでてきた。よく通る声で、城壁上のエレンたちに呼びかける。

「ジスタート人たちよ。偉大なるアーケンのご意志を、おまえたちに伝える」

降伏勧告でもするのだろうか。エレンたちだけでなく、兵たちも顔をしかめたが、聞こえてきた言葉は予想外のものだった。

「命を絶て」

城壁上でざわめきが起きる。メルセゲルはその反応にもかまわず、続けた。

「アーケンは寛大である。アーケンの加護のない地で生まれ育った者たちにも、アーケンに祈りを捧げぬ者たちにも、等しく永久の安寧を与えるのだから。痛みや苦しみを求めるな。安らぎを願い、神の慈悲にすがれ」

エレンたちは愕然とした。アヴィンが呻くような声で吐き捨てる。

「慈悲？　慈悲と言ったのか、やつは……」

「やつの理屈ではそういうことみたいね」

ミルも嫌悪感を露わにしていた。

　城壁上に立っているジスタート兵のひとりが、メルセゲルを狙って矢を射かける。何十人かが彼に続いて矢を射放った。エレンは舌打ちをして、急いでやめるように命令を出す。メルセゲルの位置を考えれば、よほどの弓上手でないかぎり当たるものではない。

「怒りと矢を無駄遣いするな！　どちらもこれからの戦いで必要になるものだぞ」

　戦姫の命令とあって、兵たちはすぐに弓を下ろしたが、それまでにメルセゲルに当たったものは一本もなかった。メルセゲルは悠然と自軍に戻っていく。

　そして、メルセゲルと入れ替わるように、ひとりの男が馬を進ませてきた。その男を見て、エレンは驚愕に目を見開く。

「ティグル……？」

　くすんだ赤い髪、長い戦いで引き締まった顔だち、中肉中背（ちゅうにくちゅうぜい）の体格。

　その男はティグルヴルムド＝ヴォルンに違いなかった。眼帯はつけておらず、右目をつぶっている。兵たちの何人かも気づき、城壁上はさきほどとは異なるざわめきに包まれる。

「間違いない。ティグルさんだ。だが……」

　アヴィンの顔には強い拒絶感が浮かんでいた。ティグルのまとう雰囲気の禍々（まがまが）しさが、彼にそのような表情をさせていた。

　エレンたちは喜ぶよりも戸惑いが先に立ち、緊張の面持ちでティグルを見下ろした。

　ティグルは城壁上を見ようともせず、壕の前まで来ると、正面の城門を見据える。背負っていた弓をかまえた。弓幹(ゆがら)は骨を思わせるように白い。

　彼が何をやろうとしているのかを悟って、エレンはおもわず城壁から身を乗りだし、大声で呼びかけていた。

「ティグル！」

　彼が弓に矢をつがえたところで動きを止め、エレンを見上げる。その顔には何の感情も浮かんでおらず、エレンの背筋を恐怖が悪寒となって貫いた。おもわず、彼女は叫んでいた。

「やめろ、ティグル！」

　ティグルは何も答えず、エレンから視線を外して城門を見据える。弓弦(ゆづる)を引き絞った。その周囲に黒い瘴気(しょうき)が湧きあがり、螺旋を描きながら鏃(やじり)に集束する。

　あれは危険だと、エレンは直感で理解した。止めるべく、アリファールを振りあげる。刀身に風が集まり、瞬く間に暴風の大鉈が形作られた。

　だが、ほんの一瞬、エレンはためらった。この竜技(ヴェーダ)をティグルがまともに受けたら、それこそ骨すら残らないだろう。その恐怖が、行動をわずかに遅らせた。

　ティグルが矢を射放つ。大地がえぐれ、大気が悲鳴をあげた。黒い矢は風を震わせて城門に命中する。轟音が響きわたり、城壁が大きく揺れた。城門の周囲に土煙がたちこめる。

　風が土煙を吹き払う。ジスタートの兵たちは、信じられないものを見た。

城門がひしゃげて、大人でも楽にくぐれそうなほどの大きな穴が穿たれている。閂も、積みあげられていた樽もことごとく吹き飛び、石畳には亀裂が走っていた。

人智を超越した力の行使と、その結果を目の当たりにして、誰もが絶句した。エレンたちも顔を青ざめさせて、一言も発することができない。

一方、キュレネー軍は快哉を叫ぶこともなく、次の行動に移っていた。三十頭の戦象が雄叫びをあげて前進する。その鳴き声と、大地を踏み鳴らす音とで、エレンたちは我に返った。

「戦象なんて動かして、どうするつもりだ」

アヴィンが眉をひそめる。たしかに城門は破壊されたが、壕が戦象を阻むはずだ。しかし、エレンは首を横に振った。その両眼には無力感と怒りがにじんでいる。

「わからないのか、やつらの狙いが」

エレンの言いたいことを悟って、ミルが「あっ」と、小さく声をあげた。

「まさか……でも、やつらにとって死は忌むべきものじゃない」

壕に迫っても、戦象たちはまったく速度を緩めない。象使いを乗せたまま、勢いよく壕の中に飛びこんだ。むろん、まともに着地できるはずもなく、脚を折って横転する。その上に他の戦象が落下した。

戦象と象使いたちは次々と壕に身を投げ、仲間に折り重なっていく。最後の戦象が飛びこんだとき、積みあげられた彼らの亡骸は、地表とほぼ同じ高さになっていた。人間が進めるほど

の足場ができあがったのだ。

大太鼓の音が鳴り響く。キュレネー兵たちが鬨(とき)の声(こえ)をあげた。彼らは隊列が乱れるのもかまわず、勢いよく走りだす。壕を渡り、破壊された城門から王都に突入するつもりだ。

エレンは近くにいる兵士に、鋭い声で命じた。

「城門が破られたことをアレクサンドラに伝えろ！　北、東、西からそれぞれ兵士を割いて南の門に集めさせろ。市街を守っている兵たちにも同じことを伝え、住人たちは北と西へ避難させるように！　手分けしてすぐにかかれ！」

兵士たちが急いで駆けだしていく。エレンはアリファールの力で風をまとうと、城壁上から跳躍した。竜技で戦象たちを吹き飛ばせば、王都への侵入を防ぐことができる。キュレネー兵たちが壕を埋めて新たな道をつくるとしても、時間を稼ぐことはできるはずだ。

だが、空中から竜技を放とうとしたとき、ティグルが自分に矢を向けていることに、エレンは気づいた。しかも、さきほど城門を破壊したときと同じように、その鏃には黒い瘴気が集束している。愕然としながらも、戦士としての本能が身体を動かした。

「――大気ごと薙ぎ払え(レイ・アドモス)！」

二つの嵐を凝縮した刃が、アリファールから放たれる。ティグルもまた、黒い矢を放った。二つの『力』は空中で激突し、耳をつんざくような響きとともに閃光と衝撃波を四方へまき散らす。

ティグルが馬を進ませて壕を渡る。エレンは姿勢を整えてティグルの前に降りたった。

「アーケンに操られているのか……」

それ以外に考えられない。自分の不甲斐なさがこの事態を招いたと思うと、自責の念と、ティグルに対する申し訳なさに押し潰されそうだった。

だが、エレンは何度目かの驚きに襲われた。ティグルが首を横に振ったのだ。

「違う」

エレンは何度かまばたきをする。いまの言葉は、たしかにティグルが放ったものだ。違うとはどういう意味なのか。戸惑っていると、ティグルが続けた。

「俺は自分の意志でアーケンに従っている」

「嘘だ……」

ティグルが言い終わる前に、エレンは声を震わせながらつぶやいていた。あれほどアーケンを憎んでいたティグルが、そんな道を選ぶはずがない。

「嘘だろう。おまえが自分の意志で、自分の判断でそんな……」

言葉を、エレンは途中で呑みこんだ。ティグルの左目に明確な殺意を感じとったからだ。

土煙を巻きあげ、武器を振りあげて、キュレネー兵たちが向かってくる。ティグルも新たな矢を弓につがえた。これ以上、言葉をかわす余裕がないことを、エレンは悟った。

一瞬の半分の時間、目をつぶり、胸の奥で渦巻く感情を整理する。

親しい者同士が戦場で敵味方にわかれて剣を向けあうことなど、珍しくはない。傭兵は、とくにそうだ。だが、自分とティグルがそのような関係になるとは想像もしなかった。

肩を並べて激戦を生き延びた。いっしょに酒を飲み、料理に舌鼓を打った。夜の草原で想いをたしかめあった。はじめて結ばれた。ティグルとともにあった無数の光景が、心の奥底の、光の射さない空間へ吹き飛んでいく。

心が冷たくなっていく。倒すべき敵を見定める。エレンは目を開けて、自分の額を狙って飛んできた矢を打ち払った。戦意に輝く目でティグルを見据える。

「裏切ったのか……」

その声は小さく、捨てきれなかった感情の在りかを示すように、かすかに震えていた。両足で力強く大地を踏みしめ、アリファールを握り直して、エレンは咆えた。

「裏切ったのか、ティグル！」

ティグルは答えず、新たな矢を弓につがえる。エレンもアリファールに風をまとわせた。

そのとき、エレンのそばにアヴィンとミルが駆けてくる。エレンのように飛び降りることはできなかったので、てきとうな長さの縄をさがし、胸壁に結びつけて下りてきたのだ。

「次は私たちも連れてって。城壁の上にいる間、ずっと冷や汗が止まらなかったわ」

ミルが冗談めかした口調で苦情を述べる。額に汗をにじませているのは事実だった。アヴィンが黒弓を握りしめて、エレンに尋ねる。

「本当に、ティグルさんなんですか……？」

「本当かどうかなど考えるな」

厳しい表情と声音とで、エレンは彼をたしなめた。

「目の前の男はキュレネー軍の一兵士で、私たちの敵だ」

その声に含まれた気迫を感じとって、アヴィンとミルはそれぞれ無言でうなずく。

「二人に頼みがある。少しの間、やつをおさえてくれ」

ティグルという恐るべき強敵に集中するためにも、キュレネー兵たちに対して手を打っておかなければならない。アヴィンたちが前に出ると、エレンは城壁上を振り返って叫んだ。

「何でもいいからものを落として、城門の前に壁を築け！　敵を入れさせるな！」

それから、エレンはアリファールを振りあげる。戦象たちに狙いを定め、竜技を放った。轟音とともに暴風が荒れ狂い、戦象の群れでできた道が崩れる。

次の瞬間、エレンは疲労感を覚えてよろめいた。身体からどっと汗が噴きでる。竜技を立て続けに使ったことで、いちじるしく体力を消耗したのだ。

彼女の視線の先では、アヴィンとミルがティグルに挑みかかっている。

アヴィンの矢を射放つ動作に合わせて、ティグルが弓弦を引き絞る。それぞれの矢は空中で激突し、ともに砕け散った。アヴィンは唖然としてその場に立ちつくす。

一瞬の攻防の隙を突いて、ミルがティグルに接近した。馬の前脚を斬り払う。馬は高くいないてティグルを振り落とした。だが、ティグルはうろたえる様子もなく、空中で身体を一回転させて着地する。そこへ、間髪を容れず、ミルが斬りかかった。

——手は緩めない。アーケンを斬るつもりで……！

自分たちは、最悪の事態に対処するために旅をしてきた。そのために、ここにいる。

だが、ミルは冷徹になりきれなかった。ティグルではなく、その手にある白弓を狙う。速さと激しさを併せ持った斬撃は、しかしあっさりとかわされた。ミルはさらに踏みこみ、剣を横薙ぎに振るったが、かすりもしない。

ミルは焦りを覚えた。ともに旅をしている間、ティグルのことをよく見ていたが、高い身体能力を持っているとはいえ、このような動きができるとは思っていなかった。打ちこみ、すくいあげ、足を払い、手首を狙い、思いつくかぎりの攻撃をしているのに、ミルの剣は、まったくティグルに届かない。

アヴィンは黒弓に矢をつがえて、二人の戦いを見守っている。ミルが想像以上に激しく動きまわるために矢を放てないのだ。ミルがティグルから距離をとる瞬間を待つしかなかった。

ミルが腰だめに剣をかまえて、正面から突きかかる。ティグルは前に出て、ミルの剣を紙一重でかわした。彼女の腕をつかんで、勢いよく投げ飛ばす。

ミルにとっては衝撃だったが、アヴィンにとってはようやく訪れた好機だった。ティグルはこの状況から矢をつがえて弓弦を引き絞らなければならない。

——その白い弓を打ち砕いてやる！

ティグルはまだ矢を手に取ってすらいない。弓弦を引き絞り、矢を射放った。

だが、ティグルはその矢を右手でつかみ取り、己の白弓につがえる。アヴィンではなく、城門に狙いを定めた。城門のそばまでたどりついた兵たちが、内側に樽や家具などを積みあげているのを見たからだ。ティグルの鏃に、黒い瘴気が集束する。

そのとき、城門の前にエレンが立ちはだかる。いまだ肩で息をしていたが、何としてでも城門を守ろうという意志が、両眼に輝いていた。

ティグルはかまわず矢を射放つ。ミルとアヴィンが動いたが、間に合わなかった。エレンは残った体力を振りしぼって、三度（みたび）、竜技を放つ。暴風の刃と矢が激突し、大気が破裂するような音とともに、暴風が吹き散らされた。

黒い矢はまっすぐ突き進んでエレンを吹き飛ばし、城門に開いた大穴をさらに広げ、内側に積みあげられていたものをすべて破壊する。その近くにいた兵たちも巻きこまれた。

キュレネー兵たちが、ついに壕の前にたどりつく。エレンが予想した通り、彼らは戦象の亡骸の上に降りたち、押しあうように並んだ。そうして空間を埋めた兵たちの頭上を、後続のキュレネー兵たちが駆けていく。滑稽（こっけい）なようでいて、常軌（じょうき）を逸（いっ）した光景だった。

ジスタート兵たちは城壁上からキュレネー兵たちに矢を射かけ、石礫（いしつぶて）を投げつける。だが、キュレネー兵たちの勢いは止まらず、先頭にいる者たちは壕を渡りきった。

「ティグルさん、あなたは……」と、アヴィンは呻いた。

「あなたは手先になってしまったのか？　やつらの尖兵に……」

アーケンの神殿から脱出した直後、アヴィンはエレンに説明した。

ティグルを取りこんだらアーケンはさらに強大な存在になると。

だが、自分たちと戦っているあの男は、アーケンではない。ティグルだ。

ティグルが、己の意志でアーケンに従っている。それは、アーケンがティグルを取りこむこと以上に危険な事態だった。女神の力と神の力の双方とも使えるからだ。

——本当にそうなのか……？

混乱と絶望に埋めつくされそうになる頭の中で、小さな疑問が声をあげる。

「あのひとは、わかっているはずだ。アーケンに従うということは、文字通り命をかけて守ってきた領民たちを、アルサスを捧げるということだと……」

リクヴィールの戦いに勝利したあとの宴で、アヴィンは二年前にアルサスで何があったのかを人々から聞いた。そのときも、ティグルは己の身を賭して大切なものを守ったのだ。

相手が神だとしても、ティグルヴルムド＝ヴォルンが領民と領地を差しだすはずがない。

熱を帯びた息を吐きだす。いまは身体を動かすべきだ。

「いまは無理だ。ここでは無理だ。だが、あなたは俺が止める」

両親が貸し与えてくれた黒弓に誓う。そのために、ここへ来た。それができなければ、両親や妹、師に何を報告できるのか。

アヴィンとミルは視線をかわし、ティグルと戦うことを諦める。いまはエレンを助け、キュレネー兵たちを食いとめることを優先するべきだ。

壕を渡ってきたキュレネー兵たちにアヴィンが矢を射かけ、ミルが斬りかかる。二人で十人ほども打ち倒したころ、破壊された城門からジスタート兵たちが現れた。

ジスタート兵たちは隊列を整え、槍と盾をかまえて前進し、キュレネー軍の突撃に押し流されず、敢然と受けとめる。槍で突き、盾で殴りつけた。キュレネー兵たちも剣を振るい、盾を叩きつけ、刃のきらめきと流血にまみれた押しあいが壕の手前で展開される。

アヴィンとミルは呼吸を整えるために、ジスタート兵たちと入れ替わるように、城門のそばまで下がった。二人とも顔には疲労の色が濃い。だが、戦いははじまったばかりなのだ。

エレンの姿をさがすと、彼女は地面に倒れていた。気を失っているが、大きな怪我などは見当たらない。二人は安堵の息をついた。

「アヴィン、エレンさんをお願い」

壕の手前で一進一退の攻防を続けているジスタート兵たちとキュレネー兵たちを見ながら、ミルが言った。アヴィンは反論しかけたが、ミルはそっけなく突き放す。

「もう矢が残り少ないじゃない。戦うにしても、かき集めるのが先でしょ」

「わかった。だが、無理はするなよ」

エレンを背負いながら、アヴィンは言った。視線を転じて、壕の向こうにいるティグルを睨みつける。ティグルは黙然と、両軍の戦いを眺めていた。こちらには見向きもしない。

市街に向かって走り去るアヴィンを見送ったあと、ミルは剣を肩に担いでジスタート兵たちに加わった。

ジスタート兵たちは奮戦したが、キュレネー兵は数が多く、死ぬことを恐れない。目の前の敵を倒しても、後ろにいる敵がすぐに前進して空白を埋め、猛々しく襲いかかってくるという状況は、ジスタート兵を消耗させ、少しずつ後退を強いた。

やがて、ついにキュレネー兵たちがジスタート兵の陣容を突き崩し、突破する。彼らはその綻びを一気に押し広げ、数の力でジスタート兵を包みこみ、押し潰した。濁流の勢いで城門に殺到し、市街になだれこむ。

悲鳴をあげて逃げまどう人々に追いすがり、剣で斬りつけ、背中から胸までを貫き、体当たりではねとばす。倒れた者を、数十、数百のキュレネー兵たちが踏み越えていく。あちらこちらで助けを求める声があがり、声をあげた者の命とともに失われた。

ジスタート兵たちも果敢に抵抗したが、数と勢いが違う。各所で突破され、いつのまにか包囲されて、斬り刻まれる。キュレネー兵たちは他者の死を求めて貪欲に駆けまわった。

ティグルが市街に入ったのは、キュレネー兵たちが突入してから一千を数えるほどの時間が過ぎたころだ。襲う側にも、襲われる側にも関心を向けず、王宮を目指して馬を進ませる。

大通りにさしかかったとき、ティグルは馬を止めた。空に視線を巡らせる。王都の各所から火の手があがり、煙が立ちのぼっていた。

「火を放ったのか」

キュレネー軍ではなく、ジスタート軍が。無傷で王都を渡すつもりはないということだ。

「キュレネー兵は火を消そうとしないだろうな……」

他人事のようにつぶやく。そのとき、とある建物の屋根から何者かが襲いかかってきた。危険を悟ってとっさに鐙(あぶみ)から足を外し、地面に転がることで相手の攻撃をかわす。

一転してすばやく立ちあがったティグルが見たのは、双剣をかまえる黒髪の戦姫だった。

「裏切ったという報告があったけど、本当のようだね」

サーシャの黒い瞳には冷たい怒りが輝いている。ティグルは何も言わずに白弓をかまえ、矢をつがえた。だが、黒い瘴気が鏃に集束するよりも先に、サーシャが動く。ティグルはとっさに後ろへ飛び退ったが、彼女は平然と追いつき、肉迫した。

硬質の音が響き、炎が虚空に螺旋を描く。首筋に迫った双剣の刃を、ティグルは白弓で受けとめたが、そのまま吹き飛ばされ、頬を炎で焼かれた。

それまで感情を微塵(みじん)もにじませなかったティグルの顔に、戦慄(せんりつ)と畏怖(いふ)がにじむ。サーシャの強さは知っているつもりだったが、まさにそれがつもりでしかなかったことを、思い知らされていた。戦い続けるのは危険だ。

ティグルは再び弓をかまえ、矢をつがえた。サーシャは自分を逃がさず、確実に仕留めに来るだろう。相打ちを覚悟で、外さない距離で矢を射放つしかない。戦姫の身体はふつうの人間と変わらないのだから、当たれば倒せる。

ティグルの意図を読みとったのだろう、サーシャは目を細め、双剣をかまえて無造作に距離を詰めてくる。ティグルは呼吸を整えて弓弦を引き絞った。

そのとき、何者かの気配が後ろから迫ってくることに、ティグルは気づいた。

「エレンか……?」

つい、目の前のサーシャのことすら意識の外へ追いやって、振り返る。だが、剣を肩に担いでまっすぐ向かってきたのはエレンではなく、ミルだった。気配を読み違えたことの衝撃に、ティグルはその場に立ちつくす。それは、決定的な隙だった。

ほとんど一瞬でティグルは気を取り直したが、そのときにはもうサーシャは背後にいる。白弓でどうにか首だけは守ったが、強烈な斬撃を受けてティグルの身体は大きく傾いた。

そこへ、ミルが剣を振りおろす。左肩から右脇腹にかけて、熱が走った。

鮮血が飛散する。ティグルは地面に倒れた。何度か転がったのは、戦士としての本能が強敵から逃れようとしたためだろうか。

ミルはとどめを刺そうとしたが、サーシャが押しとどめる。慈悲からではない。通りの向こうにキュレネー兵の一団が現れたのだ。

サーシャとミルが走り去る。キュレネー兵たちは彼女たちを追いかけていった。

ひとり、その場に倒れたティグルは、全身を襲う痛みに耐えながら空を見上げる。黒煙に侵食されていく、暗い空が広がっていた。

「閣下」

焦りを含んだ声とともに、勢いよく走る音がこちらへ近づいてくる。若いキュレネー兵がティグルに駆け寄り、身体を支えた。彼は、ティグルに与えられた従者だ。

キュレネー兵につかまって、ティグルは立ちあがる。切り裂かれた革鎧と、ティグルが負っている傷を見て、その兵士は目を丸くした。

「手当てを……」

ティグルは首を横に振る。それから、思いだしたように言った。

「助かった。名は、何といったか」

「ディエドです」

小さな声で、彼が答える。ティグルはうなずいて、ディエドの肩を叩いた。

王都は陥落した。だが、戦いは終わらないだろう。次の戦場はどこになるだろうか。

西にある険しい山の連なりが思い浮かぶ。その地はヴォージュと呼ばれていた。

# エピローグ

南の城門が破壊されたという報告を受けたとき、サーシャは王宮ではなく、市街の中央にある広場で指揮を執っていた。この場所が、もっとも報告を受けやすく、指示を出しやすかったからだ。キュレネー軍は南に兵力を集中すると判断し、サーシャは市街の各所に待機させていた兵たちを、南へ向かわせた。

だが、それから間を置かずに、敵が戦象を壕に飛びこませたという報告が届くと、サーシャは北と西の城門を開放させ、壕に浮橋をかけ、民を避難させるよう命じた。

それは敗北を認め、王都を捨てるという宣言だった。

ティグルが裏切ったという知らせを聞いたのは、その少しあとだ。そのとき、民の避難はほぼ終わっており、サーシャは王都を駆けまわって、少しずつ兵を撤退させていた。総指揮官である彼女がわざわざ動きまわったのには、わけがある。

彼女は、頃合いを見て市街に火を放ち、離脱するよう兵たちに命じていた。それにもかかわらず、従った兵は少なかったのだ。多くの兵が、通りに柵を何重にも設置したり、穴を掘ったりして、王都を流血で染めあげるキュレネー兵たちを、ひとりでも多く討ちとろうとした。

彼らの抵抗は、少なからず戦果をあげた。だが、それが虚しい抵抗であることを、サーシャは知っていた。敵は、壕を埋めるのに生きた戦象や兵を投げこむような者たちだ。どれほどの犠牲を出そうと士気に影響はなく、減った数だけ兵士は補充される。

ただ、ひとつだけ幸運が味方した。

キュレネー兵たちはとにかく突撃と殺戮だけを行い、組織的な行動をとらなかったのだ。火を消そうとしなかったし、大通りや他の城門をおさえるようなこともしなかった。そのため、人々の避難は思っていたよりもすみやかに進んだ。

「戦う前から王都を捨てるべきだったとは、いまでも思わないけれど」

彼女の命令を伝えるために兵たちが走り去って、そばにいるのが文官のリュドミラだけになったとき、サーシャは疲れた声でつぶやいた。

ともあれ、ティグルが裏切ったのが本当なら、この王都で討ちとる必要がある。このことがブリューヌに伝われば、起きる混乱の大きさは計り知れない。それに、ティグルは一個の戦士として強敵だ。戦姫たちについて深い知識を持っていることも見逃せない。

それもあって、サーシャ自身がティグルを打倒しに出向いたのだ。その途中で、気を失ったエレンと、彼女を背負っているアヴィン、ミルと合流できたのは幸運といっていい。

リュドミラにアヴィンとエレンを任せると、サーシャはミルだけをともなって、ティグルをさがしたのだった。

そしていま、ティグルを討ち損ねたサーシャとミルは、追ってくるキュレネー兵たちを斬り伏せながら、逃げ続けている。ミルはさきほどから肩で息をしており、サーシャもさすがに疲れを感じはじめていた。

「ティグルさんは……」

自分に言い聞かせるように、ミルがつぶやく。その目の端には涙がにじんでいた。

「アーケンに操られているのよ。きっとそう」

サーシャは言葉を返さなかった。彼女も、ティグルが進んでアーケンに従うはずなどないと思っている。だが、だからこそ慎重な姿勢を捨てたくなかった。信じ難い事実を突きつけられたときに、衝撃を少しでも小さなものとするために。

西の城門にたどりつくと、兵たちがサーシャを待っていた。振り返れば、各所から火の手があがっている。

――王都に火を放った戦姫か……。

サーシャは苦い思いを噛みしめた。自分が批判されるのはかまわないが、彼女の治めるレグニーツァ公国の人々も同じように非難されるだろうと思うと、胸が痛かった。

兵たちが用意してくれた馬に乗り、自分の後ろにミルを乗せる。

「どこへ行くんですか」

「ヴォージュ山脈へ」

負けたままで終わるつもりは、サーシャにはない。

――いつか、エレンかリュドミラに、この重荷を任せるときがくるだろうな。

そのときまでに、できるだけ軽い荷物にしてやりたい。彼女はそう考えていた。


意識を取り戻したエレンは、アヴィンに背負われていることに気づいた。

「いくさ、は……？」

呻くような声で聞くと、アヴィンがエレンを背負ったまま、後ろを振り返る。

遠くに、火の手があがり、黒煙を幾筋も立ちのぼらせている王都の姿があった。

エレンは愕然として、一言も発することができずに、王都を見つめた。

傭兵として生きてきた彼女は、シレジアのような大きな都市にあまり馴染めなかった。

だが、この王都にはささやかな思い出がいくつもあった。サーシャと二人で酒場に行き、他愛のない話をした。ティグルとの仲を冷やかしてきた部下たちを、王宮の訓練場で鍛えた。

ティグルとともにありふれた服に着替え、市井（しせい）の男女を装って通りを歩きまわった。吟遊詩人（ミネストレーリ）の歌声に耳を傾け、木陰で涼み、露店の食べものを分けあった。心があたたかくなった。彼の笑顔を、抱きあったときに伝わってくるぬくもりを、尊いものだと思った。

それらがいま、炎と煙の中に消えようとしている。あのときのティグルの姿とともに。両眼に涙がにじんだ。

「エレオノーラ様……？」

気遣うような声が、エレンを現実に引き戻す。そちらを見ると、リュドミラが立っていた。

その顔は土埃と煙で黒く汚れ、官服は傷だらけだ。手に持っている槍は血に濡れていた。

この場に自分とアヴィンしかいないと思っていたエレンは、ひどく動揺した。とっさに言葉が出てこない。アヴィンが説明する。

「俺たちがここまで逃げてこられたのは、リュドミラさんのおかげです。俺ひとりでは、まだ王都から抜けだせなかったかもしれない」

リュドミラは槍を振るって襲いくるキュレネー兵を次々に打ち倒し、アヴィンとエレンを守り抜いて道を切り開いたのだ。アヴィンも矢を何本か射放ってキュレネー兵を射倒したが、エレンを背負いながらなので、援護と呼べるほどのものではなかった。

「そうだったのか……。ありがとう、リュドミラ殿」

礼を言うエレンに、リュドミラは首を横に振る。

「戦姫様をお守りするのは当然のことですから」

いつもと変わらない彼女の態度にエレンはおかしさを感じ、そして自らを奮いたたせた。

自分は戦姫になったのだ。リュドミラがなれなかった戦姫に。オクサーナやラダ＝ヴィルターリア、親友のサーシャと同じ立場に。

「アヴィン、私はもうだいじょうぶだ」

彼の背中から下ろしてもらい、自分の足で地面に立つ。身体中が痛むものの、歩くのに支障はない。アヴィンからアリファールを受けとると、竜具が励ますようにそよ風を起こした。

ふと、胸中にサーシャの言葉が浮かんだ。

戦姫は王に跪き、王を護り、王のために戦う。

すでに王はなく、いま、国を失った。戦姫は何のために存在し、誰のために戦うのか。

——民を護り、民のために戦う。

それだけでは足りない。遠くの王都を見据えながら、エレンは言った。

「私は、私の心の中にいる王のために戦う」

声に出してみると、戦意が湧きあがってきた。心の中の王が、戦えと叫んでいる。奪われたものを取り戻せと。

「心の中の王……」

エレンの横顔を見ながら、何かを考えこむようにリュドミラがつぶやいた。そんな彼女に、アヴィンは期待するような眼差しを向ける。

——希望はある。

アヴィンには、ティグルと同じことはできない。戦姫が二人いても、ティル＝ナ＝ファを降臨させることはできないだろう。だが、戦姫が三人いればどうだろうか。リュドミラがその可能性を持っていることを、彼は知っていた。

歩きだそうとしたとき、北の方から足音が聞こえた。

見ると、ミルが駆けてくる。顔や服は煤（すす）などで黒く、外套（がいとう）は返り血で赤く染まっていた。青い刀身の剣を笑顔で掲げて、彼女は自分が無事であることを元気よく知らせてくる。

サーシャが無事に王都から脱出したことをミルが話すと、エレンたちの顔が喜びで輝いた。

ミルは、剣で自分が走ってきた方角を示す。

「あっちの方で、王都から逃げた兵士たちと人々をまとめて、撤退の指揮を執ってるわ」

エレンとリュドミラは無言でうなずきあい、力強い足取りで歩きだした。アヴィンも黒弓を背負い直して二人に続く。三人の後ろ姿を見て、ミルは心の中でつぶやいた。

――まだ勝ち目はつくれるわ。アヴィンとリュドミラさんがいるんだから。

ティグルが己の意志で自分たちに向かってくるという現状は、間違いなく最悪以上だ。だが、ミルは希望と昂揚感（こうようかん）を抱くことができた。彼女はアヴィンに並び、彼を追い越して、エレンたちに並んだ。

この日、王都シレジアは流血に染まり、炎と黒煙に包まれて陥落（かんらく）した。

ジスタート王国は滅んだ。

# あとがき

はじめまして。以前に私の作品を読んだことがあるという方は、おひさしぶりです。

川口士（かわぐちつかさ）です。『魔弾の王と叛神（はんしん）の輝剣（きけん）』を手にとってくださり、ありがとうございます。

本作は、私が長く続けてきた『魔弾の王』シリーズの最新作です。

大がかりな征服戦争をはじめた大国により、滅亡の瀬戸際（せとぎわ）に追いこまれた世界。ジスタート王国に客将として滞在していた若き英雄ティグルヴルムド＝ヴォルンは、エレオノーラなど信頼できる仲間とともに大国に立ち向かい、勝利するための方法を探し求める。

『魔弾の王』シリーズは、『魔弾の王と戦姫（せんき）』を原点として、その原点とは別の歴史を歩んだ物語である『魔弾の王と凍漣（ミーチェリア）の雪姫』、瀬尾（せお）つかささんや橘（たちばな）ぱんさんによるスピンオフ作品がありますが、この『叛神』は私自身の手による『戦姫』『凍漣』に連なる新たな物語です。

全三巻の構成で進めておりまして、ティグルとエレンの紡ぐ物語の結末を、見届けていただければと思います。

さて、ここで宣伝を。

かたせなのさん、早矢塚かつやさんによる『恋する魔弾と戦姫のアカデミア』が、ニコニコ静画内「水曜日はまったりダッシュエックス」にて連載中です。

こちらは『魔弾』ではおなじみ侍女のティッタを主人公にしたスピンオフで、ちょっと変わった学園を舞台にしたコメディです。興味を持ってくださった方はぜひ。

『魔弾』シリーズとは違う完全新作も現在進めています。こちらもいずれ時期が来たら発表しますので、ご期待ください。


それでは謝辞を。ティグルとエレン、そして新たなキャラクターたちを魅力的に描いてくださった美弥月いつかさん、ありがとうございました！　凍漣の雪姫から引き続いてのお仕事になりましたが、まさか、またあの老人を描いてもらうことになるとは。

編集のH塚さん、うちの事務所のT澤さんにも厚くお礼申しあげます。

この本が書店に並ぶまでの工程に携わったすべての方々にも、感謝を。

最後に、読者の皆様。ありがとうございました。二巻の発売は冬を予定しています。

それでは、またそのときにお会いできますよう。


酷暑、台風の耐えない日に　　　　川口　士

「待っているわ。あなたの矢が、あの蒼氷星に届くのを」
ひとつの約束から始まった魔弾の王と雪姫の物語――
魔弾の王と凍漣の雪姫
①～⑫巻好評発売中

魔弾の王の伝説、その原典が著者自身の手による
大幅加筆修正、イラストも完全刷新して、ここに復活！
魔弾の王と戦姫
合本版-全7章（巻）予定
集英社ダッシュエックス文庫DIGITALより刊行
電子書籍各ストアにて発売中

ダッシュエックス文庫

# 魔弾の王と叛神の輝剣

川口 士

2023年9月27日 第1刷発行

★定価はカバーに表示してあります

発行者 瓶子吉久
発行所 株式会社 集英社
〒101-8050 東京都千代田区一ツ橋2-5-10
03(3230)6229(編集)
03(3230)6393(販売/書店専用) 03(3230)6080(読者係)
印刷所 図書印刷株式会社



ISBN978-4-08-631520-3 C0193